Contemporánea

Clarice Lispector (Tchetchelnik, Ucrania, 1920-Río de Janeiro, 1977) sorprendió a la intelectualidad brasileña con la publicación en 1944 de su primer libro, *Cerca del corazón salvaje*, en el que desarrollaba el tema del despertar de una adolescente, y por el que recibió el premio de la Fundación Graça Aranha 1945. La que entonces se consideró una joven promesa de tan solo diecinueve años se convirtió en una de las más singulares representantes de las letras brasileñas, a cuya renovación contribuyó con títulos tan significativos como *La hora de la estrella*, *Aprendizaje o El libro de los placeres* o su obra póstuma, *Un soplo de vida*.

Clarice Lispector

La lámpara

Traducción de
Elena Losada

DEBOLS!LLO

Papel certificado por el Forest Stewardship Council®

Título original: *O lustre*

Primera edición: febrero de 2026

Printed in Spain – Impreso en España

ISBN: 978-84-663-8174-1
Depósito legal: B-21.475-2025

Compuesto en M. I. Maquetación, S. L.

Impreso en Black Print CPI Ibérica
Sant Andreu de la Barca (Barcelona)

P 3 8 1 7 4 1

La lámpara

Ella sería fluida durante toda su vida. Pero lo que había dominado sus contornos y los había atraído a un centro, lo que la había iluminado contra el mundo y le había dado un íntimo poder había sido el secreto. Nunca sabría pensar en él en términos claros, temiendo invadir y disolver su imagen. Sin embargo había formado en su interior un núcleo lejano y vivo, y nunca había perdido la magia; la sostenía en su vaguedad insoluble como la única realidad que para ella siempre debería ser la realidad perdida. Los dos se asomaban sobre el puente frágil y Virgínia sentía vacilar sus pies desnudos, como si estuviesen sueltos sobre el tranquilo torbellino de las aguas. Era un día violento y seco, con amplios colores fijos; los árboles crujían bajo el viento templado crispado por repentinos fríos. El vestido fino y rasgado de niña era atravesado por estremecimientos de frescura. Con la boca seria, apretada contra la rama muerta del puente, Virgínia sumergía sus ojos distraídos en las aguas. De repente se quedó inmóvil, tensa y leve:

—¡Mira!

Daniel volvió la cabeza rápidamente; atrapado en una piedra había un sombrero mojado, pesado y oscuro de agua. El río al correr lo arrastraba con brutalidad y él se resistía. Hasta que, perdiendo sus últimas fuerzas, fue arrastrado por la corriente ligera y a saltos se hundió entre espumas casi alegre. Ellos dudaban sorprendidos.

—No se lo podemos contar a nadie —susurró finalmente Virgínia con voz distante y vertiginosa.

—Sí... —Incluso Daniel se había asustado y asentía... Las aguas continuaban corriendo—. Ni que nos pregunten sobre el ahog...

—¡Sí! —casi gritó Virgínia... Se callaron con fuerza, los ojos agrandados y feroces.

—Virgínia... —dijo su hermano lentamente, con una dureza que llenaba su rostro de ángulos—, voy a hacer un juramento.

—Sí... Dios mío, pero siempre se jura...

Daniel la miraba y pensaba, y ella no movía el rostro esperando que él encontrase en ella la respuesta.

—Por ejemplo... si hablamos de esto con alguien, que todo lo que somos... se vuelva nada.

Él había hablado tan serio, tan bello, el río fluía, el río fluía. Las hojas cubiertas de polvo, las hojas espesas y húmedas de la orilla, el río fluía. Quiso responder y decir que sí, ¡que sí!, ardientemente, casi feliz, riendo con los labios secos... Pero no podía hablar, no sabía respirar; cómo la perturbaba. Con los ojos dilatados, el rostro de repente pequeño y sin color, ella asintió cautelosamente con la cabeza. Daniel se apartó. Daniel se apartaba. ¡No!, quería gritar y decir que esperase, que no la dejase sola sobre el río; pero él seguía. Con el corazón latiendo en un cuerpo súbitamente vacío de sangre, el corazón despeñándose, cayendo furiosamente, las aguas corriendo, ella intentó entreabrir los labios, insinuar aunque solo fuese una palabra cálida. Como el grito imposible en una pesadilla, no se escuchó ningún sonido y las nubes se deslizaron rápidas por el cielo hacia un destino. Bajo sus pies susurraban las aguas, en una clara alucinación ella pensó: ah, sí, entonces iba a caer y a ahogarse, ah, sí. Algo intenso y lívido como el terror, pero triunfante, una cierta alegría loca y atenta ahora le invadía el cuerpo y ella esperaba para morir, la mano cerrada como para siempre en la rama que colgaba sobre el puente. Entonces Daniel se volvió.

—Ven —dijo sorprendido.

Ella lo miró desde el fondo tranquilo de su silencio.

—Ven, idiota —repitió colérico.

Un instante muerto suspendió largamente las cosas. Ella y Daniel eran dos puntos quietos e inmóviles para siempre. Pero yo ya he muerto, parecía pensar mientras se desprendía del puente como si la segaran de él con una hoz. Yo ya he muerto, pensaba aún, y sobre unos pies extraños su rostro blanco corría pesadamente hacia Daniel.

Andando por la carretera, la sangre volvió a latir con ritmo en sus venas; avanzaban deprisa, juntos. En el polvo se veía la marca vacilante del único automóvil de Brejo Alto. Bajo el cielo brillante el día vibraba en su último momento antes de la noche, en los senderos y en los árboles el silencio se concentraba pesado de bochorno; ella sentía en la espalda los últimos rayos templados del sol, las nubes grandes tensamente doradas. Sin embargo hacía un vago frío, como si viniese del bosque en sombras. Ellos miraban adelante, el cuerpo alerta; había una amenaza de transición en el aire que se respiraba… El próximo instante traería un grito y algo perplejamente se destruiría o la noche leve amansaría de repente aquella existencia excesiva, tosca y solitaria. Ellos caminaban rápido. Había un perfume que dilataba el corazón. Las sombras cubrían poco a poco el camino, y cuando Daniel empujó el pesado portón del jardín, la noche reposaba. Las luciérnagas abrían puntos lívidos en la penumbra. Se pararon un momento, indecisos en la oscuridad, antes de mezclarse con los que no sabían nada, mirándose como por última vez.

—Daniel… —murmuró Virgínia—. ¿Ni siquiera puedo hablar contigo?

—No —dijo él, sorprendido por su propia respuesta.

Vacilaron un instante, delicados, quietos. ¡No, no!…, negaba ella el miedo que se aproximaba, como para ganar tiempo antes de precipitarse. No, no, decía, evitando mirar a su alrededor. La noche había caído, la noche había caído. ¡No hay que precipitarse!, pero de repente algo no se contuvo y empezó a suceder… Sí, allí mismo iban a erguirse los vapores de la madrugada morbosa, pálida, como el final de un dolor, vislumbraba Virgínia, súbitamente tranquila, sumisa y absorta. Cada rama seca se escondería bajo una luminosidad de caverna. Aquella tierra más allá de los árboles, castrada por la quema de rastrojos, se vería a través de la blanda neblina, oscurecida y difícil, como a través de un pasado; ella veía ahora, quieta e inexpresiva, como sin memoria. El hombre muerto se deslizaría por última vez entre los árboles dormidos y helados. Como campanadas que sonasen de lejos, Virgínia sentiría en el cuerpo el toque de su presencia; se levantaría de la cama lánguidamente, sabia y ciega como una sonámbula, y en su corazón un punto latiría débil, casi desfallecido. Levantaría la guillotina de la ventana, los pulmones envueltos en la niebla fría. Sumergiendo los ojos en la ceguera de la oscuridad, los sentidos latiendo en el espacio helado y cortante; nada percibiría sino la quietud en sombras, las ramas retorcidas e inmóviles... la larga extensión perdiendo los límites en una súbita e insondable neblina. ¡Allí estaba el límite del mundo posible! Entonces, frágil como un recuerdo, vislumbraría la mancha cansada del ahogado alejándose, hundiéndose y reapareciendo entre brumas, sumergiéndose finalmente en la blancura. ¡Para siempre! Soplaría el amplio viento en los árboles. Ella llamaría casi muda: ¡hombre!, pero ¡hombre!, para retenerlo, para hacerlo volver. Pero era para siempre, escucha Virgínia, para siempre y aunque Granja Quieta se marchite y nuevas tierras surjan indefinidamente, el hombre nunca volverá, Virgínia, nunca, nunca, Virgínia. Nunca. Se liberó del sueño en el que había caído, sus ojos adquirieron una vida perspicaz y brillante, exclamaciones contenidas se dolían en su pecho estrecho; la incomprensión ardua y asfixiada precipitaba su corazón a la oscuridad de la noche. No quiero que la lechuza chille, se gritó en un sollozo sin sonido. Y una lechuza inmediatamente chilló oscura en una rama. Se sobresaltó: ¿había chillado antes de su pensamiento?, ¿o en el mismo instante? No quiero oír los árboles, se decía palpando en su interior, avanzando estupefacta. Y los árboles se mecían al viento repentino con un rumor lánguido de vida extraña y profunda. ¿O no había sido un presentimiento?, se imploraba ella. No quiero que Daniel se mueva. Y Daniel se movía. La respiración leve, los oídos nuevos y sorprendidos, ella parecía poder penetrar y huir de las cosas en silencio como una sombra; débil y ciega, sentía el color y el sonido de lo que casi sucedía. Avanzaba trémula ante sí misma, volaba con los sentidos hacia delante atravesando el aire tenso y perfumado de la noche nueva. No quiero que el pájaro vuele, se decía ahora, casi una luz en el pecho a pesar del terror, y con una percepción cansada y difícil presentía los movimientos futuros de las cosas un instante antes de que sonasen. Y si quisiese diría: no quiero oír el fluir del río, y no habría cerca ningún río pero ella oiría su llanto sordo sobre las pequeñas piedras... Y ahora... y ahora... ¡sí!...

—¡Virgínia! ¡Daniel!

En la confusión todo se precipitaba, asustado y oscuro; la llamada de la madre brotaba del interior del caserón y entre los dos estallaba una nueva presencia. La voz no había alterado el silencio de la noche pero había repartido su oscuridad, como si el grito fuese un rayo blanco. Antes de que tuviese conciencia de sus movimientos, Virgínia se halló dentro de la casa, detrás de la puerta cerrada. La sala, la escalera, se extendían en silencio indistinto y sombrío. Las lámparas encendidas oscilaban en sus cables bajo el viento en un prolongado movimiento mudo. A su lado estaba Daniel, con sus labios exangües, duros e irónicos. En la quietud de la Granja algún caballo suelto movía con calma las hierbas con sus patas finas. En la cocina revolvían los cubiertos, un súbito sonido de campana y los pasos de Esmeralda atravesaron rápidamente una habitación... La lámpara encendida oscilando tranquila, la escalera durmiente respirando. Entonces —no era siquiera de alivio por acabarse el miedo, sino en sí mismo inexplicable, vivo y misterioso— entonces ella sintió un largo, claro, profundo instante abierto dentro de sí. Acariciando con los dedos fríos la vieja aldaba de la puerta entrecerró los ojos sonriendo con malicia y profunda satisfacción.

Granja Quieta y sus tierras se extendían a algunas millas de las casas que se agrupaban alrededor de la escuela y del centro de salud, alejándose del centro comercial del municipio de Brejo

Alto, en cuya circunscripción se encontraban. El caserón pertenecía a la abuela. Sus hijos se habían casado y vivían lejos. El hijo más joven había llevado allí a su mujer y en Granja Quieta habían nacido Esmeralda, Daniel y Virgínia. Poco a poco los muebles desertaban, vendidos, rotos o envejecidos, y los cuartos se vaciaban, pálidos. El de Virgínia, frío, ligero y cuadrado, solo tenía una cama. En la cabecera ella colgaba su vestido antes de dormir, y, metida en la delgada combinación, con los pies sucios de tierra, se escondía bajo las enormes sábanas de matrimonio con un enorme placer.

—Preferiría más muebles y menos habitaciones —se quejaba Esmeralda con los ojos bajos de rabia y de fastidio, los grandes pies descalzos.

—Exactamente lo contrario —respondía el padre cuando no se quedaba callado. La escalera sin embargo se cubría con una gruesa alfombra de terciopelo púrpura, todavía de la boda de la abuela, ramificándose por los pasillos hasta las habitaciones con un repentino lujo seguro y serio. En vez de la acogedora riqueza que la alfombra anunciaba, al abrir las puertas se encontraban el vacío, el silencio y la sombra, el viento comunicándose con el mundo a través de las ventanas sin cortinas. Desde la vidriera alta se veía más allá del jardín de plantas enmarañadas y ramas secas el largo espacio de tierra de un silencio triste y susurrado. El mismo comedor, la habitación más grande del caserón, se extendía abajo en largas sombras húmedas, casi desierto: la pesada mesa de roble, las sillas ligeras y doradas de un conjunto de muebles antiguo, una estantería de finas patas torneadas, el aire rápido sobre los picaportes relucientes, y una vitrina larga donde translúcidamente brillaban con grito sofocado algunos vidrios y cristales dormidos bajo el polvo. Sobre el aparador reposaba la jofaina de cerámica rosada, el agua fría en la penumbra refrescando el fondo de la habitación, donde se debatía un ángel gordo, retorcido y sensual. Frisos altos se levantaban en las paredes, rayando de sombras verticales y silenciosas el suelo. En las tardes en las que el viento soplaba en la Granja —las mujeres en las habitaciones, el padre en el trabajo, Daniel en el bosque—, en las tardes apacibles en las que un viento lleno de sol soplaba como sobre ruinas desnudando las paredes de caliza corroída, Virgínia vagaba en la limpidez abandonada. Caminaba mirando, con una distracción seria. Era de día, los campos se extendían claros, sin manchas, y ella se movía insomne. Sentía una difusa náusea en los nervios calmados; pequeña y delgada, con las piernas marcadas de mosquitos y caídas, se paraba junto a la escalera mirando. Los escalones que subían sinuosos alcanzaban una gracia firme, tan leve que Virgínia casi perdía su percepción al poseerla y se paraba frente a ella contemplando solo madera polvorienta y terciopelo encarnado, escalón, escalón, ángulos secos. Sin saber por qué, se detenía sin embargo, balanceando los brazos desnudos y delgados; ella vivía al margen de las cosas. El salón. El salón lleno de puntos neutros. El olor a casa vacía. Pero ¡la lámpara! Estaba la lámpara. La gran lámpara de lágrimas refulgía. La miraba inmóvil, inquieta, parecía presentir una vida terrible. Aquella existencia de hielo. ¡Una vez!, una vez ante su mirada la lámpara se esparció en crisantemos y alegría; otra vez —mientras ella corría atravesando el salón— era una casta semilla. La lámpara de lágrimas. Salía corriendo sin mirar hacia atrás.

De noche el salón se iluminaba en una claridad intermitente y dulce. Dejaban dos quinqués sobre el aparador a disposición de los que iban a recogerse. Antes de entrar en el cuarto había que apagar la luz. De madrugada un gallo cantaba una límpida cruz en el espacio oscuro, un surco húmedo esparcía un olor frío en la distancia, el sonido de un pájaro arañaba la superficie de la penumbra sin penetrarla. Virgínia afinaba sus sentidos adormilados, los ojos cerrados. Los gritos sangrientos y jóvenes de los gallos se repetían dispersos por los alrededores de Brejo Alto. Una cresta roja se sacudía en un temblor, mientras piernas delicadas y decididas avanzaban a paso lento por el suelo pálido, lanzaba el grito y a lo lejos, como el vuelo de una saeta, otro gallo duro y vivo abría el pico feroz y respondía mientras los oídos aún dormidos esperaban con una vaga atención. La mañana extasiada y débil se iba propagando como una noticia. Virgínia se levantaba, se metía en el vestido corto, abría las altas ventanas del cuarto, la niebla penetraba lenta y oprimida; ella sumergía la cabeza, el rostro dulce como el de un animal que come de nuestra mano. Su nariz se movía húmeda, la cara fría refinada por la claridad se adelantaba en un impulso explorador, libre y asustado. Vislumbraba solo algún hierro de la verja del jardín. El alambre espinoso sobresalía seco del interior de la bruma helada; los árboles emergían negros, ocultas sus raíces. Ella abría los ojos. Allí estaba la piedra escurriendo el rocío. Y después del jardín la tierra desaparecía bruscamente. Toda la casa flotaba, flotaba entre nubes, desligada de Brejo Alto. Incluso el bosque descuidado se alejaba pálido y quieto, y en vano Virgínia buscaba en su inmovilidad la línea familiar; las astillas sueltas bajo la ventana, cerca del arco decadente de la entrada, yacían nítidas y sin vida. Instantes después, no obstante, el sol surgía blanquecino como una luna. Instantes después las nieblas desaparecían con una rapidez de sueño disperso y todo el jardín, el caserón, la llanura, el bosque refulgían emitiendo pequeños sonidos finos, quebradizos, aún cansados. Un frío inteligente, lúcido y seco, recorría el jardín, se insuflaba en la carne del cuerpo. Un grito de café recién hecho subía de la cocina mezclado con el olor suave y sofocante de hierba mojada. El corazón latía con un alborozo doloroso y húmedo como si fuese atravesado por un deseo imposible. Y la vida del día comenzaba perpleja. Con la cara tierna y helada como la de una liebre, los labios duros de frío, Virgínia seguía un vago segundo en la ventana escuchando con algún punto de su cuerpo el espacio frente a ella. Dudaba entre la decepción y un encanto difícil, como una loca la noche mentía de día…

Como una loca la noche mentía, como una loca la noche mentía; bajaba ella descalza la escalera polvorienta, los pasos amortiguados por el terciopelo. Se sentaban a la mesa para desayunar y si Virgínia no comía lo suficiente recibía al instante; qué bueno era, la mano abierta volaba rápida y estallaba con un ruido alegre en una de las mejillas enfriando la sala sombría con la delicadeza de un estornudo. El rostro despertaba como un hormiguero al sol y entonces ella pedía más pan de maíz, llena de una mentira de hambre. Su padre seguía masticando, los labios húmedos de leche, mientras con el viento una cierta alegría bailaba en el aire; un ruido fresco al fondo del caserón llenaba de repente la sala. Pero Esmeralda siempre escapaba, la espalda recta, el busto alto. Porque la madre se levantaba pálida y balbuciente y decía —un poco de frío penetraba por el vacío claro de la ventana y al mirar el rostro duro y amado de Daniel un deseo de huir con él y de correr hacía que el corazón de Virgínia se hinchase aturdido y leve en un impulso hacia delante— la madre decía:

—¿No tengo derecho ni siquiera a un hijo?

A una hija debería decir, pensaba Virgínia sin levantar los ojos de la taza porque en esos momentos incluso el relincho de un caballo en el prado hería como una audacia triste y pensativa. Esmeralda y su madre conversarían largamente en la habitación, los ojos brillando en rápidas comprensiones. Una y otra vez las dos trabajaban en el corte de un vestido como si desafiasen al mundo. El padre nunca hablaba con Esmeralda y nadie mencionaba lo que le había sucedido. Virgínia tampoco indagaba nunca nada; ella podría vivir con un secreto no revelado en las manos sin ansiedad, como si esta fuese la verdadera vida de las cosas. Esmeralda sujetaba la larga falda que llevaba en casa, subía la escalera, quemaba en su cuarto un perfume irritado, insistente y solemne; no se podía estar en su habitación más que algunos minutos, de repente el olor saciaba y aturdía como un mareo en una capilla. Pero se quedaba absorta ante la calabaza que servía de urna, parecía aspirar la llama caliente con sus ojos fuertes, femeninos e hipócritas. Toda su ropa interior estaba bordada a mano; el padre no miraba a Esmeralda, como si ella estuviese muerta. La última vez que la había mencionado había sido exactamente cuando habló otra vez del viaje que Daniel y Virgínia harían un día a la ciudad para estudiar lenguas, comercio y piano; Daniel, que tenía buen oído y practicaba algunas veces con un piano de Brejo Alto. Con la otra hija, dijo, no haría lo mismo porque «un animal solo se saca de casa sin dientes». Esmeralda se sentaba junto a su madre durante las comidas; bajaba siempre un poco retrasada y lenta, pero el padre no decía nada. Y ella también podría aparecer pálida y con ojeras porque había bailado en casa de una familia de Brejo Alto. La madre entonces bajaba recuperada de su cansancio, el cuerpo asustado, tal era la excitación que se apoderaba de ella por volver a asistir a fiestas. Sus ojos se ausentaban, y volvía a mirar el salón mientras masticaba. Dulces y brillantes las jóvenes se desperdigaban de nuevo por los balcones, por el salón, en poses tranquilas y contenidas, esperando su vez para ser enlazadas; después bailaban, la cara casi seria; las más inmorales jadeaban con inocencia, todas peinadas y contentas, en los ojos un único e indescifrable pensamiento; pero los hombres, como siempre, eran interiores, pálidos y galantes; ellos sudaban mucho, como eran poco numerosos algunas muchachas acababan bailando unas con otras, animadas, riendo, saltando, los ojos sorprendidos. Ella masticaba, la mirada fija, sintiendo la realidad incomprensible del baile flotar como una mentira. El padre las miraba en silencio. Antes de ponerse a comer y permitir que todos empezasen, afirmaba con cierta tristeza:

—Pues claro.

Virgínia lo amaba tanto en esos momentos que desearía llorar de esperanza y de confusión sobre su plato. La madre suspiraba con ojos pensativos:

—¡Qué sé yo, Dios mío!

Pero ella pasaba los días como una visita en su propia casa, no daba órdenes, no se ocupaba de nada. Su vestido floreado y gastado la vestía blandamente, dejaba entrever sus amplios senos gordos y aburridos. Ella había estado viva, tomaba pequeñas decisiones a cada minuto, brillaba su ojo fatigado y colérico. Así había vivido, se había casado y había hecho nacer a Esmeralda. Después le había sobrevenido una pérdida lenta, ella no alcanzaba con la mirada su propia vida, aunque su cuerpo aún continuase viviendo separado de los otros cuerpos. Perezosa, cansada e indecisa, Daniel y después Virgínia nacieron formados en la parte inferior de su cuerpo, incontrolables, un poco flacos, peludos, con los ojos hasta bonitos. Se apegaba a Esmeralda como al resto de su última existencia, de aquel tiempo en que respiraba hacia delante diciéndose: voy a tener una hija, mi marido va a comprar un conjunto de sofá y sillones, hoy es lunes… Del tiempo de soltera guardaba con amor una camisa gastada por el uso como si la época sin hombre y sin hijos fuese gloriosa. Así se defendía del marido, de Virgínia y de Daniel, parpadeando. Su marido poco a poco había impuesto un cierto tipo de silencio con su cuerpo astuto y quieto. Y poco a poco, después de la prohibición de compras y gastos, ella supo con una alegría rumiada, como uno de los mayores motivos de su vida, que no vivía en su propio hogar sino en el de su marido, en el de su vieja suegra. Sí, sí; antes se unía por medio de alegres hilos a lo que sucedía y ahora los hilos se engrosaban pegajosos o se rompían y ella chocaba bruscamente con las cosas. Todo era tan irremediable, y ella vivía tan segregada, pero tan segregada. Maria —se dirigía con el pensamiento a una amiga de la escuela, perdida de vista. Simplemente continuaba—, Maria. Miraba a Daniel y a Virgínia, tranquilamente sorprendida y altiva; ellos habían nacido. Hasta el parto había sido fácil, ella no podía recordar ni siquiera el dolor, su parte inferior era muy sana, pensaba confusamente, lanzándose una rápida mirada a sí misma; no se unían a su pasado. Decía débilmente: come, Virgínia… —y paraba—. Virgínia… Ni había sido ella quien había elegido el nombre, Maria. Le gustaban los nombres brillantes e irónicos como quien se abanica para rechazar: Esmeralda, dos golpes de abanico, Rosicler, tres golpes de abanico rápidos… Y la niña, como una rama, crecía sin que ella hubiera memorizado sus facciones de antes, siempre nueva, extraña y seria, rascándose la cabeza sucia, llena de sueño, de poco apetito, dibujando tonterías en hojas de papel. Sí, la madre no comía mucho, pero su manera abandonada de estar a la mesa daba la impresión de que se revolcaba en la comida. No hacía casi nada, pero de alguna manera parecía sentirse tan enredada en su propia vida que apenas podría desatar un brazo y hacer siquiera un gesto. Viéndola tirada sobre la mesa, a su padre masticando con los ojos fijos, a Esmeralda aguda, rígida y ávida diciendo: ¡¿por dónde pasear?!, ¡¿por esos pantanos?!, a Daniel oscureciéndose orgulloso y casi aturdido de tanto poder contenido, y, al cerrar los ojos, viendo en sí misma una pequeña sensación cerrada, alegrísima, firme, misteriosa e indefinida, Virgínia nunca sabría que en realidad se preguntaba si una cualidad en una persona excluía la posibilidad de otras, si lo que había dentro del cuerpo era lo bastante vivo y extraño como para ser también su contrario. En cuanto a sí misma, ella no conseguía adivinar lo que podía y lo que no podía, lo que obtendría solo con un abrir y cerrar de ojos y lo que no obtendría ni siquiera entregando su vida. Pero a sí misma se concedía el privilegio de no exigir gestos y palabras para manifestarse. Sentía que, incluso sin un pensamiento, un deseo o un recuerdo, ella era imponderablemente aquello que ella era y que consistía sabe Dios en qué.

Los días en Granja Quieta respiraban amplios y vacíos como el caserón. La familia no solía recibir muchas visitas. La madre algunas veces se animaba con la llegada de dos vecinas, las llevaba rápidamente a su propio cuarto como si intentase protegerlas de los largos pasillos. Y Esmeralda se iluminaba con agitación y una cierta brutalidad cuando sus amigas, pálidas y altas bajo sombreros del color del maíz, venían a verla. Se calzaba deprisa los zapatos, las conducía acalorada a su habitación, cerraba la puerta con llave, el tiempo pasaba. Y a veces venía del sur algún miembro de la familia paterna a visitar a la abuela y al padre. El tío se sentaba a la mesa, sonreía a todos con su sordera y comía. Y también la tía Margarida, delgada, de piel fláccida, el rostro agudo de pajarito seco pero los labios siempre rosados y húmedos como un hígado, quien llevaba en un solo dedo los dos anillos de viudez y tres más con piedras. Su padre rejuvenecía en esas ocasiones y Virgínia lo acompañaba asustada, con un inquieto desagrado. Él mismo quería servir la mesa, relevando de ello a la negra de la cocina; Virgínia lo miraba agitada y muda, la boca llena de un agua de náusea y atención. Con los ojos húmedos conducía a la abuela hasta la mesa, y decía:

—La señora de la casa debe cenar con sus hijos, la señora de la casa debe cenar con sus hijos… —Y se entendía que eso era gracioso. Virgínia se reía. La mirada de la tía Margarida era rápida y en la fracción de segundo que duraba parecía sonreír. Pero cuando terminaba y su rostro ya se volvía hacia otro lado, flotaba en el aire algo como el después de un miedo revelado. Con la cabeza de pajarito de plumas peinadas, oblicua al plato, comía sin hablar. Se veía que un día iba a morir, eso se veía. El tío decía con un tono profundo y calmado:

—¡Qué bueno está esto…!

—¡Sírvete más! —gritaba el padre parpadeando de alegría.

El tío miraba al padre a los ojos con una sonrisa inmóvil. Amasaba una bolita de miga de pan y respondía con delicadeza y bonhomía, como si tuviese que apaciguar su propia sordera:

—Claro, claro.

El padre miraba un instante con una perplejidad excesiva. Sujetaba súbitamente el plato de su hermano, lo llenaba de comida y lo empujaba, emocionado y contento:

—Toma, come de una vez.

El tío hacía un ligero saludo sacudiendo la mano ante su cabeza como un saludo militar. El padre lo acompañaba con los brazos abiertos como un muñeco, exagerando su felicidad.

—Ah, vida triste, vida triste… —decía sin parar de reír.

Cuando después de algunos días las visitas se iban la vida en el caserón era otra vez aspirada por el aire del campo y las moscas zumbaban más fuerte, brillando en la luz. El padre recuperaba su soledad sin tristeza, apartaba el mantel y los cubiertos, acercaba un quinqué, leía el periódico y nunca abría el libro. Se iba después a dormir, subiendo las escaleras lentamente, como para escuchar los crujidos de los escalones, con una esperanza oscura y tranquila, casi una falta de deseo. A veces, con los calzoncillos largos arremangados —se transformaba entonces de repente en un hombre gracioso y a Virgínia le costaba dormir esa noche—, con los calzoncillos largos arremangados él iba viviendo y se quedaba hasta las dos o tres de la madrugada viendo como las aves ponían los pequeños, pequeños huevos. Con el cuerpo cubierto de excrementos de gallina se metía en una tina llena de agua y queroseno colocada en el patio, e iluminado débilmente por el candil se lavaba, se secaba callado, la oscuridad salpicada de ruidos húmedos y bruscos, él se iba a dormir. La madre preguntaba en medio del olvido de la cena, en el centro del caserón:

—¿Y la papelería?

—Va marchando —respondía el padre.

Virgínia pasaba ante la puerta de la abuela, se paraba contenta un momento para oír sus ronquidos. No roncaba en línea recta y aguda, sino a través de un par de alas. El sonido empezaba amplio, se reunía en un centro fino y se ampliaba de nuevo. Un ala volando era su ronquido satisfecho y extraño. Virgínia entraba en su cuarto con los ojos cerrados, se sentía en el medio de un flamear de alas tiernas, roncas y rápidas, como si la vieja soltase un pajarito asustado a cada soplo. Y cuando despertaba —siempre despertaba súbitamente, miraba aterrorizada a su alrededor como si pudiesen haberla transportado a otro mundo mientras dormía, y miraba con maldad a Virginia—, cuando despertaba el rumor se cortaba en línea recta, un pajarito medio suelto en una boca vacilaba trémulo y luminoso y era absorbido por un murmullo. La abuela ya no salía del cuarto, adonde la negra que había criado le llevaba las comidas. Solo bajaba cuando la familia del sur la visitaba. Esmeralda, Daniel y Virgínia tenían el deber de entrar en su habitación al menos una vez al día para recibir su bendición y darle una especie de rápido beso en el rostro. Y nunca la visitaban más que esa vez. Cuando la negra enfermaba, mandaban a Virgínia que se quedase en su cuarto para atenderla. Ella iba animada. La abuela sentada no hablaba, no reía, casi no miraba, como si ahora le bastase vivir. A veces renacía con la rápida expresión de un rostro experimentado e indecente. Virgínia le hablaba bajo para que ella no pudiese oír y se enfadase. Su mayor gesto de rabia o desprecio era escupir de lado; con la boca seca le era difícil reunir suficiente saliva, y entonces, distraída de su cólera, intentaba solo escupir; apoyada en la puerta, la cara profundamente quieta y delgada, Virgínia espiaba. La vieja parecía meditar un instante, con la cabeza inclinada hacia un lado, en la posición en que la había dejado la rabia; después desistía con un aire satisfecho y ágil, como si hubiese ahorrado saliva contra todos se quedaba quieta de nuevo, los ojos brillantes parpadeando a intervalos. Virgínia temblaba de desagrado y miedo. La veía mover la mano perezosamente y con una lentitud torpe rascarse la nariz seca. «No te morirás, no, maldita vieja», repetía colérica, para sí misma, la frase de la criada. Pero la abuela de repente soltaba un estornudo de gato al sol y algo se mezclaba con el miedo de Virgínia, le pesaba en el pecho una piedad avergonzada e irritada. «No te mueras, no, viejecita de mi corazón», repetía. La habitación se oscurecía ante sus ojos abiertos y fijos mientras ella apoyaba del todo su cuerpo en la puerta. Y de repente un movimiento de vida parecía precipitarse y caer en el mismo plano: la sensación de caída mientras se duerme. Inmutable, inmutable.

Pero a veces era tan rápida su vida. Las luces marchan sin dirección. Virgínia espía el cielo, los colores brillan bajo el aire. Virgínia camina sin dirección, la claridad es el aire, Virgínia respira claridad, las hojas tiemblan sin saber, Virgínia no piensa, las luces marchan sin dirección, Virgínia espía el cielo... A veces era tan rápida su vida. Su pequeña cabeza de niña se aturdía, miraba el campo ante ella, observaba Granja Quieta ya perdida en la distancia y miraba sin intentar comprender. En Brejo Alto no había mar pero uno podía mirar rápidamente la extensa campiña, cerrar luego los ojos, apretar su propio corazón y como un hijo, como un hijo naciendo, sentir el olor dulcemente podrido del mar. Y aunque en ese instante el día fuese duro y nuevo, las plantas secas por el polvo, las nubes rojas y calientes de verano, los girasoles ásperos meciéndose contra el espacio al final del tallo grueso, aunque no hubiese la feliz humedad de las tierras próximas a las aguas... Una vez un pájaro emergió de la campiña hacia el aire con un vuelo súbito, hizo que el corazón latiese rápido en un susto pálido. Y eso era libre y leve como si alguien caminase a lo largo de la playa. Ella nunca había estado cerca del mar pero sabía cómo era el mar, no obligaba a su vida a expresarlo en pensamientos, ella lo sabía y con eso bastaba. Cuando menos se esperaba llegaba la noche, la lechuza chillaba, Daniel podía de un momento a otro llamarla para ir a pasear, alguien podía aparecer en la puerta dando algún recado, Daniel y ella corrían para saber de qué se trataba, la criada podía enfermar, ella misma podía despertar más tarde, era tan finamente simple en aquella época. No existía lo inesperado y el milagro era el movimiento revelado de las cosas: que brotase una rosa en su cuerpo, Virgínia la cogería con cuidado y con ella se adornaría los cabellos sin sonreír. Había una cierta alegría admirada y tenue sin notas cómicas. ¿Dónde?, ah, un color, las plantas frías que parecían destilar sonidos pequeños, vagos y claros en el aire, diminutos soplos trémulamente vivos. Su vida era minuciosa pero al mismo tiempo ella vivía únicamente un solo rasgo esbozado sin fuerza y sin finalidad, liso y amedrentado como el vestigio de otra vida; y lo máximo que podría hacer sería seguir cautelosamente sus indicios. ¿Acaso todo el mundo sabe lo que yo sé?, se preguntaba con un aire obstinado y sin inteligencia que era marca común de su familia, con la cabeza inclinada. Se paraba un instante en el límite del campo y se quedaba quieta esperando, atenta a sus propias posibilidades. Un largo minuto se desarrollaba, del mismo color y en el mismo plano, como un punto saliendo fuera de sí en una línea recta y pausada. Mientras duraba, todo lo que existía fuera de ella era visto por sus ojos solo con una constatación límpida y curiosa. Pero de un momento a otro, sin ningún aviso, se estremecía delicadamente, recogiendo de una sola vez los movimientos contenidos en las cosas de su alrededor. Instantáneamente transmitía sus propios movimientos hacia el exterior mezclados con la carga recibida; poco después en el aire del campo había un elemento más que ella creaba emitiendo con las pequeñas sonrisas mudas su propia fuerza. Avanzaba y penetraba libremente por el prado mojado, las piernas delgadas se humedecían. Todo rodaba levemente alrededor de sí mismo, el viento sobre las hojas del patio. Alguna que otra vez, como un pequeño grito casi inaudible y después el silencio desmintiéndolo, ella poseía rápidamente la sensación de poder vivir y enseguida la perdía para siempre con una sorpresa tonta: ¿qué ha pasado? Aunque la sensación valiese como un perfume que se huele al correr, casi una mentira, había sido eso mismo, poder vivir... Dijo a Daniel:

—Lo que es bueno y lo que nos asusta es que... por ejemplo, yo puedo hacer mis cosas..., que tengo ante mí algo que aún no existe, ¿sabes?

Daniel miró al frente, inflexible:

—¿Y qué?, es el futuro...

—Sí, pero es horrible, ¿no? —decía ella ardiente y risueña.

Profundamente ignorante, hacía pequeños ejercicios y comprensiones sobre cosas como andar, mirar los árboles altos, esperar por la mañana el fin de la tarde, pero esperar solo un instante, seguir a una hormiga igual a las otras entre muchas, pasear despacio, prestar atención al silencio casi cogiendo con el oído un rumor, respirar deprisa, poner la mano expectante sobre el corazón que no paraba, mirar con fuerza una piedra, un pájaro, su propio pie, oscilar con los ojos cerrados, reír en alto cuando estaba sola y entonces escuchar, abandonar el cuerpo en la cama sin fuerzas, dolorida de tanto esfuerzo por anularse, probar el café sin azúcar, mirar al sol hasta llorar sin dolor —el espacio enseguida pasmado como antes de una terrible lluvia—, coger en la palma de la mano un poco de río sin derramarlo, colocarse bajo una farola para mirar hacia arriba y deslumbrarse a sí misma, variando con cuidado la manera de vivir. Lo que la inspiraba era tan corto. Vagamente, vagamente, si hubiese nacido, sumergido las manos en el agua y muerto, habría agotado su fuerza y habría sido completo su movimiento. Era esa su impresión sin pensamientos.

Por la tarde las palmeras fueron derribadas por un motivo y grandes hojas de palma, duras y verdes, se cubrieron nerviosamente de hormigas que subían y bajaban cumpliendo misteriosamente una misión o divirtiéndose por un motivo. Virgínia se arrodilló observando. Levantó los ojos y vio una humareda blanca que se alzaba a lo lejos, entre los árboles negros. Un rápido movimiento de caleidoscopio y se formaba una imagen parada, insoluble y sin más allá: hierbas directas al sol, sol cálido y sosegado, hileras tibias de hormigas, tallos gruesos de palmera, la tierra pinchando en las rodillas, el pelo cayendo sobre los ojos, el viento penetrando por el rasgón del vestido e iluminando frescamente su brazo; una humareda velada disolviéndose en el aire y todo eso unido por el mismo misterioso intervalo, un instante después de levantar la cabeza y vislumbrar la humareda a lo lejos, un instante antes de bajar la cabeza y sentir nuevas cosas. Y también sabía vagamente, casi como si lo inventase, que dentro de aquel intervalo había todavía otro instante, pequeño, pálido y plácido, que no tenía en su interior ninguna de las cosas que estaba viendo, así, así. Y qué pobres y qué libres eran Daniel y ella. El mundo entero podría reírse de ellos y ellos no harían nada, no sabrían nada. Se decía que los dos eran tristes, pero los dos eran alegres. A veces Daniel le hablaba de huir un día, ambos sabían que no lo deseaban exactamente. Ella levantaba la cabeza de la tierra y veía sobre sus labios trémulos de imaginación naciente un arco mal hecho de café con leche ya seco. Desviaba los ojos súbitamente herida en lo más tierno de su corazón, y altiva, asustada, tropezaba entre la repugnancia, las lágrimas y el desprecio, perpleja, viviendo, viviendo. Caía al final en una piedad profunda e intolerable, brutal contra sí misma y que acababa por conducirla a una especie de gloria íntima, un poco miserable también. En aquel tiempo ella se compadecía mucho, con una violencia casi voluptuosa, sintiendo en la boca un sabor fugitivo de sangre. En secreto sentía pena por todo, por las cosas más fuertes. A veces, aterrorizada ante un grito de su padre, sus ojos bajos y amedrentados se posaban en aquellos botines gruesos donde un cordón gris vacilaba en ser útil. Y de repente, sin esperar, con toda la carne doliéndole como si un dulce ácido la recorriese instantáneamente, se deslizaba hacia un martirio de comprensión y sus ojos se cubrían de húmeda ternura. ¡La gente era tan ridícula!, ella tenía ganas de llorar de alegría y de vergüenza de vivir. Era esa la impresión. El padre venía de la carreta, preguntaba:

—¿Qué es eso? ¿Virgínia está llorando?

—No, cantando —respondía la negra—. A según qué horas canta canciones a gritos, sin ninguna gracia.

Delgada y sucia, las venas del cuello temblaban largas, ella cantaba sin gracia, puro sonido gritando, sobrepasando las cosas en sus propios términos. Lo importante eran los niveles que su voz alcanzaba. En primer lugar ella seguía, pequeña y de pie en el umbral de la puerta; mientras tanto las notas subían como pompas de jabón, brillantes y repletas, y se perdían en la claridad del aire; y esas pompas eran suyas, de ella que era pequeña, de pie en el umbral de la puerta. Era así. Y era también una de sus cualidades saber imitar llantos de animales, a veces de animales que no existían pero que podrían existir. Eran voces guardadas, redondas en la garganta, aulladas, dolientes y muy pequeñas. Podía también hacer llamadas agudas y dulces como de animales perdidos. Pero de repente las cosas se precipitaban hacia una realidad resistente. Su padre la encontró un día llorando; ella era casi una mocita mirando distraída las nubes que se movían. Estupefacto le preguntó:

—Pero ¿por qué? ¿Por qué?

Todo se hizo difícil entonces, él había venido y la cansaba. Y como ella no sabía qué responder, inventó:

—Daniel y yo no podemos vivir siempre aquí...

Horrorizado, su padre la oyó como si oyese hablar a un árbol. Y entonces, con una extraña y súbita comprensión que la asustó porque ella no había entendido nada, él se llenó de una cólera que lo ponía rojo y tenso, en una conmoción casi peligrosa.

—¡Mentira!, ¡loca!, ¡loca!, ¡loca!

Ella lo miró sorprendida, con su rostro joven brillando ya sin lágrimas; él la observó con las cejas fruncidas y concluyó más tranquilo, alzando los hombros casi con indiferencia:

—Loca.

Daniel era un niño extraño, sensible y orgulloso, difícil de amar. No sabía poner un pretexto para ocultarlo. Incluso cuando caía en fantasías, estas eran precavidas, familiares; no tenía valor para inventar y era siempre ella quien, con una facilidad sorprendente, mentía por los dos; él era sincero y duro, detestaba lo que no veía. Con sus ojos limpios y secos vivía como a solas con Virgínia dentro de la Granja. Desde que nació su hermana se apropió de ella y secretamente era suya. Cuando era aún muy pequeña, con el pelo largo y sucio ante los ojos, las piernas cortas bamboleándose sobre los pies descalzos, ella se agarraba con una mano a los pantalones de su hermano Daniel, y él, con el rostro curtido y sin dulzura, los ojos seguros, subía las laderas de las montañas con movimientos obstinados, como si no sintiese el peso de Virgínia, la inclinación resistente de las colinas, el viento que soplaba firme y frío contra su cuerpo. No la amaba siquiera, pero ella era dulce y tonta, fácil de conducir a cualquier idea e incluso en las épocas en las que él se cerraba sereno y brutal dándole órdenes ella le obedecía porque lo sentía cerca de sí, ocupándose de ella; él era la criatura más perfecta que ella podía conocer. Pasaba entonces los días en una extraña euforia, como el viento, profunda, tranquila y silenciosa. Dios mío, no sabía qué pensaba, ella solo sentía un anhelo, nada más, ni siquiera un motivo. Y él, él solo sentía rabia, nada más, ni siquiera un motivo. A pesar de todo, Daniel pisaba con fuerza, permitía que viviese en ella aquella desesperación suya, torpe y atenta, una debilidad aguda, la posibilidad de comprender por la nariz, de presentir dentro del silencio, de vivir profundamente sin ejecutar un movimiento y de, encerrada en una habitación, estar en peligro. Sí, sí, poco a poco, en voz baja, de su ignorancia iba naciendo la idea de que poseía una vida. Era una sensación sin pensamientos anteriores ni posteriores, súbita, completa y única, que no podría aumentar ni alterarse con la edad o con la sabiduría. No era como vivir, vivir y entonces saber que poseía una vida, pero era como mirar y ver de una sola vez. La sensación no venía de los hechos presentes ni pasados sino de ella misma como un movimiento. Y si muriese pronto o se enclaustrase, el aviso de tener una vida valía como haber vivido mucho. Tal vez por eso también ella estaba un poco cansada, desde siempre, a veces solo por un esfuerzo imperceptible se mantenía a flote. Y, sobre todo, siempre había sido seria y falsa.

Por la tarde se pusieron ropa limpia, se mojaron y peinaron el pelo y fueron con su padre a la papelería. Era un buen lugar para estar, con una puerta y una ventana, casi oscuro y agradable por dentro. Se vendían libros, cuadernos, imágenes de santos y medallas religiosas. En todos los cumpleaños de

Granja Quieta el regalo era una medallita con un santo que nunca era el mismo, generalmente el que menos solicitaba la clientela de Brejo Alto. Vendían también postales con novios besándose, ángeles y cupidos, paisajes nevados. Esmeralda trajo una donde un chico ofrecía una flor a una chica que reflexionaba con una de las manos en la frente, el codo suelto en el espacio. Pero lo que tenía más salida eran los artículos religiosos. La calle de la papelería subía estrecha y jadeante hasta la iglesia del Bom Jesus, con su patio blanco rodeado de rejas oxidadas. Al salir de la iglesia se compraban las medallitas. Daniel y Virgínia, mientras esperaban a su padre, entraron en la iglesia. Era pequeña y limpia, oscura; el exterior había sido encalado. Dentro ardía un candil y las sombras rojizas y solitarias eran sofocadas por las alfombras viejas. «Rogad por nosotros», dijeron ellos rápidamente, observaron la pequeña pila de agua bendita y salieron deprisa pisando sin violencia el suelo de ladrillos húmedos. Se oyó un trueno a lo lejos. Ya anochecía pero su padre tenía la tienda repleta de hombres que hablaban de negocios. Virgínia y Daniel salieron de nuevo andando por las calles casi oscuras; por alguna ventana que se habían olvidado de cerrar miraban el interior polvoriento de las casas; los muebles, los pequeños jarrones viejos y concentrados parecían de materia viva expectante como un árbol. Las calles estrechas bajaban o subían ligeramente con ellos. Entre las piedras, el Ayuntamiento había olvidado unas hierbas. Las cosas en cierto momento se volvieron de algún color impreciso, tal vez azulado, sin que el aire que las bañaba de tono y transparencia pareciese existir y tocarlas. Los brazos eran translúcidos y difuminados, el rostro vago y suavemente despierto. Las casas bajas se unían directamente a la acera, pegadas unas a otras, con pequeños balcones de hierro sin relieve. Los edificios rosados eran amplios y monótonos, con los cristales coloridos. Caminaron hasta el parque, cansados y con hambre. Se sentaron juntos en un banco. A través de la bruma fina del parque las farolas ya encendían luces redondas, amarillas y asustadas. En la extensión tranquila y sin árboles aquel silencio sorprendente, un sonido simple y vibrante oscilando sereno. De nuevo sonó un trueno, apagado y distante. Una rana saltaba de la sombra, se doraba un momento en la claridad y se sumergía en la oscuridad de la noche. De repente Daniel la miró y se cansó intensamente de Virgínia mientras ella cabeceaba de sueño. Se levantó y se sentó en otro banco sin que ella protestase. Allí la fuente echaba agua, siempre nueva y blanda, ruidosa. El viento llevaba el olor de las plantas, el frío del agua se esparcía por el aire en gotas. Él empezó a pensar con violencia en nada. Un deseo de matar, de conquistar, mientras la hormiga lenta y cobriza se movía sobre sus patas largas en el cemento del banco. Daniel no sabía qué hacer y el ruido mojado del agua refrescaba su enorme espíritu. Un gran deseo como de ironía se apoderó de él, que ya tenía casi quince años. Cogió una hierba larga, la arrancó, la masticó y se la tragó con desafío. Pero eso era poco. Le parecía que debía morir como una respuesta. Necesitaba la cólera para vivir, le daba elocuencia. Respiró con ímpetu sintiendo el verde duro e inflexible de la vida en el corazón, el nuevo ánimo le insinuó un pensamiento: la asustaría, ¡le diría que se iba a morir! El pequeño impulso le dio una vida más apresurada mientras sus ojos se alegraban. Volvió al banco donde Virgínia clavaba los ojos soñolientos en el suelo. Un fino chal de lana protegía del frío sus hombros flacos.

—Pareces jorobada —dijo para empezar.

Ella se enderezó un instante y volvió a su antigua posición con debilidad. Él se irritó, pero con sabiduría transformó su ímpetu en una fuerza lenta y paciente. Dijo:

—Vamos a andar.

Casi la obligó a correr. Rápidamente una cierta alegría se apoderó de ella, el sueño desapareció.

—Me voy a morir —dijo él en un tono cualquiera porque ya no podía contenerse más.

Ella palideció.

—No.

Virgínia nunca lo decepcionaba… Él la escrutó con curiosidad, notó que estaba emocionada, se rio en alto con desprecio y vehemencia, se sacudía como derramándose en el agua.

—Me voy a morir así… —Puso cara de muerto pero observó que en ese instante su violencia había decaído y sin interés miraba el jardín. Ella no se asustó. Y él empezó a sentir sueño a medida que avanzaban. Permanecieron callados pero tal vez ambos pensaban levemente en lo mismo. ¿Acaso todos saben lo que yo sé?, reflexionaba Virgínia. Porque ella acababa de pensar, casi con certeza, sin sobresalto, en la muerte.

Daniel también sabía de un juego al principio tranquilo y claro pero que después empezó a dar miedo y nadie supo por qué. Él cavaba en el suelo resistente y seco por el sol hasta encontrar tierra húmeda, nueva, desmenuzada pero capaz de ser reunida en una sola materia. Abría una zanja, Virgínia entraba. Con cara de placer serio y minucioso ella sentía la frescura tibia de la tierra en el cuerpo, aquel abrigo suave, delicado y pesado. Por las plantas de los pies le subía un estremecimiento de miedo, el susurro de que la tierra podía hundirse. Y de dentro salían algunas mariposas batiéndole las alas por todo el cuerpo.

—Estás encerrada —le decía Daniel con brutalidad, pero ella se reía bajito sin amedrentarse. Pero poco a poco se asustaba, el viento curvaba las hierbas, dispersaba las hojas. Y los dos no hablaron más de eso, procuraron olvidar y olvidaron para siempre sin dejar señal. Él hacía una pequeña amenaza hacia delante, como si fuese a saltar: mira, Virgínia, ¡voy a saltar! Saltar fuera del mundo era lo que él quería decir y le costó hacérselo entender. Cuando ella lo comprendió, un pavor blanco y trémulo apareció en su rostro de repente disminuido como si se perdiera hacia atrás. Los ojos de Daniel brillaban con un placer cálido, oscuro y terriblemente excitante: ¡mira, Virgínia, voy a saltar! Amenazaba con el salto que lo lanzaría más allá de la tierra. No, no, decía ella ronca, sus palmas se humedecían rápidamente, agarraba con dedos helados la ropa de su hermano, sentía sus propios movimientos entumecidos sobre el tejido áspero. Él nunca llevaba hasta el final su juego, como reservando a Virgínia para la próxima vez. Ella abría los labios secos con la dificultad de una sonrisa de alivio.

En aquella época su padre iba pronto a la papelería. Apenas salía camino del centro, la casa se volvía menos oprimida, un gran espacio con algunas paredes, porque de la madre no había que preocuparse y Esmeralda solo saldría de su habitación a la hora del almuerzo. Ella y Daniel. Pero ella no era como Daniel, tan lleno de pensamientos que no se podían adivinar, tan orgulloso. Jamás había pedido disculpas, él sabía que esto era la marca de un poder. Entre el hijo y el padre vagaba una sinceridad cuidadosa y perturbada. Y él era tan obstinado que, incluso de niño, no decía una palabra más después de la puesta del sol, interrumpía incluso una frase o una risa. Se sentaba en un rincón, con los ojos opacos de rabia y de tristeza. Solo se amansaba al día siguiente. Le preguntaban con fastidio por qué y él decía como ofendido por alguien:

—Me gusta la luz.

Sí, él siempre había sido viril de una manera que irritaba a la familia. No quiero ser un niño, decía en voz baja sacudiendo el cuerpo con brusquedad mientras sus ojos se concentraban oscuros y feroces. Virgínia no respondía nada, ambos sabían que él gritaba de emoción, tanto había que esperar, con los ojos apretados, el rostro móvil, como esperando un rumor que se aproxima, tanto había que esperar para crecer. Su cólera era también contra la familia que miraría con placer y orgullo su desarrollo, haciendo de ello una fiesta doméstica y él quería crecer solo, atento. Tenía una colección de arañas peludas y grisáceas, recogidas en el bosque.

—Papá no puede saberlo.

—¿Por qué? —preguntaba Virgínia curiosa.

—Puede pensar que son venenosas, idiota.

—¿Lo son?

—¿Cómo puedo saberlo? ¿Cómo puedo?, so inútil.

—Pero yo tengo miedo…

—¿Y qué? —respondía él.

La amenazaba con abrir la caja de arañas ante cualquier desobediencia por su parte. Y de repente, sin que ella supiese por qué, él la llamó, con los ojos intensos, mostrándole la cajita:

—Mira solo un poco…

Ella se negó con asco. Pero terminó por pegar un ojo al agujero de la cajita y solo vio lentos movimientos en la oscuridad. Ella decía:

—¡Lo he visto! ¡Ya lo he visto! ¡Lo he visto todo!

Él se reía.

—Serías incluso menos idiota si no fueses tan idiota.

Un día la cajita de arañas se ahogó en el agua de la lluvia que inundó el escondrijo. Un olor agudo, morado y nauseabundo subía de su interior. Sufriendo, duro y tranquilo, Daniel ordenó a Virgínia que la tirara.

—No, no la empujes con los pies. Cógela con las dos manos y tírala.

El ojo con el que había espiado a las arañas le dolía. Durante días le había lagrimeado, se le había torcido y caído, y por la mañana no podía abrirlo hasta que el calor del sol y de sus propios sentimientos lo despertaba. Después se hinchó, insensible y sin sangre. Cuando todo pasó ya no era el mismo, se había vuelto imperceptiblemente bizco y menos vivo, más lento y húmedo, más apagado que el otro. Y si escondía con una mano el ojo sano, veía las cosas separadas de los lugares donde se posaban, sueltas en el espacio como en un hechizo.

—No es que la araña te haya escupido, siempre te ha gustado mentir. Lo que le ha pasado a tu ojo es una idiotez. La tía Margarida y tú estáis hechas de pasta flora, ¡un estornudo y listo!, ya estáis llenas de dolores, inválidas, pues muérete de una vez.

Ella sintió en su voz un cierto miedo. ¿No era el recelo de ser denunciado?, él sabía que su hermana no hablaría nunca. ¿Arrepentimiento?, eso hacía que ella lo amase con un amor lleno de loca alegría, un deseo animado de salvarse los dos, de pasear, el corazón brillante. Su noble anhelo crecía en misterio y seriedad cuando su padre decía:

—El Bayo se asustó hoy en medio del camino.

Nadie replicaba. A veces proseguía:

—Y no había nada en el camino que pudiese asustar al animal. El tiempo era claro, ningún ruido excepto las ruedas de la carreta. Tuve que decir: calma, Bayo. Dios está con nosotros. Se calmó.

Y cuando llegó la noche, en medio de la cena, él respiró, dijo:

—Daniel.

Daniel levantó la cabeza, titubeó y lo miró con resistencia y desprecio. Perplejos y asustados, todos esperaban. El padre dijo despacio, fijando los ojos en él, como apoderándose de la fuerza del hijo:

—Tienes prohibido ponerte en el camino a hacer gestos… infames a las señoras que pasan. —Una profunda palidez hacía su rostro informe y opaco. Daniel parecía fijo en su propio cuerpo. Todos esperaban inquietos, interrumpidos por un largo instante que nunca empezaría un fin. Entonces Daniel desvió los ojos. La madre se abandonó en la silla, relajando los párpados con un desfallecimiento de alivio. El padre añadió en voz baja y ronca, como exhausto—: Se han quejado.

A la mañana siguiente una hoja se soltó de un árbol alto y durante enormes minutos planeó en el aire hasta posarse en la tierra. Virgínia no comprendía de dónde venía la dulzura: el suelo era negro y cubierto de hojas secas, ¿de dónde venía entonces la dulzura? Un deseo se formaba en el aire, palpitaba atentamente, se disolvía y nunca había existido. Ella apartó las hojas y con una ramita escribió con letras torcidas «Imperio del Sol Naciente». Después las borró con el pie y escribió «Virgínia». Afiló su ser como se afila la punta de un lápiz y dejó con la rama una leve raya en la tierra. La borró otra vez y quiso dibujar una cosa de mayor intensidad, con una seriedad llena de fulgor. Se concentró y una onda nerviosa la recorrió como un presagio. Con una serenidad extraordinaria, los ojos cerrados, dibujó brutalmente como si gritase; después abrió los ojos y vio un simple, fuerte, tosco círculo vulgar. (Hoy he decaído), eso era una impresión y ella lo sabía desde pequeña. Soy infeliz, pensó lentamente, casi deslumbrada, era casi una jovencita. Se deslizó por la piedra grande en medio del jardín. Solo un segundo hasta llegar al suelo. Pero mientras duraba este segundo, con los ojos cerrados, el rostro cauteloso y móvil, ella lo escrutó largamente, más largamente que el propio segundo, y entonces lo sintió vacío, grande como un mundo no poblado.

De repente llegó al suelo con un golpe. Abrió los ojos y de la oscuridad a la luz su corazón se abrió a la mañana. El sol, el sol gélido. Y ciertos lugares del jardín tan secretos, tan con los ojos casi cerrados, secretos como si tuviesen agua oculta. El aire era húmedamente brillante, como polvo casi brillante. Y si alguien corría sin fuerza hacia delante, sentía imperceptiblemente cómo se rompían flechas invisibles, frágiles y gélidas, y el aire fino, nervioso, vibraba en los oídos inaudiblemente sonoro. Intentaba cerrar de nuevo los ojos y poseer una vez más la sorpresa. Pero la visión de la mañana solo había querido centellear dentro de ella y sería inútil intentar distinguir el vacío de otro momento. Sin embargo, si Daniel accedía, ellos podrían hablar en una lengua difícil. Los dos se habían acostumbrado a conversar.

—El diez es como el domingo. Pensamos que el domingo es el final de la semana que acaba de pasar, ¿no?, pero ya es el principio de otra. Pensamos que diez es el final de nueve, ¿no?, pero ya es el principio de once.

—No, yo creo que diez es como el domingo porque los dos son redondos, no están partidos.

—Pero el domingo no es redondo, solo el diez lo es.

—Pues a mí el domingo me parece redondo. Me parece y lo veo.

Se reían porque sabían que todo estaba equivocado, veladamente equivocado. A ella, sobre todo, le gustaba equivocarse. Y ante la mirada casi de repugnancia de su madre, Daniel le decía: la pobre señora… A Daniel le gustaba algo leer. Nadie los comprendía y eso era tan excitante como escapar. Daniel le había dicho:

—¿Por qué estás comiendo?

Ella lo escuchó sorprendida y un día le preguntó:

—¿Por qué te vas a dormir? —Los dos se rieron mucho. Daniel le dijo:

—Piensa en el color más bonito del mundo.

Ella lo miraba iluminada por la libertad que él le daba. En una mezcla fugaz y casi audible percibía pesados colores brillantes y aturdidores, moviéndose, escapando, extinguiéndose antes de que ella pudiese captar uno solo y contárselo a Daniel.

—Pero ¿del mundo entero, entero? —se aseguraba.

—S... sí —concedía Daniel con avaricia.

Entonces cerrando con dificultad los ojos demasiado radiantes, ella buscaba tan profundamente que le subía a los labios un color inexistente, inventado, loco: ¡Ah!, exclamaba aguda, e inmediatamente su voz decrecía decepcionada.

—¿Qué? —preguntaba Daniel.

Ella no sabía explicarlo. Para cubrir el instante decía rápidamente: morado, amarillento en los bordes.

—Es un color bonito —asentía Daniel—, pero no el más bonito.

Para Virgínia, empero, todo lo que se pudiese decir después de aquel grito sería pobre y usado. ¡Ah, ah!, repetía sin resultados. Ah, decía en un tono más bajo como para sorprender. Sin embargo, era una palabra que explotaba de comprensión como si de un momento a otro se pusiese a cantar en el mismo sentido. Realmente la madre los miraba como si los hubiese amamantado sin saber. Evitando una sofocante sensación de que debería llamar a su madre para que comprendiese también, Virgínia, sin palabras, intentaba decirse que después de todo ella tenía un marido, algunas visitas, cuando caía la tarde ella se peinaba los finos cabellos de mujer, vivía más despacio, miraba por la ventana. No era fea, pero sus rasgos sin fuerza no oscilaban jamás, no avisaban de nada, con una tranquila vulgaridad que escondería incluso los momentos infelices y vivos. Virgínia y Daniel eran diligentemente alegres en evitarla:

—¿Qué es ir comprando, comprando y guardando y abrirlo todo un día y observar?

Virgínia no lo sabía, era tan difícil coger las cosas que habían nacido muy dentro de los otros y pensarlas. Incluso tenía una cierta dificultad en razonar. A veces no era empezando por algún pensamiento como ella llegaba a un pensamiento. A veces le bastaba esperar un poco para tenerlo todo. Hasta que Daniel decía victorioso, con una voz fría:

—Pues es coleccionar cosas, ¡burra!

Virgínia replicaba:

—¿Qué es ir andando, andando y después decir: ah, no sigamos más, vamos a pasear, quieres?

Él lo adivinaba enseguida, negligente pero en el fondo encantado:

—Es no ir a la escuela, lo sabe todo el mundo.

Y después ella dijo con un arrojo serio:

—Mira, un día, sabes...

Y él le entregó una mirada, aceptando lo que ella misma no entendía. Pero él raramente elogiaba los descubrimientos de Virgínia; raramente se deslumbraba con su habilidad. Solía decir entonces, como si se dirigiese a alguien ausente que pudiese comprenderlo mejor, mientras Virgínia atenta y curiosa escuchaba:

—Es tan tonta que todo es fácil para ella.

Una vez, sin embargo —ella tenía la cara hinchada por el dolor de muelas—, se habían asomado a la ventana del cuarto de huéspedes y miraban la noche. Allá abajo la oscuridad se extendía uniforme y cuando el viento soplaba parecía que los arbustos se movieran en un mar. Olas fugitivas de luciérnagas se encendían desfallecidas y se apagaban.

—Mira, Daniel —dijo Virgínia—, mira lo que he visto: la luciérnaga desaparece.

Él la miró, vio su mentón hinchado y rojo a través de la luz triste del candil posado en el cuarto.

—¿Cómo?... —preguntó sin ganas.

—Así: cuando vemos una luciérnaga no pensamos que ha aparecido sino que ha desaparecido. Como si alguien muriese y esa fuese su primera cosa porque ella no hubiese ni nacido ni vivido, ¿sabes cómo? Se pregunta así: ¿cómo es la luciérnaga? Se responde: desaparece.

Daniel comprendió y los dos permanecieron callados y satisfechos. Ella sabía muy bien a veces amarrar una cosa con una mano distante de la otra y hacerlas danzar perplejas, insensatas, dulces, arrastradas. Confiada y tranquila, prosiguió:

—¿Te gustaría ser así, muchacho?

—¿Así, cómo?

—Como la luciérnaga es para nosotros… Sin que nadie sepa cómo aparecemos o desaparecemos, sin que nadie lo adivine, pero ¿crees que la gente no vive mientras tanto?, claro que vive, y tiene su historia y todo como la luciérnaga.

—Por primera vez dices algo que yo también pienso; sería bueno —dijo Daniel y de nuevo se quedaron quietos mirando.

Cuando la tarde se acababa y aparecía la serenidad susurrante y difusa del crepúsculo, el corazón de Virgínia se llenaba de una tristeza sin expresión mientras su rostro se calmaba, adquiría profundidad. Quietos, las almas desorbitadas, estiradas, aterrorizadas, ellos parecían entrar irremediablemente en la eternidad. Daniel y ella se arrimaban más íntimamente al balcón del cuarto de huéspedes y se quedaban mucho tiempo mirando la extensión cárdena del campo, el azul negro de los matorrales, la sequedad inmóvil de las ramas.

—¿Qué te gusta más: comer o dormir? —preguntaba ella pensativa.

Él dudaba.

—Comer.

—¿Por qué?

—Porque nos llenamos la barriga. ¿Y a ti?

—Dormir… Porque dormimos, dormimos, dormimos…

Un viento frío nacía del suelo y hacía que las plantas pequeñas oliesen mezcladas con la tierra aún caliente. Aunque el día hubiese sido alegre y ocupado, parecía comenzar entonces de nuevo.

—Yo quisiera tener una vida extraña y triste, ¿sabes? —decía Virgínia.

Había un deslizamiento imposible en su verdad, ella era como su propio error. Se sentía extraña y preciosa, tan voluptuosamente dubitativa y extraña como si hoy fuese el día de mañana. Y no sabía corregirse, dejaba que cada mañana su error renaciese por un impulso que se equilibraba con una fatalidad imponderable.

—Pues yo quisiera poder decir lo que pienso, el mundo se quedaría impresionado —decía Daniel—. Si pudiese…, pero ¡no debería ser tan difícil ser capaz! —terminaba desesperado.

—Yo no quiero dormir sola, tengo miedo.

—La hora de ir a la cama todavía está lejos —respondía él más tranquilo y seco.

—Es como si estuviese cerca.

Él sabía que ella pedía auxilio. Con una horrible bondad, como si sintiese pena de sí mismo, no hacía esperar a su hermana:

—Pues me quedaré leyendo con el candil en la escalera.

A veces él la empujaba de una manera brutal, en un juego que le dejaba la sensación penosa y sorprendente de que estaba siendo odiada. Pero era solo su fuerza. Los juegos con Daniel siempre la cansaban, porque ella debía tener cuidado de no desagradarle. Se volvían demasiado sutiles y Daniel era riguroso, no admitía ni un tropiezo. Las respuestas debían ser rápidas y él era más inteligente que ella. Hasta que una vez él despertó de buen humor y por la mañana muy pronto le dijo:

—Buenos días, humano…

La sorpresa iluminada de verle empezar el día admitiéndola la paralizó un instante, la alegría le dio una excesiva confianza y en un grito agudo y feliz respondió:

—Buenos días, fulano…

Él se volvió sorprendido, casi avergonzado, mientras en ella la sonrisa moría rápidamente. Él la observó con disgusto, como si ella lo hubiese estropeado todo, la vida entera:

—Siempre tienes que decir alguna tontería.

Es que a veces le venían pensamientos tan frágiles que súbitamente se rompían por el medio antes de llegar al final. Y aunque no los completaba, precisamente porque eran tan finos, ella los conocía de una vez. Aunque nunca pudiese pensarlos de nuevo, ni señalarlos siquiera con una palabra. Como no sabía transmitirlos a Daniel, este siempre ganaba en las conversaciones. De algún modo misterioso sus desmayos tenían que ver con esto: a veces ella sentía un pensamiento agudo, tan intenso que ella misma era el pensamiento, y cuando se rompía se interrumpía con un desmayo.

—Pero ¡si no tiene ab-so-lu-ta-men-te nada! —decía el viejo médico de Brejo Alto conteniendo la impaciencia bajo sus gafas.

En realidad nunca había sufrido. Los vértigos aparecían, sin embargo, aunque poco frecuentes. De repente el suelo amenazaba con subírsele a las rodillas, sin violencia, sin prosa. Ella lo esperaba quieta, pero antes de que pudiese comprender el suelo ya había bajado hasta donde no lo podría ver, cayendo en el fondo de un abismo, lejos como una piedra lanzada desde alta mar. Sus pies se disolvían en aire y el espacio era atravesado por hilos luminosos, por un sonido frío y nervioso como el viento que escapa violento por una rendija. Después una gran calma envolvía el mundo leve. Y después no había mundo. Y después, en una reducción final y fresca, no existía ella. Solo aire sin fuerza y sin color. Ella pensaba como una larga línea trémula: me estoy desmayando. Nacía una pausa sin color, sin luz, sin fuerza, ella esperaba. El final de la pausa la encontraba abandonada en el suelo, el viento claro entrando por la ventana inmóvil, el sol manchando sus pies. Y aquel silencio sin peso, zumbido sonriente de tarde de verano en el campo. Ella se levantaba del suelo, vagamente iba tomando forma, todo esperaba a su alrededor mansamente inorgánico; después andaba y continuaba viviendo, pasando horas y horas dibujando líneas rectas sin ayuda de reglas, solo con el peso de la mano, a veces solo con el impulso del pensamiento; conseguía poco a poco trazar líneas puras y rasas, profundamente divertida. Era un trabajo tan refrescante, tan serio; dejaba la cara tersa y los ojos abiertos.

Sentada a la sombra de un árbol, en breve la rodeaban instantes vacíos, porque hacía varios momentos que no pasaba nada y los segundos futuros nada traerían, presentía ella. Se calmaba, no conseguía disimular el amplio bienestar inexplicable que la hundía en su propio cuerpo pensativo, el ente inclinado hacia una sensación delicada y difícil, pero disimulaba por algún motivo, intentando ver las piedras del suelo, con el entrecejo fruncido, mentiroso, toda ella callada y estúpida. Algo curioso y frío le ocurría, algo sonriendo con un poco de desprecio pero atento a ir hasta el final, haciéndola pensar casi en un impulso irónico y banal: si eres como dices una criatura viva, muévete… Y ella casi desearía levantarse y coger una hierba clara un poco tierna. Dentro de su rostro las nociones susurraban derritiéndose en descomposición, ella era una niña que descansaba. Miraba, miraba. Cerraba los ojos observando todos los puntos de su estrecho cuerpo que no se podían indagar, pensándose sin palabras, volviendo a copiar su propio existir. Miraba, miraba. Poco a poco, desde el silencio, su ser empezaba a vivir más, un instrumento abandonado que empezase a crear sonidos por sí mismo, los ojos vislumbrando, porque la primera materia de los ojos era mirar. Nada la inspiraba, ella estaba aislada dentro de su capacidad, existiendo por la misma débil energía que la había hecho nacer. Pensaba simple y claro. Pensaba música pequeña y límpida que se alargaba en un solo hilo y se enrollaba clara, fluorescente y húmeda, agua en agua, meditando un loco arpegio. Pensaba sensaciones intraducibles distrayéndose secretamente como si canturrease. Profundamente inconsciente y obstinada, ella pensaba un solo trazo fugaz: para nacer, las cosas tienen que tener vida, porque nacer es un movimiento; si dicen que el movimiento es necesario solo a la cosa que hace nacer y no a la nacida, no es verdad, porque la cosa que hace nacer no puede hacer nacer algo fuera de su naturaleza y así siempre da a luz algo de su propia especie y también con movimiento; así han nacido las piedras que no tienen fuerza propia pero que en otro tiempo estuvieron vivas; si no, no habrían nacido y ahora están muertas porque no tienen movimiento para hacer nacer otra piedra. Ningún pensamiento era extraordinario, solo las palabras lo serían. Ella pensaba sin inteligencia la propia realidad como si vislumbrase que nunca podría usar lo que sentía, su meditación era un modo de vivir. Surgía irregular de sí misma, pero al mismo tiempo en ella tintineaba alguna cualidad precisa y delicada, como números finos penetrando en números finos y otra vez un nuevo número leve sonando pulido y seco, mientras la verdadera sensación de todo el cuerpo era expectante. Y al final algo sucedía tan distante, ah, tan distante y tal vez reducido a un sí, que ella se cansaba aniquilada, pensando ahora en palabras: estoy muy, muy cansada, sabes. Vete, vete, murmuraba con cierta ansia algo profundamente saciado y ya sabido en su cuerpo. Pero ¿adónde? El viento, el viento soplaba. Solo quieta y a la escucha, como vuelta hacia el norte o hacia el este, ella parecía dirigirse a algo verdadero a través de la gran formación incesante de mínimos acontecimientos muertos, guiando la delicadeza del ser hacia un sentimiento casi exterior, como si tocando la tierra con los pies descalzos y atentos sintiese un agua inaccesible fluyendo. Superaba grandes distancias dándose solo una dirección inmóvil, sincera. Pero no conseguía ser completamente aspirada, como si fuera por su propia culpa. Se ayudaba sintiendo una vaga noción de viaje, del día de ir a la ciudad con Daniel, un poco de hambre y de cansancio, apenas tocaba el almuerzo. A veces casi se acercaba a un pensamiento pero nunca lo alcanzaba aunque todo a su alrededor le soplase su comienzo; miraba con extrañeza el espacio sin misterio, la brisa levantaba en su piel escalofríos de comprensión; un instante penetraba en el silencio buscando en su interior un hilo al que prenderse. Y si un pájaro volaba o el grito de un ave surgía del matorral cercano, un torbellino frío la envolvía, el viento arremolinaba hojas secas y polvo, vagos inicios inacabados, en un remolino de ella y de lo que ya no era ella. Había llegado el momento de dejar subir hasta los últimos nervios la ola que se formaba más acá de su debilidad y que podría morir de su propio impulso. De partícula a partícula, no obstante, el pensamiento indistinto fue descendiendo violentamente mudo hasta abrirse en el centro del cuerpo, en los labios, completo, perfecto, incomprensible de tan libre como era de su formación: necesito comer. Se apoderó entonces de ella una dulzura; solo posada sobre su ser podría caminar hacia delante sin ser empujada, sin ser llamada, andando simplemente, porque moverse era la cualidad de su cuerpo. Era esa la impresión, y el estómago se ahondaba alegre, hambriento. Pero siguió sentada. Parecía no saber levantarse y dominarse realmente, le faltaba angustiosamente un sentido. Se alargaba hacia la distancia como si poco a poco pudiese perder la forma, pretendía oír las voces y los ruidos del caserón y se inclinaba para distinguirlos. Se apoyaba de nuevo en el árbol, se frotaba uno de los pies lleno de polvo, superaba la comprensión y por una especie de esfuerzo irreprimible alcanzaba la incomprensión como un descubrimiento. Ya inquieta, inmóvil, la realidad parecía perturbarla. Pensaba con la voz floja de la madre: estoy nerviosa. Con una aprehensión sin dulzura vibraba áridamente en la inmovilidad caprichosa e histérica. Hasta que se rompía la cuerda más tensa. Como si una presencia abandonase su cuerpo y ella se quedase en el lado interior de su existencia normal. Empujada, extraordinariamente indiferente y ya sin mucha hambre, lo olvidaba todo para siempre, como quien es olvidada.

Pero lo que ella amaba sobre todo era hacer figuras de barro, algo que nadie le había enseñado. Trabajaba en un pequeño patio de cemento, a la sombra, junto a la última ventana del sótano. Cuando lo deseaba con mucha fuerza iba por la carretera hasta el río. En una de sus orillas, escalable aunque resbaladiza, se encontraba el mejor barro que se pudiera desear: blanco, maleable, pastoso, frío. Solo con cogerlo, con sentir su delicadeza alegre y ciega, aquellos pedazos tímidamente vivos, el corazón se le enternecía, húmedo, casi ridículo. Virgínia cavaba con los dedos en aquella tierra pulida y lavada; en la lata colgada de la cintura se iban reuniendo los trozos amorfos. El río en pequeños gestos le mojaba los pies descalzos y ella movía los dedos menudos con excitación y claridad. Con las manos libres trepaba por la orilla hasta la extensión plana. En el pequeño patio de cemento depositaba sus tesoros. Mezclaba el barro con el agua con los párpados trémulos de atención, concentrada, el cuerpo a la escucha; podía obtener una proporción exacta y nerviosa de barro y de agua con una sabiduría que nacía en aquel mismo instante, fresca y progresivamente creada. Conseguía una materia clara y tierna con la que se podría modelar un mundo. Cómo, cómo explicar el milagro… Se encogía pensativa. Nada decía, no se movía, pero interiormente, sin palabras, repetía: yo no soy nada, no tengo orgullo, todo me puede suceder, si… quisiera me impediría hacer la masa de barro…, si quisiera puede pisarme, estropearlo todo, yo sé que no soy nada… Era menos que una visión, era una sensación en el cuerpo, un pensamiento asustado sobre lo que le permitía extraer tanto del barro y del agua y ante lo que ella debía humillarse con seriedad. Le daba las gracias con una alegría difícil, frágil y tensa, sentía en... algo como lo que no se ve con los ojos cerrados, pero lo que no se ve con los ojos cerrados tiene una existencia y una fuerza, como la oscuridad, como la oscuridad, como la ausencia, se comprendía ella asintiendo, feroz y muda, con la cabeza. Pero nada sabía de sí misma, pasaría inocente y distraída por su realidad sin reconocerla, como un niño, como una persona.

Después de obtener la materia, en un ataque de cansancio ella podría perder las ganas de hacer figuras. Entonces seguía adelante viviendo como una niña.

Un día, sin embargo, sentía su cuerpo abierto y agudo y en el fondo una serenidad que no podía contener, tan pronto desconociéndose como respirando con alegría, las cosas incompletas. Ella misma insomne como la luz, desorbitada, fugaz, vacía, pero en el fondo un anhelo que era deseo de guiarse hacia una sola cosa, un interés que hacía que el corazón se acelerase sin ritmo... De repente qué lánguido era vivir. Todo eso también podría pasar, la noche cayendo súbitamente, la oscuridad sobre el día monótono. Pero a veces se acordaba del barro mojado, corría asustada hacia el patio, sumergía los dedos en aquella mezcla fría, muda y constante como una espera, amasaba, amasaba, poco a poco iba extrayendo formas. Hacía niños, caballos, una madre con un hijo, una madre sola, una niña haciendo cosas de barro, un niño descansando, una niña contenta, una niña mirando si iba a llover, una flor, un cometa con la cola salpicada de arena lavada y centelleante, una flor marchita iluminada por el sol, el cementerio de Brejo Alto, una chica mirando... Mucho más, mucho más. Pequeñas formas que nada significaban pero que en realidad eran misteriosas y apacibles. A veces altas como un árbol alto, pero no eran árboles, no eran nada... A veces como un arroyo corriendo, pero no eran arroyo, no eran nada... A veces un pequeño objeto de forma casi estrellada pero cansado, como lo estaría una persona. Un trabajo que acabaría, eso era lo más bonito y cuidadoso que había sabido nunca: ¡ella podía hacer lo que existía y lo que no existía!

Al acabar las figuras, las colocaba al sol. Nadie le había enseñado pero ella las depositaba en las manchas de sol en el suelo, manchas sin viento ni ardor. El barro se secaba mansamente, conservaba el tono claro, no se arrugaba, no se agrietaba. Incluso cuando ya estaba seco parecía delicado, evanescente y húmedo. Y ella misma podía confundirlo con el barro pastoso. Las figuritas así parecían rápidas casi como si fuesen a moverse. Miraba el muñeco inmóvil. Por amor, o solo continuando el trabajo, cerraba los ojos y se concentraba en una fuerza viva y luminosa con la cualidad del peligro y de la esperanza, una fuerza de seda que le recorría el cuerpo velozmente con un impulso que se destinaba a la figura. Cuando por fin se abandonaba, su fresco y cansado bienestar venía de que ella podía expulsar no sabía bien qué… tal vez. Sí, ella a veces sentía un placer dentro del cuerpo, un placer profundo y angustioso que temblaba entre la fuerza y el cansancio; era un pensamiento como escuchar sonidos, un color en el corazón. Antes de que se disolviese suavemente con rapidez en su aire interior, para siempre fugitivo, ella tocaba con los dedos un objeto entregándoselo. Y cuando quería decir algo que venía tenue, oscuro y liso y eso podría ser peligroso, apoyaba solo un dedo, un dedo pálido, pulido y transparente, un dedo trémulo de dirección. En lo más agudo y dolorido de su sentimiento ella pensaba: voy a ser feliz. En realidad lo era en ese instante y si en vez de pensar «soy feliz» buscaba el futuro, era porque oscuramente escogía un movimiento hacia delante que sirviese de forma a su sensación.

Así había reunido un rosario de cosas menudas. Pasaban casi desapercibidas en su cuarto. Eran figuras delgadas y altas como ella misma. Minuciosas, ligeramente desproporcionadas, alegres, un poco sorprendidas, ¡a veces parecían un hombre cojo riendo! Incluso sus figuritas más suaves tenían una inmovilidad vigilante como la de un santo. Y parecían inclinarse hacia quien las miraba como los santos. Virgínia podría contemplarlas durante una mañana entera y su amor y su sorpresa no disminuirían.

—Bonito…, ¡bonito como una cosita mojada! —decía excediéndose con un dulce ímpetu.

Observaba; incluso después de acabados eran toscos, como si aún pudiesen ser trabajados. Pero vagamente pensaba que ni ella ni nadie podría intentar perfeccionarlos sin destruir su línea de nacimiento. Era como si solo pudiesen perfeccionarse por sí mismos, si eso fuese posible.

Y las dificultades surgían como una vida que va creciendo. Sus muñecos, por el barro claro, eran pálidos. Si quisiera oscurecerlos no podría conseguirlo con la ayuda del color y a causa de esa deficiencia aprendió a darles sombras a través de la forma. Después inventó una libertad: con una hojita seca bajo un fino trazo de barro conseguía un vago colorido, triste y asustado, casi completamente muerto. Mezclando barro con tierra obtenía otro material menos plástico pero más severo y solemne. Pero ¿cómo hacer el cielo? No podía ni empezar. No quería nubes —eso se podría obtener, al menos toscamente—, sino el cielo, el mismo cielo, con su inexistencia, color suelto, ausencia de color. Descubrió que necesitaba usar materias más leves que no pudiesen ni siquiera ser palpadas, sentidas, tal vez solo vistas, quién sabe. Comprendió que eso se conseguiría con pinturas.

Y a veces en una caída, como si todo se purificase, se contentaba con hacer una superficie lisa, serena, unida, con una simplicidad fina y tranquila.

Le gustaba también aprovisionarse de piedras, piedras y piedras y entonces tirarlas una por una lejos, lejos como un grito sin eco. Y a veces se quedaba con la cabeza baja, los ojos entrecerrados hasta que el suelo trémulo y confuso se acercaba a su rostro y se apartaba perezosamente, confundiéndose con el calor. En el cielo de verano un batir de alas susurraba acelerado. Ella pensaba si valdría la pena levantar la cabeza y mirar. Y cuando finalmente se decidía, el cielo ya se levantaba limpio y azul, sin el pájaro, sin expresión, los ojos abiertos. Movía la cabeza en una lenta búsqueda. Adormecidas, algunas ramas secas se inmovilizaban contra el espacio, sonidos rasgados cruzaban el aire como nubes. En un despertar tenue ella sentía que existían en aquel mismo instante muchas cosas más allá de las que veía. Entonces se ponía firme y sutil, quería aspirar todas esas cosas hacia su centro después de una pequeña pausa. Nada venía, ella observaba las cosas levemente doradas por la luz; sin pensamiento se iba quedando saciada, saciada, saciada como el ruido cada vez más agudo y apresurado del agua llenando un cántaro. Se levantaba y andaba, andaba hasta pasar por el grupo escolar de donde nacía dulcemente un olor a infancia mezclado con el de barniz nuevo y de pan con mantequilla. Alguna niña lloraba repentinamente dando una felicidad exquisita al aire, la voz de la profesora subía, subía hasta bajar y los susurros volvían mansamente, oliendo. Cerca, las casas nuevas y sin gracia yacían bajo el sol que dejaba expuestos los pequeños jardines brillantes y pobres. Una mujer hablaba hacia el interior de la casa, mandando. Allí está la vieja y pequeña Cecília, que les había dicho con los ojos desorbitados, mientras ellos se tapaban la boca para no reír: muerte violenta, niños, tened cuidado, los dos tendréis una muerte violenta, mirando las palmas sucias y vacías de sus manos. Cecília gritó con una voz que se levantaba siempre un tono por encima de su estatura, y ella se erguía de puntillas para alcanzarla:

—¿Cómo está vuestra madre...?

Virgínia se enderezó, por un momento inspirada y libre, lanzó su respuesta con una voz alegre como la ropa revoloteando en la cuerda:

—Bien..., ¡gracias!

La vieja Cecília movía el brazo delgado, la cabeza, demostrando que lo había oído, que la había oído, una gran brisa lo acallaba todo, alejaba los murmullos del lugar, se insinuaba entre las hojas de los árboles, hacía que una se parase y sonriese sintiendo las faldas, los cabellos volando fríamente. Sí, la impresión de que entonces algo progresaba. Seguía el camino hasta apartarse de las casas y de la escuela. Iba penetrando de nuevo en el campo abierto. Con la larga caminata, la cintura, las piernas, los brazos renacían leves pidiendo movimiento. Ella corría y en sus ojos entrecerrados el verde se confundía en una sola mancha brillante y móvil, con centellas de agua corriendo. Hasta que paraba, cansada y jadeante, reteniendo la risa por algún motivo. Miraba a su alrededor, allí estaban las hierbas ralas escondiendo la desnudez del suelo, la montaña cubierta de hierba nueva, y cerca de su cuerpo un escarabajo brillante curvando el tallo de un arbusto. Entonces, como si faltase alguna cosa a todo aquello y ella pudiese completarlo, ponía las manos en forma de concha alrededor de la boca, cerraba los ojos, y con el corazón latiendo furiosamente gritaba con fuerza más allá de las montañas:

—¡Yo!… ¡Daniel!… ¡Mundo!… ¡Yo!…

El primer grito era difícil como una primera osadía y perforaba el aire en todas direcciones. Esperaba palpitante, el corazón precipitándose, asustado. Pero después era el mismo campo quien gritaba: ¡Yo!… ¡Cosas!… ¡Daniel!… Ella paraba. ¿Qué?, algún pensamiento rápido, un brillo que huye. Quería decir algo, y aunque no supiese qué, no lo decía porque le faltaba valor. Murmuraba bajo con una violencia sorda: arrh, arrh. Se olvidaba de la necesidad de gritar y se sentaba en una piedra aún ardiente, esperando algo dentro de sí. Poco a poco inclinaba la cabeza hacia atrás, los párpados bajos y trémulos con una sonrisa, con un estremecimiento, como si alguien la tocase. Su rostro se iluminaba, florecía en una media risa casi encantada, suspendida sobre la piel, casi repugnante, íntima. Se abandonaba a una quieta caricia, mansamente alborozada; la confusión le ponía los ojos húmedos y vacilantes como los de una mujer. «Ah, ¿eso fue lo que pasó?, pero yo no sabía… Ah, ah, ah… Como se dice vulgarmente, esto es muy gracioso…», ensayaba ella con una voz aguda y afectada. Así flotaba hasta que, al no suceder nada, su corazón se enfriaba lentamente, despertaba desilusionada y seca, abriendo los ojos, hiriéndolos con la violencia de la luz. Observaba un momento, los labios abiertos, seria. Poco a poco, profundamente ofendida, recogía la cabeza y el rostro se concentraba en sombras.

En invierno la vida se volvía atenta a sí misma, comprensiva e íntima. El olor se amansaba, el lodo apaciguaba el campo. La voz durante las horas silenciosas sonaba ronca y tibia. El aire era húmedo, las cosas del cuarto se aislaban a través del frío y solo la oscuridad fundía los muebles. Allá fuera la lluvia caía sin fuerza, sin cesar. El cristal bajado de la ventana se iluminaba débilmente con la luz durmiente del patio. Las gotas se deslizaban trémulas, brillantes, secretas, por la cristalera. Pero las hojas se desprendían de los árboles y arrastradas por el viento golpeaban contra ella con un rumor casi imperceptible. Le gustaría contar u oír una larga historia solo de palabras, pero Daniel en esos tiempos se mantenía silencioso y difícil, casi inexistente en el caserón. Ella se quedaba más sola, mirando la lluvia. Se sentía interiormente amoratada y fría, en su cuerpo se asfixiaba lentamente un pajarito. Pero eso era vivir tanto que las horas transcurrían felices y distantes como si ya estuviesen marcadas por la nostalgia. Desde su ancha cama entreveía el techo perdido en las sombras, las paredes fundiéndose en penumbra. Solo la ventana brillaba quieta, solo el ruido mojado incesante. En el aire una respiración contenida flotaba en la oscuridad como el continuo batir de las alas de una mariposa. Daba la espalda a la ventana, se movía lentamente en la cama de matrimonio de la abuela. La existencia de las mariposas continuaba ahogándose con los ojos fijos en ella. Un viento de gritos venía del interior del bosque como almas huyendo desesperadas. Era una mezcla de las voces de la lechuza y de las aguas, del rumor de las hojas, de los últimos estallidos secos antes de la humedad, todo unido en la misma aguda fuga desorbitada, un viento de gritos atravesando el caserón como un soplo. Virgínia estiraba la colcha cálida y gruesa con un poco de olor a ceniza. Debajo de ella su cuerpo y el estrecho espacio que su cuerpo ocupaba se volvían un mundo familiar. Dejaba entonces que por fin brotase el miedo, ahora que estaba abrigada. Intentaba incluso no dormirse para sentirlo todo hasta que todo se transformase por sí mismo y se convirtiese en otra cosa diferente al miedo. Así no se perdía nada del silencio de la noche de invierno. Los días eran de una tristeza perfecta que acababa por superarse y se deslizaba hacia una quietud sin más allá. Las ramas se inclinaban nerviosas bajo el viento, el agua corría rápida y brillante por las hojas, un impulso sin dirección torturaba a los árboles y del rumor sin ritmo nacía, como un gran viento fresco, la esperanza de amar y de vivir.

Iba al fondo del caserón con el capote viejo sobre el cuerpo. Paraba un momento ante la media claridad de la lluvia al caer y después seguía. No veía apenas frente a ella, sus ojos tropezaban en la lluvia que parecía subir de la tierra como una humareda espesa. Con el rostro frío se adelantaba y algo era punzante, profundo e indeciso en su corazón. Entreabría los labios recibiendo la niebla helada en el centro tibio de su cuerpo. Caminaba apartando las ramas pesadas de agua, dolorosas, trémulas. Miraba hacia atrás y ya no veía la casa, lluvia, solo lluvia. Entonces decía con una voz que sonaba extraña y audaz entre el rumor del agua fluyendo:

—Yo estoy sola.

Como si hubiese dicho más de lo que podía inclinaba un instante la cabeza, asustada, alegre, indagándose. Levantaba el rostro mojado y necesitaba decir algo más que ella, más que todo.

—Estoy sola, estoy sola —repetía como un pequeño gallo al cantar.

Después volvía. Se ponía ropa seca, peinaba sus cabellos mojados y escurridos, cuidando de sí misma con seriedad. Su imagen se reflejaba en el viejo espejo amarillento entre las sombras del cuarto de los huéspedes y allí estaba ella, vacilante y húmeda como la claridad de una lluviosa madrugada de viaje. El rostro blanco vagando sobre la blusa tosca era extraño y joven, sus ojos se escondían en la cálida luz y los labios respiraban tranquilos, inocentes. Algo fulguraba en ella dulcemente con la gloria de la ignorancia, como en un dios con el corazón expuesto; había en su existencia el más allá del martirio pero ella no había sido martirizada, ella había sido muchas veces creada. Se miraba apaciblemente mientras oía la lluvia caer en un único cántico. Allí estaba ella oscilante como leves llamas lentas, los contornos en sombra y luz animando el espejo.

—Yo —dijo al cristal helado con una voz sedosa y ronca. Y su cuerpo se disolvió con el sonido en el aire oscuro del cuarto.

El fin de año se acercaba, las clases llegaban a su fin y Virgínia asistía a ellas sentada entre las rezagadas. El orfeón de la escuela era ralo y trémulo. Virgínia cantaba con los ojos entreabiertos sin oír su propia voz, sus dedos se paseaban distraídos por la pared cercana. Sabía fingir un rostro concentrado mientras se ausentaba en un instante. A veces la profesora se unía al coro, vigorosa, ardiente. Y a veces, en un fugaz momento que permanecía sonando largamente en el cuerpo, las voces se unían en una línea plena y veloz, en una sola vibración honda y tensa, como si naciesen de la caverna a la luz. Virgínia abría los ojos asombrada, el instante que seguía era nuevo y erizado, ella observaba el mundo de superficie lisa, el sol más pálido y alegre, los vestidos de las niñas con adornos blancos, rojos, bocas abriéndose húmedas, vacilando en un hálito de luz. Azuzada como para sorprender todas las cosas en la confesión de aquel mismo momento, ella dirigía la cabeza un segundo, sin señal anterior, hacia un mueble, hacia el interior de la escuela, hacia los pies de las alumnas… En el cielo, por la ventana, las nubes blancas se deshacían, se desprendían sueltas del azul quieto. La cristalera la aislaba de la sala y del patio, centelleando de luz cortante. Un cono de claridad iluminaba un torbellino de polvo que danzaba alucinadamente lento… Virgínia, despertada en el instante apresurado, se volvía hacia atrás, levemente, para no destruir nada, y sí, allí estaba la pizarra medio ardiendo viva bajo el calor del sol, medio frescamente negra… muerta y sombría, un lago en el bosque. Virgínia respiraba, el rostro móvil, suelto. Sin ver, podía sin embargo sorprender el campo en sombra detrás de la escuela, las hierbas altas vibrando nerviosas y verdes al viento. Un momento después, con una caída minúscula y silenciosa, las cosas se precipitaban a su verdadero color. La sala, el cielo, las niñas, se comunicaban entre sí con distancias ya marcadas, colores y sonidos fijos, el discurso de una escena muchas veces ensayada. Virgínia comprendía decepcionada que todo había sido visto ya hacía años. Para vislumbrar de nuevo lo que había visto, y que ahora había huido como para siempre, intentaba empezar por el fin de la sensación: abría los ojos muy grandes de sorpresa. Pero en vano: ella no se equivocaría más y vería solo la realidad. Se recogía. Ahora el haz de voces ya se separaba en rayos frágiles y estos se rompían un instante antes de alcanzar el centro de los sonidos; también las otras cosas estaban ahora blandas y nada tocaba ya el punto vivo de sí mismo. Virgínia se apaciguaba durante el resto de la tarde, vaga, neblinosa, distante, levemente cansada como si en realidad hubiese sucedido algo. Había días así, en los que ella comprendía tan bien y veía tanto que terminaba con una embriaguez suave y tonta, casi ansiosa, como si sus percepciones sin pensamientos la arrastrasen en un brillante y dulce torbellino hacia dónde, hacia dónde.

Poco a poco, mirando, desmayando, cogiendo, respirando, esperando, iba uniéndose más profundamente a lo que existía y sintiendo placer. Poco a poco sin palabras comprendía algo más las cosas. Sin saber por qué, entendía; y la sensación íntima era de contacto, de existencia que miraba y era mirada. De ese tiempo quedaría algo de una claridad indescifrable. ¿Y de dónde venía que tal vez todo mereciese la perfección de sí mismo? ¿Y de dónde venía una inclinación casi parecida a unirse al día siguiente por medio de un deseo? ¿De dónde había surgido?, pero casi no tenía deseos… Casi no tenía deseos, casi no tenía fuerza, vivía al final de sí misma y al principio de lo que ya no era, equilibrándose en lo indistinto. En su estado de débil resistencia recibía en sí lo que sería excesivamente frágil para luchar y vencer a cualquier fuerza del cuerpo y del alma. Ella era demasiado tonta para tener dificultades, repetía Daniel.

Después el tiempo perdido, distanciándose, avanzando en la bruma y regresando más largo, más tosco, más triste y más inocente pero insustituible. Cada vez su vida se volvía más obstinada. Ella también se había aislado en cansancios, un poco de insomnio pero poco después se había mostrado nuevamente tersa y quieta, la piel estirada, las piernas arañadas por las ramas, un ojo más cansado que el otro. Entonces Daniel le dijo por primera vez, casi sin propósito:

—Por Dios y por el Demonio…

Él se calló en seco. Se hizo un gran silencio. Lo miró y descubrió en su trémula victoria la misma perturbación. Él le había traído tímidamente un grito. Se miraron un instante y todo era indeciso, frágil, tan nuevo y naciente. Y todo era tan peligroso y revuelto que ambos desviaron casi bruscamente los ojos. Pero había algo encantado entre ellos en ese momento. Aunque ella jamás se ocupase verdaderamente de Dios y raramente rezase. Ante la idea de Dios permanecía sorprendentemente calmada e inocente, sin un pensamiento siquiera. Daniel se apartaba. En aquel tiempo él había empezado a pensar y a decir cosas difíciles con placer y amor. Ella lo escuchaba inquieta. Él paseaba arriba y abajo por los corredores en penumbra del caserón con los brazos cruzados, abstraído. Virgínia escrutaba inútilmente su rostro de boca cerrada, los ojos oscuros indecisos, aquella casi fealdad que se agravaba con la edad, el sufrimiento y el orgullo.

—¿Qué estás pensando? —No se contenía ella dulcificando la voz, borrándose con humildad.

—Nada —respondía él.

Y si osaba insistir recibía una respuesta que todavía la inquietaba más por su misterio y por los celos que despertaba en ella.

—Estoy pensando en Dios.

—Pero ¿en qué de Dios? —inquiría con dificultad, en voz baja e insinuante.

—¡No sé! —gritaba él con brutalidad, irritado como si ella lo acusase—. Tú eres tan estúpida que morirías antes de entenderlo. —Y continuaba paseando por los corredores, como si andar le aclarase los pensamientos. Lo máximo que conseguía es que él le permitiese acompañarlo arriba y abajo, arriba y abajo, apresurándose si él se apresuraba, manteniéndose ansiosa y quieta y a cierta distancia si él se detenía. Daniel hablaba demasiado de su propio futuro. Ella no quería, no quería…, como si adelantándose hacia el interior del mundo él perdiese sus propios pasos. Pero por amor quiso comprenderlo, inventó con una alegría falsa que aquella nueva inteligencia de Daniel lo modificaba tanto como modificaba la propia vida de alguien el saber manejar los bolillos. Insistía en tratarlo como a un igual, lo respetaba como si él estuviese hecho de la suave pasta de las flores. A pesar de que él era a veces tan bruto que con un gesto borraba a una niña. Ella se ponía pálida y llena de vértigo entre los instantes ofensivos. Y amándolo más de lo que nunca podría amar.

¿La Sociedad de las Sombras nació a causa del ahogado? Ellos habían presentido el encantado y peligroso comienzo de lo desconocido, el impulso que venía del miedo. Daniel le dijo:

—Vamos a crear la Sociedad de las Sombras.

Antes incluso de saber de qué se trataba, Virgínia ya había comprendido confusamente con el cuerpo y accedió. La Sociedad de las Sombras tenía objetivos extraños e indefinidos. Ellos mismos no los conocían y mezclaban sus mandamientos con una ignorancia casi desesperada. La Sociedad de las Sombras tendría que explorar el bosque. Sí, sí. Pero ¿por qué? Junto al caserón había un camino casi cerrado y por allí se llegaba a la oscuridad. Sí, a la oscuridad, pero ¿por qué?

—Porque la soledad… Soledad, es el lema de la Sociedad —imponía Daniel.

—¿Cómo? —le costaba entender a Virgínia.

—Todo lo que nos asusta porque nos deja solos es lo que tenemos que buscar —titubeaba él.

Quedaba en suspenso por un instante, flotando, su pensamiento se cruzaba con el de ella como el arco sobre la cuerda del violín, ligeras centellas de perspicacia y de sorpresa se deshacían en el aire. Pasaban los días sin que se añadiese una sola palabra sobre la Sociedad, sin que osasen tocar aquella materia viva, informe. Pero no habían olvidado: era necesario callar para crear una pausa en el temor que ya los dominaba. Y en la alegría que hacía temblar a Virgínia, con los ojos contenidos. ¡La Sociedad de las Sombras la acercaba tanto a Daniel!, él la admitía diariamente. Ella amaba incluso los deseos con ferocidad, como si ellos fuesen de su especie.

—¿Y la verdad? —preguntaba.

—¿Qué verdad?

—Otro lema debe ser: La Verdad.

—Sí —se irritaba Daniel, porque le costaba ser guiado, aunque solo fuera una vez, por Virgínia.

Al principio acordaron que habría una reunión los sábados, en el primer claro a partir del camino de la cerca. Era un paraje donde todo lo que tenía que suceder en la vida de alguien se precipitaba y sucedía, según habían determinado. Si tienes que morir joven, vas allá y te mueres, explicaba Daniel. Era realmente el peor claro, húmedo, sombrío, cerrado por árboles altos y delgados; las ramas se balanceaban entre los parásitos sin olor y las lianas colgantes; gorriones oscuros y grandes volaban verticales como si nunca se atreviesen a liberarse. La tierra era negra y mojada; de una a otra lluvia los pequeños charcos esparcían ramas y sombras sin que el sol los secase.

La fiebre no les permitía reuniones tan espaciadas. Pasaron a verse diariamente cuando se ponía el sol. Según el reglamento, deberían partir desde caminos diversos hacia el claro y desde allí volver solos. Con el transcurrir de los días no soportaron la soledad del regreso. En esa casi noche el terror se precipitaba. Los pájaros volaban como ciegos y golpeaban sus mejillas. Las hojas de los árboles altos eran finas y largas, el aire preso del claro rodaba, rodaba, golpeaba en las hojas y algo como un soplo en una campana de cristal sonaba en el mismo tono prolongadamente, tranquilamente. No, ellos no soportarían la soledad del regreso... Regresaban juntos, falsamente tranquilos, pálidos. Nadie en la casa se dio cuenta de la ansiedad en la que vivían. Y eso era como si ambos estuviesen solos en el mundo. Qué terrible y secreto era pertenecer a la Sociedad de las Sombras. Daniel, al mando, se crecía en fuerza. Virgínia profundizaba peligrosamente en su naturaleza débil y embelesada. Y cuando Daniel la encontraba de pie en medio del claro, esperando con las manos frías, con los ojos grandes y oscurecidos, y le preguntaba cumpliendo uno de los mandamientos de la Sociedad: ¿cuál ha sido hoy tu pensamiento más fuerte?, ella se callaba asustada, sin poder explicarle que había vivido un día de inspiración excesiva, imposible de ser guiada hacia un solo pensamiento, así como el exceso de luz impedía la visión; el alma exhausta, ella respiraba de puro placer sin solución y se sentía tan viva que moriría sin saberlo. Daniel se encolerizaba, la empujaba apretándole el brazo, llamándola ignorante, amenazando con disolver la Sociedad de las Sombras, cosa que la aterrorizaba más que su brutalidad física. Daniel la inquietaba, cómo se había degradado con el poder adquirido en la Sociedad de las Sombras; se había endurecido y no perdonaba jamás. Virgínia le temía, pero no se le ocurría siquiera escapar a su dominio, porque ella misma se reconocía tonta e incapaz. Daniel era fuerte. Antes de comprender lo que él quería, ella ya había accedido:

—Virgínia, todos los días cuando tomas café con leche te gusta el café con leche. Cuando ves a nuestro padre respetas a nuestro padre. Cuando te lastimas en la pierna sientes dolor en la pierna, ¿entiendes lo que quiero decir? Eres vulgar y estúpida (Sí, por Dios que lo era). Pues bien, la Sociedad de las Sombras debe perfeccionar a sus miembros y manda que cambies del todo. La Sociedad de las Sombras sabe que eres vulgar porque no piensas, como se dice, con profundidad, porque solo sabes seguir lo que te han enseñado, ¿lo entiendes? La Sociedad de las Sombras manda que mañana entres en el sótano, te sientes y pienses mucho, mucho para saber qué es de ti misma y qué es de lo que te han enseñado. Mañana no tienes que preocuparte de la familia ni del mundo. La Sociedad de las Sombras ha hablado.

Ella en secreto se sentía exultante: al contrario de lo que Daniel imaginaba, ella amaba el sótano y nunca lo había temido. Se calló, sin embargo, porque si lo confesaba cambiaría el lugar para pensar profundamente. Temblaba ante la idea de que Daniel pudiese ordenarle pensar en medio del bosque al anochecer. No tener una tarea difícil para el día siguiente era como recibir unas vacaciones. Esa noche Daniel la escrutó un poco, sorprendido al verla conversar alegre, casi sola, en la mesa a la hora de la cena y recibir sin tristeza una bofetada de su padre. Fuera del claro, sin embargo, no podían hablar sobre la Sociedad de las Sombras y así ella era libre, notando casi maliciosa y feliz la inquietud de Daniel.

A la mañana siguiente, como no debía preocuparse por la familia, hizo que la familia no se preocupase por ella. No evitó la costumbre de desayunar con todos y de responder a las preguntas. Obediente a Daniel, sin embargo, ella cerraba su corazón sin rabia y sin gloria, como en un trabajo sincero, escondiéndolo intacto en una zona oscura y quieta. Era necesario no mezclarse, no mover nada a su alrededor con el pensamiento para no ser imperceptiblemente movida. Distraída, adivinaba: pensando profundamente iba a saber lo que era suyo como agua mezclada con el agua del río, y lo que no lo era como piedras mezcladas con el agua del río. Ah, comprendía tanto. Suspiraba de alegría y de cierta incomprensión. Un día quizá no aparecería junto al respeto a los padres, al placer de pasear, al gusto del café, al pensamiento de que le gustaba el azul, al dolor de lastimarse la pierna. Aunque eso nunca la hubiese preocupado. Caminó hacia el sótano lentamente, empujó la reja y se sumergió en el aire frío de la penumbra donde tímidamente vivían palanganas, polvaredas y muebles viejos. Se sentó cerca de los vestidos negros de un luto antiguo. El aroma de los baúles jadeaba, un olor de cementerio subía de las losas del suelo. Se sentó y esperó. Apretaba a intervalos su grueso vestido contra el pecho. Los pájaros allá fuera cantaban pero eso era el silencio. Para pensar profundamente uno debía no recordar nada en particular. Se purificó de recuerdos, permaneció atenta. Como para ella siempre era fácil no desear nada, se quedó quieta sin ni siquiera sentir las sombras negras del sótano. Se fue distanciando como en un viaje. Lentamente iba consiguiendo un pensamiento sin palabras, un cielo gris y vasto, sin volumen ni consistencia, sin superficie, profundidad o altura. A veces, como ligeras nubes sueltas del fondo, el cielo era atravesado por la vaga conciencia de la experiencia y del mundo fuera de sí mismo. El temor de desobedecer a Daniel —un temor que no era pensamiento ni lo perturbaba— la asaltaba y también una curiosidad de seguir sin interrupciones, que la hacía moverse por encima de sus propios conocimientos. Sin esfuerzo, sin alegría, como para no detenerse en ningún sentimiento definido, apartaba la percepción y el cielo quedaba de nuevo puro. ¿Estaría pensando profundamente? Indagaba en ella una conciencia aparte. Líneas luminosas, secas y veloces rayaban su visión interior, sin sentido, escabullidas de alguna grieta misteriosa, y entonces, fuera del propio medio de nacimiento, eran débiles y aturdidas. Ella podía pensar en todos los sentidos; cerrando los ojos, dirigía hacia dentro del cuerpo un pensamiento de la calidad del que brota de abajo arriba o del que recorre el espacio abierto; eso no era una palabra o un contenido sino la misma manera de pensar orientándose. Sería esto pensar profundamente..., no tener ni siquiera un pensamiento que llevar a la superficie... El silencio seguía gris y leve. En el cielo se abría por un segundo un claro vacilante, pero ella descubría confusamente que el desgarro era el de su propia concentración; y seguía densa, con una densidad sin forma ni volumen, la acumulación de una sustancia más impalpable que el aire, de un elemento más vago que el perfume a través del aire. Por un instante se alegraba tenue y agudamente de haberlo conseguido, solo un instante, luz que se enciende y se apaga. ¿Habría pensado más que profundamente y estaría ya viendo la nada?, pensaba asustada. El cielo seguía monótono, transcurría. Aunque no había ninguna imagen sobre su superficie, no estaba inmóvil; su extensión desmedida se iba sustituyendo continuamente como el movimiento del mar: siempre hacia delante, sin salir nunca de sí mismo. Intentó transformarlo cambiando la posición de su cuerpo, cansado de existir con tal brutalidad. Se tendió en un canapé descolorido, con la cabeza más baja que los miembros, el rostro pálido, sin expresión. Con una clarividencia incómoda veía ropas negras colgadas, la banqueta de un piano, una palangana descascarillada, una muñeca sin piernas, lámparas, un vaso. Lentamente, con un esfuerzo concentrado que subía del centro de su cuerpo, se liberó del sótano y pudo esperar sin sensaciones. El cielo se le apareció de nuevo. Fuera, sobre las hierbas agostadas por el sol, sonaron pasos. Se alejaban... Y como se había permitido oír pasos en vez de no oírlos, ahora todo se había resuelto en una realidad innegable. Se levantó y aún perturbada por la posición baja de la cabeza procuró librarse del sótano y de su olor a maleta. Empujó la reja dura, se limpió la mano del limo y del óxido de los barrotes fríos. Con los ojos entrecerrados, la frente fruncida, salió de la tierra hacia la claridad con un choque ligeramente doloroso, el rostro vagando pálido. Un latido sutil empezó en su frente helada. El aire pardo del sótano se extendía hacia fuera verde y rosa. Sonrió débilmente. De la oscuridad a la luz, este era uno de los acontecimientos que más la alegraban, la alegraban, la alegraban... En el fondo lo que la alegraba era que el experimento no hubiera tenido éxito. Seguramente Daniel la obligaría a volver al día siguiente y otra vez en vacaciones... Pero ella no tenía fuerzas para ser feliz. Se había cansado.

Caminó despacio hacia el campo. Su frente ahora ardía mientras las manos duras y heladas no se calentaban con el sol. Su cabeza empezaba a latir sobre su debilidad y ella se estremecía con la brisa. Desistió del paseo y se dirigió penosamente a casa. Al subir la escalera sintió que alguien se movía en el rellano; vio a Daniel observándola, sus ojos eran secos, firmes, no la perdonarían nunca. ¿Qué le diría por la tarde en el claro? ¿Qué pensamiento traería ella de la experiencia? El miedo la turbó y le produjo cansancio. Entró en el cuarto, se encogió en la cama. Temblaba con un frío que parecía venir de las entrañas y de un corazón encogido y oscuro; su cabeza continuaba siendo martilleada con una precisión alegre. ¿Estoy loca?, pensaba como si alguien lo dijese, pero no conseguía dejar de pensar. Debo dormir para parar, sin embargo no podía. ¿Qué le diría a Daniel? Ahora ya no sabía si había visto el cielo por sí misma como quien ve lo que existe o si había pensado en el cielo y había conseguido inventarlo... Había penetrado en un mundo desconocido y loco, le parecía vagamente que el cielo existía en todos los instantes como algo siempre anterior, siempre presente y quieto... y que sobre él flotaban sus deseos de cosas, sus visiones, los recuerdos, las palabras..., su vida. Y subía y adquiría volumen en momentos de silencio dándole también un silencio de pensamientos... ¿O todo eso valía solo como una de sus ideas, una invención? ¿Ver la verdad sería diferente de inventar la verdad?, después de todo, su pensamiento era tan fuerte que no parecía rodeado de ningún otro. En su semidelirio ella se obstinaba en pensar: si aquel cielo era una realidad —observaba—, al retroceder no sabría sin embargo alcanzar otra etapa, la anterior al cielo, la más alta, a través de su esfuerzo: su fuerza de buscar se había agotado. No, no podría. Pero con una inexplicable seguridad de perfección pensaba que si pudiese alcanzar el más allá del cielo entonces habría un momento en que se aclararía que todo era libre y que no estaba atada fatalmente a lo que existía. No sería necesario respetar al padre, sentir dolor en la pierna lastimada, alegrarse con la alegría… Asustada, con una agitación que agudizaba la sensibilidad de su cabeza, se levantó y caminó hasta la ventana. Ese conocimiento sentía ella, escapaba a la realidad innegable pero era verdadero. Ahora estaba claro: ¡era verdadero! Todo existía tan libre que ella podría incluso invertir el orden de sus sentimientos, no tener miedo a la muerte, temer la vida, desear el hambre, odiar las cosas felices, reírse de la tranquilidad… Sí, bastaría con un pequeño toque, y con un valor leve y fácil saltaría sobre la inercia y reinventaría la vida instante a instante. ¡Instante a instante!, temblaban en ella pensamientos de cristal y de sol. Puedo renovarlo todo con un gesto, sentía con fiereza, húmeda como una cosa que nace; pero confusamente sabía que ese pensamiento era más profundo que su realización y no hacía nada, perpleja y serena, ningún gesto. Entonces lentamente se hundía en la benéfica oscuridad del desmayo y de la renuncia alegre; transcurrían algunos minutos, las moscas de la mañana templada volaban por el cuarto, se posaban sobre su cuerpo tranquilo y lo abandonaban para descansar sobre la cristalera seca y brillante. Lentamente volvió a la realidad, emergiendo tranquila y fría de la penumbra.

En el claro, ella le dijo que había fracasado. El primer movimiento de Daniel fue de cólera. Pero, como si lo pensase mejor, la reprimió:

—¿Quieres volver al sótano mañana? —le preguntó algo distraído.

La sorprendió la delicadeza de la pregunta, cómo lo amaba, cómo lo quería, aquellos ojos pensativos, aquel cuello fuerte y recto pero gentil. Y ella fracasando siempre, se censuró emocionada. Pero no, ahora temía al sótano, había tenido un desmayo después de salir de ahí, Daniel, era peligroso pensar profundamente, no…

—Silencio, la Sociedad de las Sombras desea que tú cumplas otra tarea —dijo finalmente Daniel, sus ojos concentrados perseguían una idea difícil.

Virgínia contuvo la respiración.

—Liberar a la familia del Mal.

—¿Qué mal? —preguntó ella inmediatamente.

—Silencio, estúpida. La Sociedad de las Sombras desea saber si conoces a Esmeralda. Desea saber si conoces el secreto de Esmeralda, sus encuentros en el jardín con aquel...

—Pero si yo misma te lo conté, ¿no te acuerdas? —lo interrumpió Virgínia fingiendo estar animada, halagándolo.

—¡Cállate! No te atrevas a interrumpirme o acabo con la Sociedad y contigo. La Sociedad de las Sombras desea que cuentes al padre de Esmeralda las citas de Esmeralda en el jardín.

Ella entreabrió los labios pálidos.

—La Sociedad de las Sombras ha hablado.

Ahora ya no podría objetar nada. La Sociedad de las Sombras decía siempre la última palabra y la fórmula empleada por Daniel significaba el final de la reunión.

Le parecía que la Sociedad de las Sombras la había sumergido en la vileza.

Se miraba al espejo, el rostro blanco y delicado perdido en la penumbra, los ojos abiertos, los labios sin expresión. Ella se gustaba, le agradaba aquel gesto fino, tan sinuoso, de su cabello oscuro, de sus hombros pequeños y delgados. Qué bonita soy, dijo. ¿Quién me compra? ¿Quién me compra? —hacía un ligero mohín ante el espejo—, quién me compra: ágil, graciosa, tan graciosa como si fuese rubia pero no soy rubia, tengo un lindo, frío, extraordinario pelo castaño. Pero yo deseo tanto que me compren que... que... ¡que me mato!, exclamó, y mirando su rostro asombrado por la frase, orgullosa de su propio brío, se rio con una carcajada falsa, baja y brillante. Sí, sí, necesitaba una vida secreta para poder existir. Un instante después estaba de nuevo seria, cansada, su corazón latía en la sombra, lento y rojo. Un nuevo elemento hasta ahora extraño había penetrado en su cuerpo desde que existía la Sociedad de las Sombras. Ahora ella sabía que era buena pero que su bondad no impedía su maldad. Esta sensación era casi vieja, la había descubierto hacía unos días. Y un nuevo deseo le conmovía el corazón: el de liberarse aún más. Salir de los límites de mi vida, no sabía ella lo que decía mirándose al espejo del cuarto de invitados. Yo podría matarlos a todos, pensaba con una sonrisa y una nueva libertad, contemplando infantilmente su imagen. Esperaba un instante, atenta. Pero no: nada se había creado en ella con la sensación provocada, ni la alegría ni el pavor. ¿Y de dónde le había nacido la idea?, desde la mañana que pasó en el sótano las preguntas surgían fáciles; y a cada momento ella progresaba, ¿en qué dirección? Iba hacia delante aprendiendo cosas de las cuales en toda su vida no había sentido ni siquiera el comienzo. ¿De dónde había nacido la idea?, de su cuerpo; y si su cuerpo fuera su destino… ¿O es que aspiraba los pensamientos del aire y los devolvía como propios, obligándose a seguirlos?… ¡Allí estaba ella ante el espejo!, se gritó salvaje y feliz. Pero ¿qué podía y qué no podía? No, no quería esperar una condición para matar, si tenía que matar lo deseaba como un acto libre, sin explicación… eso sería salir de los límites de su vida, ella no sabía lo que pensaba. En un repentino agotamiento en el que había una cierta voluptuosidad y un cierto bienestar, se echó en la cama de los invitados. Y como una puerta que se cierra de golpe sin estrépito, rápidamente se durmió. Y rápidamente soñó. Soñó que su fuerza decía en alto y al horizonte del mundo: quiero salir de los límites de mi vida, sin palabras, solo guiada por la fuerza oscura. Un impulso cruel y vivo la empujaba hacia delante y ella desearía morir para siempre si morir le diese un solo instante de placer, tal era la gravedad a la que había llegado su cuerpo. Ella entregaría su propio corazón para ser mordido, ella quería salir de los límites de su propia vida como una suprema crueldad. Entonces salió de casa y buscó, buscó con lo que poseía de más feroz; buscaba una inspiración, con las narinas sensibles como las de un animal fino y asustado, pero todo a su alrededor era dulzura y la dulzura ella ya la conocía, y ahora la dulzura era ya la ausencia de miedo y de peligro. Ella haría algo tan fuera de sus límites que nunca lo podría entender, pero no tenía fuerza, ah, no podía salir de lo que podía. Era necesario cerrar por un instante los ojos y rezar para sí misma, brutalmente, con desprecio, hasta que con un desprecio profundo, despojándose del último dolor, olvidando por fin, caminase hacia el sacrificio del destino. Porque si yo soy libre, si con un gesto puedo renovarlo todo —caminaba ella por el campo bajo un cielo blanquecino—, entonces nada me impide realizar ese gesto; esa era la sensación turbia e inquieta. Mientras andaba veía un perro y, con un esfuerzo jadeante, como al salir de aguas profundas, como para salir de lo que podía, decidía matarlo mientras andaba. Él movía la cola indefenso; pensó en matarlo y la idea era fría pero ella tuvo miedo de estarse engañando diciéndose que la idea era fría para escapar de ella. Entonces guio al perro con gestos hasta el puente sobre el río y con el pie lo empujó seguramente hacia la muerte en el agua, lo oyó aullar, lo vio debatirse, arrastrado por la corriente y lo vio morir; no quedaba nada, ni un sombrero. Siguió serenamente. Serenamente seguía buscando. Vio a un hombre, un hombre. Sus pantalones anchos se pegaban a las piernas con el viento, a las piernas delgadas. Era mulato el hombre, el hombre. Y sus cabellos, Dios mío, sus cabellos encanecían. Trémula de asco se encaminó hacia él entre el aire y el espacio y se paró. También él se paró, los ojos viejos esperando. Nada en el rostro de ella hacía suponer lo que estaba a punto de suceder. Ella tuvo que hablar y no sabía cómo decirlo. Dijo:

—Tómeme.

Los ojos del hombre mulato se abrieron. Y poco después recortado contra el aire puro y el viento, contra el verde claro y oscuro de la hierba y de los árboles, poco después ella se reía, comprendiendo. Él la levantó mudo, riendo, el pelo cano, riendo, y detrás se extendía la campiña bajo el viento. Él la levantó, mudo, riendo, un olor a carne podrida salía de su boca, de su vientre a través de la boca, un aliento de sangre; de la camisa entreabierta surgían pelos largos y sucios y alrededor del aire todo era vívido, él la levantó por los brazos y la sensación de ridículo la dejó ferozmente rígida; él la balanceaba en el aire probándole que ella era ligera. Lo empujó con violencia y él mudo, riendo, mudo, caminó y la arrastró e invencible la besó. Pero él aún reía cuando ella se levantó y serenamente, como una salida final a los límites de su vida, pisó con tranquila fuerza su rostro arrugado y le escupió mientras él, mudo, mirando, no entendía y el cielo se prolongaba en un solo aire azul. Despertó inmediatamente y cuando abrió los ojos estaba casi de pie, el rostro límpido y ansioso. Inmóvil, sentía su propio cuerpo hasta el extremo, grande, los músculos mansos y contentos. No sentía entumecimiento sino una posibilidad de moverse con equilibrio. ¿Qué había sucedido? Rápidamente entendió, por un instante se quedó confundida, pensó que realmente había salido de casa, dudó, volvió a un vago sentido común. Había sido un sueño corto, lo bastante para permitirle salir de los límites de su vida. Sensaciones turgentes y lentas ampliaban su cuerpo. Sorprendida como después de un acto de sonambulismo, se dirigió al espejo: ¿qué le pasaba? Había una ambigüedad extraña en el rostro donde el ojo más apagado soñaba siempre, una determinación en los labios como si ella obedeciese a la fatalidad de una alucinación. Le parecía que un tiempo incontable había transcurrido y ella recordaba la casa en cuyo centro se hallaba como lejana. Una fuerza dulce le pesaba en las caderas, le alargaba el cuello liso que el escote grande e irregular hacía nacer. En cierta manera ya no era virgen. Había vivido más de lo soñado, ella lo juraría sinceramente aunque también supiese la verdad y la despreciase.

—Virgínia.

Su padre la llamaba desde la sala con su voz sin volumen pero que se oía por toda la casa. Con una reminiscencia difícil, notó que ya la había llamado mientras ella soñaba. Bajó unos escalones, se paró en medio de la escalera:

—¿Me ha llamado, padre?

Con el rostro bañado en lágrimas, Esmeralda sollozaba a su lado, en la mejilla el dibujo colorado de una mano; la madre flotaba en el umbral de la puerta, sin apoyo, fijando su mirada parda y lenta de ratón viejo. Virgínia buscó a Daniel inútilmente.

—Repite lo que tú... lo que nosotros oímos de aquella persona —le dijo su padre.

—Padre, padre.

—Repite.

—Padre.

—¡Repite!

—No puedo.

El padre miró a todos victorioso, viejo, sombrío. En esos momentos de rabia parecía más gordo y más pequeño.

—Pues escucha y confírmalo: esa golfa de ahí se encuentra con un hombre en el jardín.

Esmeralda sollozó:

—Pero esta vez no ha pasado nada, ni nunca... ¡Ya lo he jurado!

—¡Dios! —gritó el padre con súbita elocuencia—. ¡Qué ha hecho un pobre hombre para recibir por segunda vez en su casa a los malos espíritus! ¡¡Qué ha hecho un pobre hombre para ver humillada su vida y la de la casa que creó por su propia hija!! ¡Castigadme, Señor, pero sobre mi propia cabeza!

Virgínia lo miraba lúcida, los ojos móviles y astutos. Expectante, le dolía todo el cuerpo. El padre se serenó bruscamente, se volvió hacia ella:

—Confirma lo que dijiste.

—¡¿Ha sido ella quien te lo ha contado?! —gritó la madre.

—¡No..., no! —gimió Virgínia, pálida, mirando a su padre. Este vaciló un instante con los ojos turbios y encendidos:

—No importa quién ha sido, lo que importa es que esta...

Rápidos pensamientos se entrecruzaron en ella y antes de que alguien pudiese preverlo dio un grito lacerante y se dejó caer. Su padre impidió que cayese por las escaleras. Con los ojos cerrados, los oídos tensamente despiertos acechando lo que pasaba, se sintió impulsada hacia arriba en un vuelo lento. En medio del atento terror sonreía interiormente sin saber por qué. El esfuerzo que hacía para no abrir los ojos y seguir inanimada la hacía concentrarse con tal fuerza que dejó durante unos instantes de oír y de percibir. Cuando entreabrió los ojos se encontró sobre la cama en el cuarto vacío. Un gran silencio envolvía la casa, susurraba por los rincones como en un día de domingo. Permaneció unos momentos casi distraída palpitando dulcemente. En su cuerpo la sangre se renovaba. Levantándose con un leve impulso estaba en la puerta, buscaba por el aire para saber dónde estaba la gente. No se percibía nada, el caserón vasto y desnudo. Sintió que sonreía, se llevó los dedos a los labios pero estos seguían cerrados y apretados y la sonrisa había sido solo un pensamiento. Un pensamiento sin alegría pero que la hacía sonreír: su bondad no impedía su maldad, su bondad no impedía su maldad. Había cometido un acto corrupto y vil. Nunca sin embargo le había parecido haber actuado tan libremente y con tanta frescura de deseo. Necesitaba contemplarse en el espejo, sí, sí, pensó con urgencia y esperanza. Presentía que podría llegar al cuarto de invitados sin que nadie la viese. Atravesó el pasillo rápidamente, los pasos de sus pies desnudos sofocados por la alfombra púrpura, el corazón latiendo violento y pálido.

Así pues, allí estaba ella. El rostro un instante como eterno, la carne piadosamente mortal. Allí estaba ella, pues, con los ojos inocentes espiando desde dentro de su propia degradación. Y mientras durase, sería inútil detener lo que sucedía a su alrededor. Y dentro de ella sería inútil intentar despertar la comprensión de su cuerpo viviendo en la tarde largamente tensa. Jamás sabría repetir lo que pensaba, y lo que sentía se le ocurría evanescente, leve y brillante, tan inmaterial y fugaz que ella no lo podría parar con ningún pensamiento. Sorprendida, intimidada por su propia ignorancia al lado de una seguridad inmóvil, ella fluctuaba un instante, interrumpía el movimiento de su vida y se miraba al espejo: aquella figura que expresaba alguna cosa sin risa angustiosamente muda y tan dentro de sí misma que nunca se podría captar su sentido. Mirándose, ella no conseguiría comprender, solo asentir. Estar de acuerdo con aquel profundo cuerpo en sombras, con su sonrisa callada, la vida como naciendo de esa confusión. Ahora parecía aún más ardiente su tolerancia consigo misma, como si ella admitiese también su propio futuro. Y ella... Pero sí, sí, ella veía el futuro... Sí, con una ojeada hecha de mirar y de oír, en un puro instante todo el futuro... Aunque solo supiese que veía y no lo que veía, así como solo sabría decir sobre el azul: he visto azul, y nada más... Con las cejas levantadas esperaba la tímida anunciación. Lo que había existido en su vida era un poder indistinto e infinito, realmente infinito y desorbitado. Pero nunca podría haber demostrado la existencia de aquel poder, qué difícil sería probar que deseaba continuar, que el color de la rosa le gustaba, que sentía fuerzas, que estaba ligada a la piedra del jardín. Lo que había existido en su vida, intocable y nunca vivido, la había levantado por el mundo como la burbuja que sube. Pero inmediatamente después de la realización de algún acto —¿haber mirado un día otra vez el cielo?, ¿haber espiado al hombre que caminaba?, ¿haber entrado en la Sociedad de las Sombras?, ¿o después de un simple instante quieto?—, después de la realización de algún acto imposible de contener, fatal y misterioso, de repente ella solo podría de ahora en adelante esto o aquello y su poder había concluido... De ahora en adelante conseguiría nombrar lo que pudiera y esa capacidad en vez de darle la seguridad de una mayor fuerza le aseguraba de una manera inexplicable una caída y una pérdida. Antes su movimiento de vida más seguro había sido desinteresado, ella percibía cosas que nunca usaría, una hoja al caer interceptaría el camino iniciado, el viento desharía para siempre sus pensamientos. Después de la Sociedad de las Sombras, sin embargo, ella robaría a cada mirada su valor para sí misma y bonito sería aquello de lo que su cuerpo tuviese sed y hambre; ella había tomado partido. También había observado a Daniel en los últimos tiempos. Y sin conciencia veía que su más leve materia se había corrompido lentamente, que se había aniquilado en él el dulce sufrimiento en el que ambos vivían; en su ser algo se había vuelto más serio e inflexible, una trémula brutalidad. ¿O lo veía por primera vez? Ella misma, aunque no lo negase ni afirmase, sus ojos automáticamente se levantaban o bajaban ante ciertas imágenes y aunque ansiase no tener que escoger nunca, perpleja ya había escogido. Y ahora cuando dudaba en el desánimo sin dolor sabía que si más tarde resucitase a la alegría y abriese su corazón para respirar de nuevo riendo, ella sabía: decaer y volverse a levantar era irreprimible. Había acabado para siempre el peligro. De repente parecían haberse acabado las palabras de las que había vivido en su infancia y no encontraba otras. Se movió con cuidado. Sentía una inquieta sensación de arrepentimiento, de estar viviendo aquel momento, de ser casi una mujer y de ser aquella a quien le sucedía el instante; parecía sentir que de una profunda libertad intocable podría sacar fuerzas para no darse permiso. Miraba el aire silencioso y pálido del cuarto, un instante inmóvil y sin destino. Qué fatal era haber vivido. Por primera vez había envejecido. Por primera vez tenía la conciencia de un tiempo tras de sí y la noción desasosegada de algo que no podría tocar nunca, de algo que ya no le pertenecía porque estaba completa pero a lo que ella aún se sentía atada por la incapacidad para crear otra vida y otro tiempo. Toda su infancia había sido arrugada por el aire frío que dolía en la nariz con gélido ardor; se veía a sí misma como de lejos, pequeña, una forma oscura en la neblina ya dorada de sol, inclinada mirando en la tierra algo que ya no podía precisar; ahora su propio aliento parecía rodearla de una atmósfera tibia, sus ojos se abrían en un color amplio, el cuerpo se enderezaba como una criatura humana. Con un suspiro de impaciencia y temor, su cuerpo se rebeló como poseído y de nuevo se quedó quieta en la habitación. Habiendo experimentado la dulzura de la fascinación y de la obediencia ardiente a Daniel, su naturaleza maleable y débil ansiaba ahora entregarse a la fuerza de otro destino. Sentía que había acabado la armonía entre su existencia y la Granja donde había nacido y donde vivía; por primera vez pensaba en el viaje a la ciudad con un placer nervioso lleno de esperanza y rabia confusa. Brejo Alto, la neblina de las mañanas, las calles estrechas, la soledad de Granja Quieta permanecían ahora de un modo incomprensible sobre ella, y si antes el silencio de los campos y el ruido indescifrable del bosque completaban sus propias sensaciones, ahora ella tendría que moverse en una tierra fría e indiferente; pensaba con inquietud en las lluvias del próximo invierno como si previese la nueva desesperación de permanecer presa en el caserón. Inexplicablemente hasta entonces había soñado y solo ahora abría los ojos, precipitándose hacia algo sólido y mortal; con un disgusto sorprendido, se adivinaba en secreto más conocida, como reconocible. Dentro de unos años se iría de allí con Daniel. Años todavía. Con firmeza decidía cerrar el corazón y atravesarlos cerrada para volver a empezar a vivir solo en la ciudad —su pensamiento dejó una resonancia lívida en el aire—, cuántas posibilidades tenía una persona si vivía en el mundo abierto; su cuerpo temblaba casi asustado de su propio ímpetu, de todo lo que había de oscuro en su fuerza. Soltó un gritito de alegría y de dura promesa: ¡ah! Pero ella misma solo pensaba la superficie de lo que le estaba pasando en aquel momento y se observaba a sí misma como si se pusiese la mano sobre el corazón latiendo y no pudiese tocarlo. Esperó un momento. Nada sucedía… El silencio la rodeó impalpable y ella entonces se serenó, miró el espejo sombríamente brillante. Obstinada, contemplaba su rostro intentando definir su fugitiva magia, la suavidad del movimiento de respiración que lo iluminaba y apagaba lentamente. La corrosión la bañaba de una dulce luz. Así pues allí estaba ella. Así pues allí estaba ella. No había quien la salvase o la perdiese. Y los momentos se desarrollaban y morían mientras su rostro quieto y mudo flotaba esperando. Allí estaba ella, pues. Ayer el placer de reír todavía la hacía reír. Y frente a ella se extendía todo el futuro.

Después de tantos días sin salir de casa y sin ver ni siquiera una vez a Vicente, buscaba el domingo para restablecerse y no aparecer en la cena de Irene pálida, como resucitada. El aire libre después de tantas horas pasadas en la cama deshecha despertaba en su piel un olor indefinible y fuerte, tímidamente brusco. El perfume que el calor despierta en las plantas grasas y verdes; pero ella estaba pobremente viva y aunque el paseo le soplase una vaga sonrisa, ella se cansaba.

Subió la colina en busca de la presa que contenía aprisionados los volúmenes de agua, condensados en una unión tan íntima que su áspero susurro tenía el impulso de una plegaria. Matojos de hierbas se doblaban bajo su propio peso, se aplastaban en el estrecho sendero bajo sus pies. Ella se arreglaba con una mano el pequeño sombrero marrón mientras con la otra se apoyaba en el paraguas negro y largo. Subía la difícil ladera y sobre sí misma solo veía una línea de tierra que se unía nueva y clara al cielo; las hierbas altas se agitaban contra el rosa frío del aire. Cerca de la presa vivía el guardián de piel seca y arrugada, de ojos limpios; un perro ladraba sin acercarse. Y desde la colina de enfrente, cuando soplaba el viento, venía un rápido ruido de movimientos, el cantar tranquilo de un gallo, risas agudas y rasgadas, los gritos de los niños brotando en el domingo; todo desde el principio lejano y desaparecido, un olvido que no se podía precisar y que se repetía súbitamente, perdiéndose de nuevo. Cuando se hacía el silencio era como si alguien respirase sonriendo. De lejos vio a la vieja fumando, a una mujer cargando naranjas, a un hombre construyendo una casa; un fuego se encendía y brillaba. Virgínia se volvía hacia delante y continuaba subiendo la montaña; para sentirla mejor, con una leve obstinación se decía distraída: es vieja como la tierra, es vieja como la tierra, e intentaba sentir miedo. Se acordaba por momentos, cada vez menos, de la carta que había escrito para la Granja. Voy bien de salud, solo he tenido algunos mareos. Como muchos dulces, debe de ser por eso, porque me he vuelto muy golosa en la ciudad… Continúo engordando, gracias a Dios, pero me estoy poniendo muy fuerte; ya no tengo desmayos, nadie en Brejo Alto reconocería a la flacucha que fui… Ya he pagado el alquiler, todo lo he aprovechado mucho, sí, sí. Cada vez le parecía más difícil informar. Cuando Daniel aún vivía con ella se sentía en la obligación de notificar que estaban bien. Pero ahora… Sería bueno pasear con Daniel esa tarde. No porque él pudiese definir en ella algún sentimiento; a pesar de su integridad invulnerable él también permitía que las cosas se quedaran en su propia naturaleza. Sería bueno simplemente caminar con Daniel y señalarle lo que veía con aquel gruñido familiar que entre los dos valía según el tono. En la ciudad el río era liso, los cocoteros alineados, incluso las montañas parecían limpias y podadas, todo se extendía en la superficie, realizado. Mientras que en Brejo Alto la existencia era más secreta y eso ella lo diría sin palabras.

La presa gemía sin interrupción, vibraba en el aire y trepidaba dentro de su cuerpo, dejándola de algún modo trémula y cálida. Se sentó sobre una de las piedras aún sensible de sol. Por un instante, en un leve torbellino silencioso, toda su vida la había pasado sentándose sobre piedras; otra realidad es que había atravesado toda su vida mirando la oscuridad antes de dormirse y dando vueltas buscando un consuelo mientras algo agudo y despierto acechaba: el mañana. Sí, cuántas cosas veía, suspiró despacio mirando a su alrededor con tristeza. Había pensado que encontraría en la ciudad otras especies... Sin embargo seguía sentándose sobre piedras, notando la mirada de una persona, encontrando a un ciego, oyendo solo ciertas palabras... Veía lo que había vislumbrado por primera vez y que parecía haber llenado la capacidad de sus ojos. Un largo bienestar vacío se apoderó de ella, cruzó los dedos con delicadeza y afectación, se puso a mirar. Pero el cielo ondeaba tan deshilachado, rasante, tan sin superficie... Lo que sentía era sin profundidad... pero lo que sentía..., sobre todo desmayándose sin fuerzas..., sí, desfalleciendo en el cielo... como ella... Círculos rápidos y gruesos se abrían desde su corazón —el sonido de una campana no oída pero pesadamente sentida en el cuerpo como ondas—, los círculos blancos le embargaban la garganta como una burbuja de aire grande y dura; no había una sonrisa siquiera, su corazón se marchitaba, se marchitaba, se alejaba en la distancia oscilando intangible, ya perdido en un cuerpo vacío y limpio cuyos contornos se ampliaban, se alejaban, se alejaban y solo existía el aire, solo existía el aire, el aire sin saber que existía y en silencio, en un silencio profundo como el aire. Cuando abrió los ojos, las cosas emergían lentas desde las aguas oscuras y refulgían húmedamente sonoras en la superficie de su conciencia aún vacilante por el desmayo. El agua de la presa susurraba en su interior, tan distante que ya había sobrepasado su cuerpo infinitamente. Los filos del aire frío despertaban la carne de su rostro picándola con su frescor. Dios mío, qué alegre estoy, pensó en un débil y luminoso impulso. Despertando tan joven del desmayo, sonreía agotada, se sentía como demasiado pequeña para quedarse sin pensamientos protectores ni experiencia en lo alto de una colina, escuchando cómo la otra colina, cómo otro mundo, vivía minuciosamente en domingo. Sentía en silencio que después de un desmayo estaba en lo mejor de la vida porque no había amor ni esperanza que superase aquella seria sensación de vuelo naciente. Pero, por qué ese instante no la apaciguaba con la satisfacción del fin logrado… ¿por qué?, la prolongaba hacia lo alto, la estiraba casi desesperada con la tensión de un arco lleno de su propio movimiento…, como si viviendo tan arriba ella sintiese algo más que la potencia de su cuerpo grande y oscuro y se aniquilase en la propia percepción. Su corazón todavía latía con cansancio y ella pensaba: me he desmayado, es eso, me he desmayado. Miraba la luz encendida y roja meciéndose en el bosque en penumbra. ¿Qué significaba su luz?, insistían sus ojos abriéndose claros en la dulce confusión de su cansancio. Ella no podría comprender, podría estar de acuerdo, solo eso, y asintiendo con la cabeza, asustada, aceptaba la tarde, aceptaba aquella frágil fuerza que la sujetaba contra el aire, aceptaba su miedo alegre, el miedo de enfrentarse a la cena de casi extraños, el amor de Vicente, sus propias sensaciones diariamente falsas, aquel error atento, aceptaba la colina viva que hablaba en alto, en alto dentro de sí: ¡ah, sí, sí!, ardientemente una y quieta. Pero no en el plano de la realidad innegable, solo en el de una cierta verdad donde podía decirlo todo sin equivocarse nunca, allá donde ni siquiera existía el error y donde todo vivía inefablemente por la misma licencia, allá donde ella misma vivía esplendorosamente apagada, vaga y cosa, puramente cosa, como el parpadeo húmedo de una perra echada contra el aire y jadeando, profundamente de acuerdo sin saberlo, como una perra. Se sintió muy cerca de otro desmayo, junto al deseo de ceder a él, e incluso en el seco presente ella pertenecía a su vida anterior que se perdía en una distancia tranquila.

Después del desmayo todo era como muy fácil. Recuperó el equilibrio. Hacía años que no se desmayaba. Ahora caía la noche y bajando los párpados podía sentir los rayos amortiguados de luz como música translúcida y sombría resbalando de la montaña como un torrente suave abandonado a la fuerza de su propio destino. Apretaba con una de las manos el áspero pico del paraguas. Sería imposible que lloviese ahora, sentía mirando distraída el cielo frío como un espejo. Le parecía confusamente que también le sería imposible liberarse de su modo de ser y seguir por otro camino —sonreía ella un poco seria y flotaba en una sensación asustada pero tranquila de sí misma—, tan potentes y aprisionadas ella y la naturaleza parecían encontrarse dentro del tenue equilibrio de sus vidas. Pero había una libertad —como un deseo, como un deseo— por encima de la posibilidad de escoger, en ella y en la naturaleza, y de ahí venía la serenidad extraña y cansada de casi-noche sin lluvia en las montañas, la languidez una vez más renovada en su cuerpo.

Abrió la puerta de su pequeño apartamento, penetró en el frío y asfixiante ambiente de la salita. Una leve mancha ondulaba en uno de los rincones, expandía como una luz frescuras casi apagadas. Ella gritó bajo, aguda —¡Qué bonitas son!—, la habitación respiraba con los ojos semicerrados en el silencio de las grúas mudas de las construcciones. Las flores se erguían con un delicado vigor, los pétalos gruesos y cansados, húmedos de sudor; el tallo era alto, tan calmado y duro. La sala respiraba oprimida, adormecida. Los pétalos menores, como cabellos en la nuca en verano, se doblaban marchitos, ciegos, pero todavía capaces de vivir y de asombrar. Virgínia se apresuró riendo hacia ellas, inclinó la cabeza oscura pero retrocedió ligeramente asustada. Porque ellas se cerraban hostiles sin el menor perfume, como si algo en su naturaleza repeliese secretamente la naturaleza de Virgínia. Pero si siempre me he llevado bien con las flores —esa era su impresión mientras se desnudaba—. Las tocó levemente con la punta de los dedos, decepcionada, avisada y ya sin interés. Ellas se estremecían. Sin saber por qué, le fue dado por fin permiso para entristecerse y ella lo buscaba sin conseguirlo durante toda aquella tarde de domingo. Su verdadera sensación durante el paseo había sido tan íntima, la había impregnado con tal delicadeza, que le había quedado solo una especie de titubeo, una espera. Deseaba algo que la vistiese para la cena de Irene, un sentimiento tranquilo y estable, alguna seguridad íntima de derrota para que no le fuese posible empezar otra vez irresistiblemente a luchar y a tener esperanzas. Se preparó para salir. El vestido blanco se extendía sobre la cama, animaba el cuartito dándole un aire de extraña y prohibida excitación. Metida en la combinación corta y con un cuerpo de tan poca cintura, se miró al espejo, ¿estaría preparada para enfrentarse a la risa y al brillo ajeno?, su rostro erraba en sombras. Desde que había mirado las arañas negras de Daniel sus ojos eran un poco bizcos, daban un rápido tono de error y de movilidad a su rostro, donde algún rasgo indefinible parecía oscilar, casi transformarse; su cara a veces recordaba una imagen reflejada en el agua. A su alrededor, en el cuarto, las cosas vivían profundamente calmadas y en la calle había parado desde el día anterior el ruido de las obras. Los otros apartamentos de la casa a esa hora del domingo estaban vacíos; algún grito de niño se oía preso en el cemento del edificio. Con una de las manos olvidada en la cara en una caricia distraída esperaba sin ánimo. Poco a poco en el fondo de su negligencia algún punto de su cuerpo empezó a vivir débilmente, a latir acompañando las cosas a su alrededor... Ahora ella esperaba más atenta, los ojos abiertos, el corazón abierto, sombríamente abierto, temblando de esperanza. Esperaba... Pero eran tan poco comunes el silencio y su combinación blanca, que, repentinamente, como si ella misma no hubiese notado la espera, se movió y continuó viviendo en otro medio, fácil y ligero entre las construcciones quietas. Cuando se puso el vestido llamaron con sobresalto a la puerta. La abrió y encontró a la lavandera y a su hija con el paquete de ropa lavada, pidiendo disculpas por no haber venido el sábado, mirando sorprendidas el vestido de seda que nunca habían lavado de Virgínia, a quien veían siempre con ropa pobre. El escote profundo y el corpiño ajustado le levantaban el busto dándole proporciones aún mayores; el cinturón estrecho apretaba inútilmente la cintura sin reducirla. Los pequeños botones de cristal temblaban con la respiración. El blanco-crema suavizaba su piel fina, hacía brillar su pelo corto. Intercambió una rápida mirada con las mujeres, adoptó un aire mundano mientras sus pupilas se movían con gusto y búsqueda:

—Ahora es completamente imposible, ¡com-ple-ta-mente! —decía con un placer ocupado y voluptuoso—. Las estuve esperando ayer y toda la tarde de hoy, ¡imaginen!, vuelvan mañana, por favor, por favor... Mañana les daré la ropa sucia porque hoy tengo una cena..., ya saben, tengo que estar preparada, el coche vendrá a buscarme... Esas cosas desgraciadamente son así, ya saben... —Se interrumpió parpadeando, buscando más palabras para su impulso, casi pensativa. Con la cara arrobada e ingenua, las lavanderas decían sí, sí, empujándose una a la otra con deslumbramiento y angustia mientras Virgínia también parecía empujarlas con disculpas fascinantes; ellas reían humildes, con aflicción, desaparecían por las escaleras todavía con la sonrisa blanca en la cara. Virgínia se paró escuchando durante un instante el silencio tranquilo que siguió al alboroto... Un instante más. Un momento más. Estaba absorta y sin pensamientos, pero le parecía, como en una dolencia de la voluntad, que nunca tendría fuerzas para desear moverse. Se pidió un instante, más, más. Ella misma dudaba en concedérselo. Entonces se movió, fue a peinarse. Pensativa, se le ocurrió que nunca olvidaría la ofensa a las lavanderas, pero en el mismo momento pensó que era tarde y cambió para siempre de rumbo. Antes de salir, con la mano en la manecilla de la puerta, con aquella arrogante y cuidadosa sensación del polvo de arroz y de la fragilidad de su apariencia, se acordó y con lenta frialdad cogió unas tijeras, cortó el tallo de tres flores, de aquellas flores duras y opacas, y las prendió en el escote de su vestido, allí donde vivían sus senos grandes y su corazón, velados. Como una protesta subía hasta su nariz un olor verde, acre para los dientes, que la reanimó. No quería ir a la cena, ¡tenía miedo!, pensó por primera vez claramente con un ligero lamento, interpretando el pálido clamor que nacía aturdido en su pecho... No quería, era eso... No, no era eso, ¿cómo podía equivocarse tanto?... Al contrario..., qué confusión... Quería ir con tal fuerza que...

Suspiró rápidamente, sintió la cintura ya sudada bajo el vestido leve que la apretaba... Comprendió que la tarde había sido triste y no alegre... Oh, al contrario, al contrario, las flores la empujaban hacia delante con un impulso alegre, nervioso..., horriblemente desesperado..., y vería a Vicente.

Los edificios se habían cubierto de sombras, de amplias manchas irrevocables, vio al atravesar la calle desierta. Un puro olor de cal, ángulos, cemento y frío nacía de los destrozos donde brillaba el silencio de alguna lasca de piedra. Aspiró con placer la neblina que parecía subir de la construcción húmeda y siguió con un impulso controlado que la llevaría a la cena, pero que podría conducirla hacia delante... como sin fin dentro del autobús luminoso y bamboleante donde se había instalado con su vestido blanco y las flores resistentes; conservaba los ojos fijos como para sustentar la realidad de aquellos instantes. Con una mano apretaba el sombrero blanco de ala ancha contra su cabeza, el cuello rígido y prudente. Y de repente, de lejos, saltando del autobús y andando sobre los adoquines de piedra pulida y sobre todo manteniendo la realidad por encima de lo que pudiese suceder, levantándose a sí misma como un ramo de flores sobre la multitud, vio a Vicente con Adriano esperándola. Lo vio tan de repente que, con sorpresa y con un movimiento de vida y confusión, las flores se unían al olor muerto de las obras, a la vaga tarde perdida, ¿triste o alegre?, al impulso que la había empujado con esperanza hacia la cena, a las construcciones silenciosas..., mezclándose con todo aquello a lo que ella decía ¡sí!, ¡sí!, casi irritada y ella estuvo profundamente de acuerdo con aquel momento; sí, ella estaba de acuerdo de un vistazo y con una sagacidad de fuegos artificiales comprendía la luz amarilla y densa que venía de las farolas temblando en finos rayos dentro de la penumbra ruidosa de la noche; sentía detrás de las tiernas luces, atravesándolas, los sonidos dulces y levemente agudos de las ruedas de los carros y de las conversaciones apresuradas, un casi grito elevándose y dando un rápido silencio al murmullo, las losas de la acera brillando como si acabase de llover y sobre todo de lejos, como traída por un amplio viento libre, la percepción emocionante casi dolorosa y muda de que la ciudad se prolongaba más allá de la calle, se unía al resto, era grande, vivía rápidamente, superficialmente. Sin esfuerzo transformaba su andar en algo que significaba alcanzar, las alas del sombrero temblaban, sus senos temblaban, el cuerpo grande avanzaba. Sus ojos serios sonrieron, flotaban delante como si ella supiese que al toque de su cuerpo el aire cedía; se aproximaba profundamente a los dos hombres e inventaba un cuerpo confuso y cínico como solo una mujer podría imaginar, inmoral, nadie podría acusarla, y ella avanzaba, ofrecía su cuerpo a la calle, conocía sus labios, los humedecía seduciendo, los imaginaba rojos como sangre vertida, porque el instante pedía sangre vertida sobre su luminosidad de materia recién nacida. ¿Cómo me atrevo a vivir?, sin embargo esa era la impresión persistente. Y a pesar de que sus labios solo estaban rosados ¿quién?, ¿quién, realmente, se daría cuenta? Ella les daba un pensamiento fuerte como la gloria de un santo y ese pensamiento era de sangre vertida. Y, ¡por Dios y por el Diablo!, el amigo de Vicente parecía comprender. Sí, ella y Adriano se comunicaban; él, pequeño, tranquilo, límpido y desconocido miraba y percibía y apenas sabía, oh, apenas sabía que percibía, no sabía ella que pensaba. Vicente la contemplaba ligeramente sorprendido entre los saludos, desviaba la atención pero volvía con ojos casi severos, porque ¿qué expresión podría usar para aquel minuto si el minuto era inventado? Y él apenas sabía lo que sentía… Él moriría ignorando incluso lo que había sucedido pero quizá sin olvidarlo… No, nada había de pintoresco en el momento, había algo tranquilo y viejo alrededor del instante. Vicente había comprendido por qué se dirigía a ella o no se le dirigía con aquel aire que solo adoptaba en presencia de las mujeres aún no poseídas a las que nunca había podido decir: cierra la puerta antes de salir. Pero nada había sucedido después de todo, solo aquella rápida confusión de sonrisas y saludos, aquel malestar satisfecho nacido de la conciencia de que todo estaba pasando delicadamente, como debía suceder, aquella llegada de Virgínia con la cabeza erguida y los ojos copiosos… Solo eso, una persona que siente que el vestido y el lápiz de labios están bien, sobre todo existen, una inexplicable actitud de orgullo de la propia feminidad como mujer.

—Hoy estás evanescente… —le dijo Adriano sonriendo con un aire frío y seco como si estuviese obligado a decirlo. Vicente sonreía, las luces sonreían, las calles iluminadas sonreían, Virgínia sonreía.

—Has estado enferma, ¿verdad, Virgínia?

—Ya sabéis cómo es eso —respondió ella—, una molestia aquí, otra allá… y así vamos viviendo —concluyó con una sonrisa demasiado grande, encogió los labios, ellos la miraban en silencio.

Aunque en el momento del encuentro no hubiese existido…, «eso» —lo que Adriano acababa de decir— había hecho que algo se entreabriera dentro de ella y se uniera al cuidado con que se había vestido y «eso» viviría el resto de la noche, incluso después de que las flores se marchitasen. Era lo que necesitaba para atravesar la noche de la cena; ella no sabía lo que pensaba mientras tomaba con los dos hombres una copa caliente y un frío de alcohol, repitiendo antes de subir y diciéndose: sí, sí. Después de dar la mano a todos los invitados y de sonreír fue obligada por la mirada de los presentes a no rechazar una visita a la toilette de Irene para arreglar misteriosamente esas cosas femeninas, ellos lo permitían y no la miraban mientras tanto para que ella se sintiese a gusto. Tímidamente ella aceptaba, casi gorda, aunque Irene estaba demasiado ocupada para acompañarla, fue su marido quien la guio hasta la habitación por un largo pasillo donde no sonaba ni siquiera una palabra entre ellos. Siéntase como en su casa, murmuraba perturbado el hombre, dudando entre seguir o decir algunas palabras más, quizás una broma sobre cualquier cosa. En un rincón del cuarto una bombilla brillaba blanca y hacía flamear por las paredes y por el techo círculos de suave luz y sombra, suaves velos incoloros; sobre la cabecera de la cama colgaba un Cristo de heridas secas, cansado. Se sacó el sombrero, la cabeza pareció desnuda y pobre, los cabellos sin vida. Sí, decía ella con turbio ardor. Se miró en el espejo del tocador: ¿dónde, dónde estaba su tibio poder del instante del encuentro?, se peinaba ella. Pero había existido, sí —se obstinó casi desesperada—, sí, casi desmayado, luciendo en el fondo de un rostro que seguía serio y ofendido como el de una niña. De nuevo la asaltó la idea antigua, tan vaga y arremolinada, y que no era exactamente la que debería nacer sino otra, pequeña y demasiado difícil para pensar en ella.

—Me contengo para no ser amada por todos.

¡No era eso! ¡No era eso!, pero la sensación posterior valía como si ella hubiese dicho lo que ni siquiera sabía pensar ni sentir. Pero con los ojos entreabiertos y un deseo constante ella conseguiría verse como velos amontonados bajo las luces antes de sonar un vals; a pesar de haber crecido tanto, ahí estaban los movimientos reflejados, y el miedo de que volviera la tarde limpia, triste o alegre y de que volviera cierta forma de mirar en la que ella a veces caía sin saber cómo adoptar una actitud falsa entre las personas desconocidas, sin poder escabullirse como las flores durmientes pero exhalando perfume inútilmente, mirando y oyéndolo todo, mezclándose y vagando perpleja. Adquirió un poco de valor enderezando el cuerpo y dándole falsamente un movimiento más rápido que sonó demasiado vivo en el cuarto vacío. Se dirigió al salón. Atravesaba aquel comedor quietamente iluminado por un solo color pálido, blanquecino y dorado, que existía sólido bajo el dulce polvo frío. Perdió el brío; siempre se había sentido prisionera del lujo, de aquellas superficies brillantes, oscilantes y hostiles. Se paró atenta. El silencio se contenía en la mesa puesta. Venida de un mundo no tan limpio como este, alguna que otra mosca sobrevolaba los platos plácidos y centelleantes. Una sonrisa detenida se posaba en toda la sala como si de tan lejos hubiese perdido el sentido y fuese solo su propia reminiscencia. Virgínia fluctuaba entre la mesa, el aire y su propio cuerpo ondeando en busca, tan indescifrable era aquel silencio de fiesta. No olvidar, no olvidar, pensaba ella distraída observando como si se fuese a ir y tuviese que contar lo que veía. También porque sentía que el alcohol abreviaría la memoria de aquellos instantes. Extendió las manos ligeramente embriagadas en un ensayo de ternura. Sin saber por qué, sorprendida y

deleitada, se sentía al borde de una revelación. No olvidar…
Un halo de pálida excitación brillaba en torno a las luces ferozmente encendidas, las bombillas quemando de placer, exangües. No olvidar. En un parpadeo glacial y suave un vaso existió por un momento y para siempre se apagó en el silencio atento de la cristalera. Intentó de nuevo un gesto cualquiera; llegó a extender levemente los dedos, no consiguió nada, retrocedió. ¿Qué hacer en relación a aquel mundo? Las dos bebidas la templaban, la envolvían en un cansancio agudo del cuerpo mientras sus ojos lúcidos percibían. Se sentía extraña a aquel medio pero se adivinaba subordinada a él por la fascinación y por la humildad. En breves minutos entraría en la sala como una fatalidad y nadie la vería sonriéndole por un segundo. ¿Cómo librarse? No librarse de algo sino solo librarse, porque ella no sabría decir de qué. No lo pensó un instante, la cabeza inclinada. Cogió una servilleta, un panecillo redondo…
Con un esfuerzo extraordinario, rompiendo en sí misma una resistencia estupefacta, desviando el destino, los tiró por la ventana, así ella conservaba el poder. Un día, de niña, la profesora la envió a buscar un vaso de agua para una visita, ¡a ella, sentada entre las últimas, la nunca elegida! Lo hizo trémula de orgullo pero al regresar, sujetando con cuidado su premio, no por venganza, no por rabia, escupió en el agua conservando su propio poder. ¿Qué más?, buscaba ella sonriendo, los ojos brillando de cálido amor porque, sin público, se sentía armoniosa y potente en aquella sala viva y tranquila. ¿Qué más?, forzaba su embriaguez con dulzura. Una copa se estremecía en chispas suspendidas, su cristal se unía nervioso y ardiente a la luz de las bombillas. Extendió las manos estrechas, tan húmedas, la cogió delicada como si fuese eléctrica en su fragilidad; intensamente lenta la dejó caer por la ventana rompiendo en sí la resistencia de su vida; oyó sus añicos cantando rápido junto al cemento distante. Asustada, miró un instante hacia la sala donde se reunían los invitados de Irene; nadie lo había oído y los susurros risueños continuaban en una vorágine única; no aparecía ninguna criada. ¡¿Así pues había sido ella misma?! Su propio valor hacía que su corazón latiese fuera del rit-

mo tenue de los cristales. De nuevo la sensación inconfesable de que ella misma creaba el momento siguiente... Y de que podría parar la continuación de los otros instantes con un pequeño movimiento propio, controlado: ¡no entrar en la sala! Destruir la copa nada tenía que ver con su pasado, con el tiempo que se agotaba, era un instante por encima de su propia vida; ella percibía extrañamente lo que pensaba como en uno de esos pálidos y tontos recuerdos de cosas que no habían existido. Sobre todo porque estaba separada de sí misma por dos delicadas copas de bebida. Pero eso ella lo sabía: ya era demasiado tarde para poder no entrar en la sala.

Y lo que sabía dentro de la realidad innegable es que ahora se sentaba con todos en los sillones, decía: ¡ah, sí!, estoy de acuerdo, gracias, sonriendo, viendo cómo Vicente, alto, fuerte y amable, vivía curiosamente independiente de ella, sintiendo en las piernas un calor benevolente; y ¿dónde, dónde estaba su dulce poder? Ahora sentía en sí un insecto metálico y áspero, de vuelo cortante. Y dónde estaba su propia marca en el rostro de Vicente; uno de los invitados decía fumando:

—... fue en esa misma época cuando leí El Problema del...

... Ella buscó en vano algún punto en su cuerpo que probase la lectura del Problema del. Y en ella misma, ¿quién diría que aquella insignificante criatura se había sentido hacía poco como alguien que se contiene para no ser amada por todos? Y quién diría que el vestido blanco, la cena..., las flores eran un punto elevado en sus días. Prestaba atención a las conversaciones intentando ahora mostrarse inteligente y distinguida. Lo que la enriquecía era saber oscuramente que diciendo «fui yo quien hizo» en lugar de «fui yo quien hice» se impedía la intimidad, se ganaba una cierta forma tranquila de ser mirada. Se sentía indecisa entre todos, tan naturales, tan bien vestidos, con los dientes brillantes. En algunos momentos se recordaba a sí misma vestida de blanco y con una cierta rigidez se enderezaba; esa era la sensación más íntima de la fiesta. Se acordaba también de la Granja, de su madre despeinada andando por la casa sin gusto ni fuerza. Recordaba a Esmeralda con los vestidos adornados, los ojos tiernos e impacientes, al padre, silencioso, dominando la casa e ignorado, subiendo las escaleras. Y a Daniel ahora ¿cómo recordarlo? A él lo turbaba la manera como ella lo observaba. Se acordaba de los días transcurridos en el pequeño apartamento, de aquella sensación familiar de miseria cansada y expectante que ella en su degradación llegaba a amar conmovida.

Se abrió otra vez la puerta y Maria Clara entró.

Los muebles se volvían inteligibles, la disposición de la sala verde se sacudió bajo la luz, empezó en un jarrón de flores, después incluso los que estaban sentados se movieron en su dirección. Lo que la dejaba en situación difícil era la parte cristalina de su cuerpo: sus ojos, su saliva, su cabello, sus dientes y las secas uñas que brillaban. Maria Clara bebía, los labios encarnados y opacos, el brillo frío en la piel y en el cuello de seda; saludaba con una media sonrisa, las pupilas abiertas sin miedo. En las pupilas de Vicente lo negro risueño siempre se mezclaba con una cierta prisa —nada esencial había sido alcanzado con su amor…—, esa era la impresión. Sin embargo él reía detrás de las gafas como un estudiante crecido. El vestido rosa de camelote de Maria Clara le recordaba un río inmóvil y las hojas inmóviles de un grabado. A un movimiento de su pierna, a la respiración de sus senos, el río se movía, las hojas ondeaban. Qué limpia y cepillada era. Pero al contrario de otras mujeres olvidaba que se había perfumado y que se había peinado y como una niña jugaba sin miedo a ensuciarse. Su intimidad era rica e intraspasable, una vida secreta llena de detalles, mientras Virgínia casi podría vivir públicamente, bajo un árbol. Con Virgínia no se correría nunca el riesgo de tomarse un exceso de confianza y traspasar ridículamente lo permitido; su intimidad incluso violada parecía no ser poseída, inútil aspirar su perfume, ver su fresca ropa interior, asistir a su baño; solo ella usaba su ambiente. Pobre Esmeralda, bordando calzones de lino, quemando perfumes en el cuarto, el cuerpo exacerbado como un limón, su feminidad era casi repugnante para otra mujer. Mientras Maria Clara, aunque tuviese los pensamientos más húmedos, conservaba aquella cualidad misteriosa y seca, límpida como un número. Era horrible sentirla tan simpática. Linda, mutable, débil, inteligente, comprensiva, tosca, egoísta, era inútil fingir que no era bonita, ella penetraba en el corazón como un dulce puñal. Las mujeres delgadas y seguras conversaban, parecían fáciles para los hombres y difíciles para las mujeres; ¿y por qué no tenían hijos? Dios mío, qué desconcertante era eso. Y si los tenían los trataban como amigos, sí, como amigos. Recordó que un día había visto a Irene en la puerta de un cine con su hijo, sí, ahora se acordaba. Era un niño pelirrojo y delgado, uno de esos que no se sorprendían y que serían alegres e infelices durante su vida de niño. Pero tú tampoco eres antipática, querida. Se sorprendió del cariño utilizado y se enterneció en su soledad, casi a punto de llorar. Pero se cuidaba con una seguridad amedrentada de no sobrepasar nunca ciertas libertades consigo misma, porque lo que había de inexplorado podría llevarla a perder para siempre el sentido común. Maria Clara se había sentado bebiendo y fumando en su vestido inmóvil; era de un rosa ardiente que se quemaba en su propio color; sin embargo bajo cierta luz se apagaba y surgía muerto, amplio, casi frío en sus tonos tranquilos y tendidos. Mientras tanto Virgínia esperaba en su vestido blanco de pequeños botones y el hijo de la pareja aparecía antes de dormir, Irene brillando en seda negra, el rostro atento de carnero bien peinado; lo traía de la mano vestido como por casualidad con un pijamita de seda a rayas, el pelo pelirrojo como una masa alta sobre el rostro estrecho, pálido, francamente sonriente.

—Ernesto, Ernesto, ven aquí —dijo la voz del director del periódico.

El niño se acercó, el hombre sentado en el sillón se acercó al borde, enlazó la cintura delgada del niño que seguía sonriendo. La mano grande y peluda del hombre dejaba arrugas de seda sobre el cuerpo inclinado de Ernesto, todos sentados no hacían nada en la sala verde, sonriendo, mirando. Querían decir algo gracioso y no sabían, esperaban sentados.

—Ernesto —dijo el director del periódico pausadamente—, ¿sabes cuál es la importancia de ser Ernesto?

El niño sonreía vagamente como respuesta, mirando la pared que estaba detrás del hombre, todos reían discretos, algunos cerraban los ojos sacudiéndose. Irene quería en cierto modo darle las gracias, se reía más alto; temiendo que el director del periódico pensase que no le habían entendido, dijo decepcionada con un final de risa falso y tierno:

—Oscar Wilde…

El director del periódico se calló pero sus ojos aún posados en Ernesto se transformaron imperceptiblemente, se paralizaron para no dejar transparentar nada. Ernesto sonreía. La sala decaía de repente como polvo de arroz abrasando la piel, la vista se cansaba, la bombilla disminuía su fuerza. Irene tuvo un movimiento apresurado:

—¡Da las buenas noches a todos, Ernesto!

Sin placer todos apretaron la manita caliente de Ernesto que sonreía y se paraba en medio de la sala sin saber qué hacer después. Sus ojos muy abiertos parpadeaban ya serios.

—¿Qué pasa? —preguntó Irene riendo irritada.

El niño la miró, dijo inexplicable, en alto:

—Sí… —Una especie de mancha roja le subió alrededor de un ojo, Irene ligeramente desamparada observó la mancha oscura; parecía buscar al invitado más humilde en busca de apoyo. Dijo a Virgínia con una sonrisa difícil:

—A veces es tan sensible.

—Sí, sí —dijo Virgínia riendo demasiado.

—¡Da las buenas noches a todos! —repitió Irene sintiendo que se había perdido todo. El niño abandonado insistía en mirarlos esperando. Qué gracioso, dijo la señora más gorda. El padre, alto, entre el director del periódico y Vicente, seguía la escena con miradas rápidas y angustiadas, Irene lo buscó por un momento, la familia se desenrollaba bajo las visitas como una alfombra. Irene empujó dulcemente al niño fuera de la sala. Cuando Ernesto desapareció ella se volvió, se enderezó alisando su vestido sobre su cuerpo delgado y súbitamente, sin elegancia, porque todos parecían exigir un final, ella se rio, dijo en alto, como recurso: estaba cansado… Ah, sí, claro, naturalmente, dijeron deprisa algunas voces. La bebida impedía que los acontecimientos se uniesen unos a otros por atajos visibles pero hacía que se sucediesen en saltos suaves, insensibles, normalmente fatales. Ella no debía beber, hoy se había desmayado, podría repetirse; y como si desmayarse tuviese un sentido secreto, no soportaba desfallecer sino a solas y volver del vértigo abriendo los ojos sin entender. Y de repente ya estaban en el comedor sobre sus piernas arqueadas y gordas. Y una de las mujeres, sutil, osadamente viva, lanzó una rápida flecha en su dirección:

—¿Y tu hermano?, ¿tu simpático Daniel?

Pero antes de que terminase de abrir la boca con una sonrisa, alguien respondió por ella y su boca se cerró otra vez con una sonrisa. Alguien añadía: se casó hace tanto tiempo, ¡Dios mío!, con una chica de muy buena familia. Ella no necesitaba hablar mucho, había sido invitada solo por Vicente. Nadie esperaba de su cuerpo sino que comiese discretamente usando la servilleta, sonriendo. El simpático Daniel. Entonces la manera como ella lo amó sobrepasó sus fuerzas con dificultad y dolor. Lo que ella deseaba con el corazón uniforme, ardiente y martirizado era morir antes que él, nunca verlo perder el mundo, nunca, Dios mío. Ella miraba un punto en la pared con los ojos vidriosos y llenos de luz. Y de repente se sintió helada y tosca: ¿y si él estuviese muriendo ahora? ¡¿Por qué no, idiota?! ¿Acaso no puede suceder todo? ¡Sí puede, sí puede, idiota! Ella se quedó rígida, inflexible, se apretó con las dos manos el corazón mirando hacia cualquier punto con cuidado y delicadeza. Al oír los ruidos a su alrededor sabía que si empezaba a sufrir todos ellos peligrosamente se distanciarían corriendo, comiendo y riendo, lejos para siempre en una cálida alucinación, intangibles. Ella esperaba. Del mismo ruido blando venía la sensación confusa y aturdida de que la vida presente era más grande que la muerte y cada instante que pasaba sin traerla se reía del miedo. Casi pacificada, asustada, bebía un poco de vino: estaba vivo. Él estaba vivo. Y era tan valiente. No haría nada pero era valiente como un colérico, como un conquistador. Él nunca se movería para salvar, quién sabe, a un niño, pero era generoso, como ella viviría incluso sin moverse. Y tan orgulloso…, no había una sola cosa de la que no se creyese capaz, pero por una misteriosa fuerza no haría nada.

Miró frente a ella uno de los rostros de tan rica vulgaridad, el lápiz de labios vivo en la piel pálida, una comprensión sensual y rápida. Todos se conocían desde hacía ya mucho tiempo y conversaban sin interrupción en un tono medio. Qué fácil es todo con la bebida, Vicente, si no ¿cómo iba a estar tan bien, sintiendo el brillo de sus propios ojos flamear entre ella y los objetos?, una impresión casi indecente en las piernas dulces de vino. Ellos vivían de los conocimientos que tenían, usando lo que se podía usar. Irene brillaba sobre el tejido oscuro, la calva de su marido era feliz al preguntar: ¿no notas una corriente de aire?, aunque un poco triste Irene era atenta, ávida, ingeniosa y dura, con el pelo corto mientras él era más como las personas. En toda su vida debía de haber sido un hijo, un hermano. Y ahora un padre. Todos, incluso las mujeres, poseían un rasgo especial de carácter, de pasado o de trabajo y por esa especialidad se trataban y reían. Hablaban sobre las propias dificultades con placer. Solo Maria Clara, de quien ella había oído historias con alegría, no se refería a su trabajo de pintar flores sobre jarrones de barro y exponerlos en salones invitando a amigos; solo Maria Clara con la cara un poco ancha, los círculos amplios de las ojeras violeta y sin dolor, fumaba incluso en la mesa, enseñando los dientes húmedos. Vicente, ¿¿dónde está Vicente?!, como un niño que despierta por la noche sentado en la oscuridad, llamando mamá, mamá, rascándose con las manos soñolientas. ¡Allí estaba él! Sentía vergüenza de que ella no fuese como él, ah, misterio, Vicente se dirigía al cuerpo de Irene y de Maria Clara con aquella reverencia controlada que usaba con las mujeres todavía no poseídas: un respeto, pensaba Virgínia absorta, como si él pensase que las hacía indignas al poseerlas. Pero no, no: la misma palabra que ahora casi se había dicho dentro de ella, misterio, lo explicaba. Misterio femenino, el misterio de una mujer cuyo hijo con un pijama a rayas ahora dormía, el misterio de una mujer que sin un lápiz de labios brillante tal vez sería incapaz de reír en alto echando la cabeza hacia atrás de risa o de cansancio, y mientras la cabeza se mantenía inclinada y la garganta se estremecía de risa, sus ojos seguramente empezaban a pensar en otra cosa que seguramente estaba lejos, porque ella inclinaba un oído casi tenso en el espacio. Sin impedir que la risa llegase a su propio fin:

—¡Oh, no! —dijo Maria Clara sacudiendo la cabeza, riendo con los dientes ligeramente grandes y salientes brillando de saliva. Pero Virgínia no quiso verlos, se encaminaba hacia un final de sentimiento, se empujaba: no grandes, pensaba hiriéndose y observando la mirada risueña de Vicente, sino claros, agudos. Era horrible sentirla tan penetrante y saber que si Vicente no se sintiese atraído por Maria Clara, ella misma, Virgínia, lo despreciaría, feliz. Si él huyese hacia aquella mujer gorda, ella no sufriría y no aceptaría su regreso... Sí, pensó con una sorpresa disfrazada, sí, sería finalmente libre. Pero si fuese hacia Maria Clara ella esperaría sufriendo y lo recibiría a su regreso. Sentía que su infelicidad crecía a cada instante. Al mismo tiempo sonreía como si fuese dulce soportarla. Con un profundo sentimiento de ironía que nunca podría subirle a los labios en forma de sonrisa, con un profundo sentimiento de ironía y de martirio, ella pensó en los dos con ternura, entregándolos el uno al otro y al mismo tiempo despreciándolos con una sinceridad que la liberó de ellos. Deseó verlos juntos y alegres y su repulsión por Vicente creció a medida que él se reía fumando en la mesa, entonces este era el hombre con quien... Bebió un vaso de agujas dulces y ácidas que le subían por la nariz. Borracha, borracha, se decía con una vergüenza cálida, ya sonriendo. Se sorprendía de que no tuviese ganas de hacer tonterías; lo que más deseaba era decir en tono bajo y misterioso, casi con furia, a todas las partículas de aquel aire templado, íntimo y brillante: adiós, adiós. Y en eso había una angustia presa, una mancha oscura y opaca.

—Gracias, acepto otra copa... Ah, naturalmente... —dijo sacudiendo el cuerpo con la amabilidad de quien espera propina.

—Virgínia —rio Vicente—, no te parece que es un exceso...

Él tenía una manera de hablarle en público... Claro y frío, para que todos lo oyesen, participasen y nada se estableciese entre ellos. Nada esencial se había obtenido con su amor, ¡¿nada?! Maria Clara había sido poseída por muchas cosas, de ahí su aire maduro y saciado; lo había probado todo levemente, muy llena, la actitud descansada y cansada. Pero de repente su rostro parecía afilarse, ligeramente pasivo y desesperado, muy inocente como si intentase aislarse dentro de sí. Algún pensamiento le daba un aire entregado, la boca se transformaba con una expresión casi fea e íntima como si estuviese sola. Sin embargo no se podía confiar y adelantarse porque esa misma mueca se resolvía en una mujer tranquila y libre que pintaba flores en jarrones de barro. Maria Clara se reía, se volvía más vulgar, más vieja y más atractiva y Virgínia se prendía del sonido de su risa entre seria y asustada. Cada vez más, temía ser fascinada por ella como lo había sido por Daniel en la infancia y convertirse en su esclava. Pero Maria Clara ni siquiera le daría órdenes y necesitaba tan poco a Virgínia que la ofendía. Con los labios untados de mantequilla, su vecino le habló por primera vez:

—Bonita cena, ¿no le parece?

Ella lo miró fijamente, prolongadamente, recorriendo sus labios; preguntó con dureza y alegría brutal a pesar de haberle oído:

—Cómo... —Pero el momento se esfumó y ella preguntó con delicadeza—: ¿Cómo?

Entre el plato de Adriano y el suyo había un guisante aislado, verde y redondo, grasiento. ¡Sobre el mantel de encaje!, antes de poderlo evitar lo miró: ¿Ha sido usted o yo? Se ruborizó enseguida pero él, ¿comprendiendo?, le tendió el plato de pan redondo. ¿La estaba perdonando? Pero no había sido ella quien... El guisante..., y le dijo amablemente, sí, amablemente, con un aire distante y corto:

—¿Pan?

Vicente le había dicho que se sentara junto a Adriano, así no tendría que hablar mucho y estaría bien atendida. Había insistido en que fuera a la cena, le había mandado flores. Pero ella sabía que la insistencia había partido de Irene o de algún invitado suyo; todo estaba yendo bien, la cena era un éxito, el marido de Irene se reía inclinándose sobre la mesa, a pesar de que las voces en algún momento se liberaban muy por encima del armonioso ruido de los cubiertos y aumentaban desagradablemente. Después de la reunión serían amables el uno con el otro, agradecidos porque nadie se había ofendido, ningún pedazo de gallina había saltado del plato, porque nadie había comido hasta el punto de sentirse infeliz, solo aquella plenitud que un momento más haría incómoda, dejando los ojos turbios y acongojados, pero no, solo un leve aturdimiento amable, amable, amable. Cómo lo entiendo, cómo lo entiendo todo, se sorprendía apasionada y confusa; Dios mío, hacedme triste —había sentido los ojos y los labios—. Y en medio de todo la fuerza de Irene moviéndose con cierta angustia sobre todos, indagando rigurosamente en cada rostro si todo iba bien. Eso unía la cena a la cocina, hacia donde se dirigían rápidas miradas de Irene, y donde la cena debía de simplificarse con una bombilla amarilla, humareda, amontonamiento de platos sucios y donde la criadita de delantal y cofia almidonada perdía la impersonalidad. ¡Oh, no!... dijo Maria Clara riendo, una de las manos de uñas brillantes levantada sujetando un cigarrillo, inclinando levemente el cuerpo dulce y maduro. Ellos formaban un grupo que se entendía. Si uno de ellos veía el dibujo de una mujer triste y cansada con un vestido rojo, decía sucintamente: el trazo es bueno. Y así pues aquellos hombres y mujeres se habían reunido un instante en aquella sala verde, se le ocurrió con un suspiro. Dijo con voz clara y agradable, ella que estaba lejos de la Granja, lejos de su propio nacimiento, nadando en un líquido desconocido pero nadando:

—¿Puede pasarme las aceitunas?

Entonces las cosas se volvieron verdaderas. Quién la había obligado a hablar, quién; podría llorar asustada y cansada en ese instante porque si había una frase extraña era esa: ¿puede pasarme las aceitunas? Las cosas huían de ella brillando a distancia, la mesa refulgía en los cubiertos y cristales, todos inclinaban las cabezas hacia los platos sonriendo; ella exhausta de sonreír siempre levemente sin soltar nunca una carcajada, el rostro franco, grande y colorado. El hombre de enfrente era un gran periodista, le había dicho Vicente, pero añadió: claro, viene como amigo de Irene y no como director del periódico.

No era un gran periodista, se acordaba ahora, era el director del periódico. Su rostro como un lazo deshaciéndose, Vicente. Si Daniel estuviese presente, ingenioso como se había vuelto, ¿sería «ingenioso» la palabra?, ella temía confusa..., él daría una respuesta: no, parece una herida que aún no ha cicatrizado del todo. Realmente a Daniel, cuando reía, los rasgos se le estiraban y uno casi debería gritar: cuidado, cuidado. Pidió agua a la criadita, de repente así de natural era la vida. Sobre todo había ciertas cosas que al suceder eran tan fuertes que destruían a su contrario por más real que hubiese sido. ¿Lo estaba explicando bien, Vicente? Porque ella solo conseguía recordar su cuerpo anterior a Vicente volviendo a una ventana por la noche, sin conseguir dormir. El amor vino como una única ola borrando la espera. Pero la fuerza que había tenido cuando era virgen nunca la tendría de nuevo. Al mismo tiempo tenía la conciencia firme de que nada se había alterado, nada. No exactamente eso... Pero que Vicente y la ciudad eran provisionales, como la lluvia que no puede durar. Le gustaría decírselo a Vicente, sería bueno que él notase que no la había hecho feliz —¿o la había hecho feliz?— y entonces dijese: pero, Virgínia, mi amor, yo no quiero eso... Ella le respondería: pero yo me siento tan feliz al sufrir por ti..., es lo máximo que puedo hacer por alguien... Ella había sufrido por Daniel, solo eso. El director del periódico tenía las orejas carnosas y ávidas, toscamente colocadas al lado de la cara y mientras hablaba señalaba con el dedo las cosas más imposibles de estar presentes. Pero ¿qué estaba pasando? ¡Dios del cielo!, aquello le daba una felicidad, se sentía un pedazo de luz trémula, tuvo la intuición profunda de que vivir era bueno. Pero aquello terminaría, aquel instante refulgente y helado, aquel momento de la cena exitosa mezclada a un placer suave y tibio en el estómago, aquel momento que reunía en un recuerdo compacto los minutos victoriosos... ¿Qué estaba pasando?, le ofrecían un cigarrillo y ella lo golpeaba contra la otra mano cerrada en un gesto familiar a los demás pero nuevo, equilibrado, tensamente elegante y displicente para ella. Horriblemente feliz era como se sentía, se superaba agonizando.

Pesada de cansancio y vino, lograba llegar a los lugares y a las situaciones por etapas sin unión, se levantó de la mesa con los demás, pesada de tristeza. Miró a Vicente sintiéndose extremadamente femenina y pensativa. Los ojos de él como paredes iluminadas ofuscaban pero no se dejaban atravesar. La manera de estar con ella en público. Como si ella lo hubiese forzado a algo en el pasado y ahora fuese irremediable; se rebelaba contra ella como contra una familia. Con una cólera mudamente violenta lo observó descarada: ¿qué tengo yo que ver con él, después de todo?, ¿no tengo mi propia habitación?, ¿no duermo mis propias noches? El director del periódico se levantó, la servilleta se le cayó, él se agachó, se levantó de nuevo, ¡se dio con la cabeza en un canto de la mesa!, miró ligeramente asombrado sin la menor alegría con la servilleta en la mano, los labios flojos brillando, todos miraron, hablaron de cosas diversas.

—El ridículo es tan bueno, ¿verdad? —consiguió ella con repentina fuerza reunir las palabras adecuadas, dando discretamente con el codo en la espalda de Vicente, sintiendo de nuevo una perturbación que la acercaba extraordinariamente al hecho de ser mujer, de haber vivido una sensación de sí misma—. Es tan bueno a veces, ¿verdad? —El vino la hacía leve hasta para sí misma, Vicente la miró sorprendido, retiró el cuerpo con delicadeza como si necesitase dirigirlo a la silla donde se apoyó, tal vez ella debiese sacudirlo, decirle: no me reconoces, no sabes quién soy, ¿no te acuerdas?, pero él le sonrió un poco con los ojos, exactamente lo bastante para quitarle la fuerza; él siempre hacía que «la cosa» no pudiese ser usada; ahora, después de esa media sonrisa, aunque ambos supiesen que era falsa, ella no podría sacudirlo, decirle quién era ella, ni siquiera con una mirada; pero el ridículo era gracioso, Daniel lo aprobaría. Y ella sabía andar entre los bellos muebles oscuros con su vestido blanco, ella los comprendía a primera vista, veía con los ojos cerrados su propia armonía con las cosas con una percepción que venía de fuera a dentro a través de una gracia concedida por extrañas vibraciones. Al recorrer la sala con los ojos quedó claro, como si se explicase durante toda la noche, quedó claro que a ella no le gustaba

Adriano; le despertaba un malestar y una sorpresa como el aviso que se tiene ante una naturaleza mala. Es mi amigo, decía Vicente sucinto y brusco, cortando alguna pregunta que ella hacía inclinada sobre él, los ojos pestañeando con una curiosidad que él detestaba. A ella no le gustaba. Por un motivo insólito —descubrió animada en aquel momento—, porque él había estado cerca cuando ella conoció a Vicente..., y eso lo había excluido. Pero... no, no podía ser esto... Pero sí, lo era. A veces Adriano la ayudaba imperceptiblemente a vivir. Frente a él, por ejemplo, de alguna misteriosa manera Vicente parecía interesarse más por ella. Y la actitud de Virgínia era una difícil comprensión de ese favor. Lo miró. Él mismo era frío y delicado —sí, sus manos eran frías— y la observaba con una atención que sin embargo no la hería. Como si fuese por eso inexplicablemente, junto a él ella se acentuaba, tosca e irónica, buscando con cierta perplejidad y placer mostrarse peor de lo que era, masticando con la boca abierta durante la cena, rascándose como ahora la cabeza, con una oscura alegría.

—Sus flores se pueden caer.

—Ah... Gracias, querido, me las ha regalado Vicente.

—Ya lo sé. Estaba con él cuando las compró.

Ah, ¿sí?, y ahora quedaba claro que, sin Adriano, Vicente nunca se acordaría de mandar flores. Sí —y ella disimuló la intensidad de la mirada conteniéndose, ruborizada—, debía establecer para siempre que no se soportaban. Así como ella y la mujer de Daniel no debían soportarse. Lo observó pero sin poder contener aquel confuso impulso que venía del hombrecillo. Pequeño, limpio y fino, él expandía una luz seca a su alrededor. Parecía no haber venido de ningún lugar; cuando se despedía, su mano de uñas claras cortaba vínculos invisibles y, destacado, parecía no ir exactamente a ningún lugar. El hombrecillo, lo llamaba ella. Sin ser muy alta, ella, sin embargo, parecía sobrepasarlo y eso la humillaba; pero él no daba muestras de haberlo notado. En vez de sensualidad como Vicente —miró a Vicente que reía quitándose las gafas y limpiándolas con el pañuelo—, en vez de sensualidad ella parecía tener una quieta persistencia. Cuando se sentaban alrededor de una mesa en un bar, él no daba la impresión de tomar parte sino de esperar, sin apoyar el cuerpo delgado en el respaldo de la silla, sonriendo con sus dientes regulares y limpios; pagaba todos los gastos, nadie se oponía, era rico y, sobre todo, había algo imposible de atajar en sus actitudes leves y directas. Él no fumaba y bebía con rapidez. Virgínia veía con malestar que Vicente lo dejase pagar, invitando siempre que salían, el hombrecillo entre los dos altos. Y especialmente el gesto alegre y voluptuoso de Vicente, como infantilizado, junto a Adriano, haciendo observaciones y viviendo con animación cerca del otro, que escuchaba sin ferocidad, mirando con aquella extraña ausencia de confusión tan suya. Lo que no había en él era sueño.

Ella tenía la preocupación de reír cada vez que fuese necesario y eso le daba un rostro afligido como el de un sordo, pensaba Adriano con un aire minucioso como si encontrase algo entre las arenas de la playa; aquella dificultad en seguir la conversación, una tendencia a cierta inexpresividad tranquila, como si no pensase en nada. Lo que más podía sorprender en ella era cierta sinceridad inconsciente pero no pueril; como si hubiese comprendido alguna cosa hacía mucho tiempo y ya la hubiese olvidado pero aún tuviese la marca de la comprensión; ella no sabía hablar o explicarse pero se movía como si supiese; tan tonta al mismo tiempo, en cierto modo ordinaria; lo que se llamaría al principio una persona normal, afectada como una persona tonta y normal; pero a veces tenía una actitud tan profundamente desconocida que apenas se notaba, un gesto diluido, un movimiento en el fondo del mar adivinado en la superficie. ¿Quién? ¿Quién pensaba?, él, él mismo; se estremeció con una sonrisa luminosa y como resignada, alguien solo levemente despierto. Las uñas demasiado cortas apoyadas en la cal seca de la pared, los dientes perfectos. Sus dedos tropezaban en el halo de los objetos y de las personas. Dios da genio a los que necesitan genio, son tan pocos los que lo necesitan; sonrió con los labios finos, con su clara y delicada salud, sacudiendo en el río una cualidad que nunca había alcanzado el desfallecimiento del propio ser. Disfrutaba. Miró a Vicente y lo situó con los ojos junto a Virgínia; sobre todo las miradas de ambos eran de hembra y macho de dos especies diferentes, sin embargo nunca hablaría con Vicente, ese era el tipo de amistad que él le dedicaba con los ojos abiertos. Su cabeza se afiló inteligente, fresca y vacía; sí, tal vez podría incluso amarla a pesar de su clara insignificancia, pensó con un aire vivo y de nuevo buscaba un pequeño molusco entre las arenas de la playa. Quitársela a Vicente sería fácil por Vicente, pensaba él con rapidez e interés como sobre un enrevesado y sutil problema, pero ella debía de tener una obstinación de niña. La miró con cierta precisión límpida como para comparar lo que pensaba con el modelo. Lo que le excitaba de ella era la vulgaridad, como de una prostituta excita el vicio; de algún modo parecía hecha de su semejanza con los otros. Contemplándola un instante con astucia la vio de perfil, otra vez tonta, un poco vanidosa, el mentón inclinado sobre el pecho, arreglándose las flores del escote con ambas manos. La realidad parecía reírse de todos ellos. Él disfrutaba. La ropa la hacía ridícula, parecía un árbol cubierto de paños, una fruta picada por un broche. No parecía ser una mujer sino imitar a las mujeres con cuidado e inquietud. Y era irritante, pero no para él, no para él, él se reía con silencioso y agudo placer. La realidad se reía de todos ellos. Ella se arreglaba las flores con los dedos. Sus labios poco presentes se escondían en sombras nacidas de la posición de la cabeza. Los senos se congestionaban apretados por la ropa, las caderas se ensanchaban con cansancio, sin belleza. Él la miró, la cabeza delgada hacia delante, los ojos móviles y velozmente interesados con frialdad. Cerró los labios; con un pequeño esfuerzo, como en un experimento, él podía sentir una cierta crueldad falsa hacia ella, un cierto desprecio. Virgínia volvió la cara y lo miró. Él se enderezó en su color de marfil, sorprendido en medio del juego. Ambos se miraron largamente, sin interés; el corazón del hombre sonó pesado, desconocido.

—¿Ha notado usted, Adriano, que cuando hay mucha gente en una sala y pasa un rato, todo el mundo acaba pensando lo mismo?, al menos al principio… Mire, ahora mismo aquel señor gordo de allí ha dicho una cosa que yo casi he dicho hace poco… Parece que adivinamos, ¿eh? Pero no siempre porque al final —ella parecía recordar algo y después de una pequeña vacilación añadió con cierta fuerza—, porque al final todo es relativo... Yo siempre he pensado que todo, todo es relativo, ¿no le parece?, no siempre pasa porque naturalmente toda regla tiene su excepción... Claro, eso no hay ni que decirlo...

Él se rio, todos los dientes aparecieron en silencio. Ella volvió la cara hacia otro lado mirando una cosa nueva. Fue hasta el sillón y se sentó. Durante toda la noche había observado de lejos el sillón deseando sin darse cuenta sentarse en él. En realidad siempre había vivido como al margen de las cosas. El sillón era largo, estrecho y verde, pero no de un verde hoja, ni siquiera de hoja vieja; era un verde lleno de resentimiento y de quietud, acumulado en sí mismo por los años; en los brazos el color se había retirado con reserva y un fondo casi marrón se destacaba dulce y martirizado por la constante fricción; en realidad era un magnífico sillón donde se podría dormir un sueño oscuro, opalescente. Sintió cansancio y tristeza. Todo el salón de Irene era vertiginosamente verde, pálido, mortal. Vicente se reía. Ella sonreía a todos, Vicente hablaba, con un aire cínico de quien vive hace mucho tiempo.

—Él tiene algo de femenino, o por lo menos muy común en las mujeres. Piensa con movimientos, sus pensamientos son tan primarios que los actúa... Te acuerdas, Adriano —cómo pronunciaba la palabra «Adriano»...—, él entró en el salón aquella noche y al vernos reunidos pensó que estaba de más y se retiró —todo eso le llegó con poca abstracción, un pequeño gesto, una mínima señal acompañó cada frase alcanzada por el raciocinio—; Daniel —se volvió de repente hacia Virgínia asustándola y ella rápidamente miró a todos—, Daniel diría en este caso: detesto a la gente a la que veo las convulsiones de la inteligencia....

Todos se rieron, ella sonrió como si fuese la madre de Daniel y tuviese derecho a la timidez. Pero un momento después pensó que se estaban riendo de Daniel —se ruborizó violentamente—, riéndose de lo mismo que ella... No, ella no se reiría nunca, pero... sí, de esa cierta forma que Daniel tenía de concluir en voz alta algo que los demás ya habían resuelto con discreción… ¿Era eso?, él, él… —¿Por qué no pensar de una sola vez?, se enfadó asustada—, él, prosiguió con docilidad el pensamiento que ya conocía, él tenía realmente una vida dura y cómica.

—Gracias…

—Pero, Virgínia… —Vicente hacía que sus dientes brillasen de forma odiosa—, ¿cuántas copas has bebido ya?

Ella no sonrió, Vicente desvió los ojos, Adriano los contempló, disfrutaba, hablaban y fumaban, ella bebía. Era licor de anís. El líquido denso, como algo tibio; de anís eran los confites de su infancia. Todavía era el mismo sabor agarrándose a la lengua, a la garganta, como una mancha, aquel sabor triste de incienso, como tragar un poco de entierro y de oración. Oh, la tranquila tristeza de la memoria. Al mismo tiempo salvaje y doméstica, aquel sabor violeta, solitario, vulgar y solemne. ¡Su padre traía bolas de anís del centro!, ella las chupaba sola en el mundo con su amor por Daniel, una cada día hasta acabar mareada y mística, tan avara, tan avara era. Bebió el licor con placer y melancolía, intentando otra vez pensar en la infancia y sin saber cómo hacerlo, de tal modo la había olvidado y de tal modo le parecía vaga y común. Quería fijar el anís como se mira un objeto inmóvil pero sin poseer su sabor porque fluía, desaparecía y ella solo conseguía el recuerdo, como la luciérnaga que se esfuma. Le gustó la imagen que había obtenido, como la luciérnaga que se esfuma…, y notó que por primera vez en su vida había pensado en una luciérnaga y sin embargo había vivido tanto tiempo junto a ellas… Reflexionó confusamente sobre el placer de pensar en algo por primera vez. Era eso, el anís violeta como recuerdo. Disimuladamente guardaba un sorbo en la boca sin tragárselo para poseer el anís presente con su perfume; entonces, inexplicablemente, se negaba a oler y a liberar su sabor retenido, el alcohol se amortiguaba y se templaba en su boca. Vencida, tragaba el líquido ya viejo, bajaba por su garganta y con sorpresa ella notaba que era «anís» durante un segundo mientras le corría por la garganta, ¿o después?, ¿o antes? No «durante», no «mientras»; en resumen, había sido anís un segundo, como apretar una aguja contra la piel, pero la punta de la aguja daba una sensación aguda y el gusto fugaz del anís era amplio, apacible, quieto como un campo, eso es, como un campo de anís, como mirar un campo de anís. Le parecía que nunca sentía el sabor del anís pero que ya lo había sentido, nunca en el presente sino en el pasado: cuando pasaba uno se quedaba pensando sobre eso, y ese pensamiento era el sabor del anís. Se movió con una vaga victoria. Cada vez comprendía más el anís, tanto que no podía casi relacionarlo con el líquido de la botella de cristal, el anís no existía en aquella masa equilibrada excepto cuando esta se dividía en partículas y se esparcía como sabor en las personas. Anís, pensaba distraída y veía a través de la puerta abierta un pequeño triángulo del comedor, y en ese triángulo un cuadrado de la vitrina y sobre el aparador el plato de frutas artificiales, radiantes, lisas y estúpidas de barniz. Ahora empezaba a seguir un sentimiento casi silencioso, tan inestable que no debería tomar conciencia de él. En ese mismo momento su cuerpo vivía plenamente en la sala de estar pero ella adivinaba la necesidad de rodear de soledad el principio levantado en la penumbra. Bajo una actitud de tranquila y dura claridad no se dirigía a nadie y se abandonaba atenta como a un sueño que se va a olvidar. Por detrás de los movimientos seguros intentaba con peligro y delicadeza tocar lo leve y lo esquivo, buscar el núcleo hecho de un solo instante, mientras la cualidad aún no se posa en las cosas, mientras lo que sí es aún no se desequilibra en mañana, y hay un sentimiento hacia delante y otro que decae, el triunfo tenue y la derrota, tal vez solo la respiración. La vida haciéndose, la evolución del ser sin el destino, el progreso de la mañana que no se dirige hacia la noche sino que la alcanza. De repente ella hacía un gesto interior casi brusco o veía la sonrisa sonámbula y luminosa de Maria Clara y en su interior todo se confundía en una sombra profunda, donde resonaban los movimientos difusos. Quiso recuperar su camino sinuoso en la oscuridad pero había olvidado sus pasos con el vértigo de una rosa blanca. Había olvidado en qué lugar de su cuerpo se había recluido para poderse extrañar. Le quedaba un sentimiento indeciso como una promesa de revelación…, algún día en que ella quisiese con verdadera fuerza real… Ah, si tuviese tiempo. Pero cuándo tendría ella en la vida una voluntad tan potente que la hiciese conseguir con su deseo aquello que le había venido misteriosamente de golpe. Le quedaba una sensación de pasado. De repente sabía que algo había pasado porque ella misma como prueba material existía ahora sentada en el sillón. Volvió a vivir del hecho de estar sentada en el sillón. Permanecía absorta observando con una insistencia casi aterrorizada el más allá de una silla, parecía imposible ser despertada de su extraño sueño. Y al callarse todos un momento, en una pausa de final de conversación, miraron a su alrededor, la descubrieron y sonrieron con irónica sorpresa. Tenía una expresión absurda, los ojos desorbitados, los labios hinchados y su rostro parecía zumbar imperceptiblemente con una vibración. Pero como si hubiesen fijado durante un instante demasiado largo una luz fuerte, el ambiente parecía oscurecerse bajo una nube sombría, un error de visión, y una pálida parada de la vida le dilató las pupilas un segundo.

—Virgínia está silenciosa esta noche —dijo Irene, sonriendo, despertando inmediatamente. Su función parecía ser la de estimularlos. Todos se recuperaron con un ligero suspiro.

—Ah, no es solo hoy —respondió Vicente en un tono falsamente alegre—, ella es, ¿cómo diría?, una criatura seria… —Todos se rieron y así él la repudió en público sacándose de encima claramente la responsabilidad de su existencia. Hicieron girar el disco en un rincón penumbroso de la sala y ella sintió cómo la música se desplegaba por encima de los ruidos, ella que jamás pensaba en la música. De repente los tonos se elevaron armónicos, altos, castos, sin tristeza. Eran sonidos tan ligados a sí mismos, caían a veces con una riqueza casi pesada pero no compleja, solo comparable al olor del mar, al olor de los peces muertos. Cerró los ojos conmovida, soportando algo dulce, agudo y lleno de alegría: no, no era como amor, no se resolvía sin ayuda en la náusea del deseo, no amaba vilmente su propia agonía. El dolor, pero un dolor que no era el que brotaba de aquellos caminos interrumpidos e imposibles, ¡cómo las cosas caían en sí mismas!, se volvían verdaderas, finalmente verdaderas, oh, dios, Dios, socorredme. Ésa era la sensación: oh, Dios, socorredme. Su desesperación superaba misteriosamente las amarguras de la vida y su alegría más secreta escapaba al placer del mundo. Aquella íntima expresión de extrañeza. Qué nueva era, cómo se libraba de todos ellos, del propio amor a la vida, tranquila y sin ansia.

—Ahora voy a poner el segundo tiempo...

Abrió los ojos por un instante cerrados, se vio a sí misma sentada en el sillón en una postura quieta, el cuerpo cerrado dentro de sí mismo. Varias personas se movían, se cruzaban luminosas. El dorso curvo, ella no podría posar para una escultura griega pero era profundamente una mujer, una sensación de irrealidad se apoderó de ella. Le pareció de repente —como si viese algo que desaparecía en silencio— que se engañaba a sí misma, mistificada y flotante; y que el error era profundo e incluso intangible, el error. Miró con ojos indecisos una cierta vida inmóvil y leve a su alrededor mientras los labios se entreabrían en una sonrisa asustada, tocó con la palma de las manos la fina celosía de la estantería de al lado y al contacto áspero volvió a la superficie de la visita y de la cena. Maria Clara fue hacia ella y como si le entregase una rápida flor dijo sonriendo:

—Virgínia, venga un día a mi casa... No la estoy invitando por compromiso —repitió—. Venga..., vivo sola... Vamos a tener una buena conversación entre mujeres, vamos a hablar de sujetadores, dolores mensuales..., lo que usted quiera... ¿Quedamos así?

Virgínia se reía confusa, encantada, se reía demasiado animando el cuerpo: sí, sí..., quedamos así... El círculo se formó apretado y ruidoso junto a la puerta y Virgínia se quedó fuera, tenía delante espaldas grandes y oscuras sacudidas por movimientos de risa que ella no podía compartir. Ser expulsada estaba en su propia naturaleza. Intentó meterse entre dos hombres pero percibió de repente su gesto y se retiró, permaneció a algunos pasos del ruido, miró a su alrededor, libre. Deslizó después la mirada por la ventana, hacia la noche negra y sin forma que se extendía más allá de la luz pálida y viva de la sala. En todas partes ella siempre podría mirar la noche, había tiempo, las ramas sobrevolaban suspendidas en la oscuridad congelada y cada hoja se engarzaba en el aire como para siempre. Abajo la ciudad era brillante y fría, de lejos parecía inmóvil, tranquila y peligrosa. Y como nadie la veía cogió una copa más de la bandeja, bebió, tosió un poco, no notó nada, las cosas vacilaban brillantes y sofocadas. Todos daban la mano a una mujer, ella también le dio la suya y no tardó en sentirla ligeramente amasada con una cierta humedad, una insistencia antipática y varias palabras. Irene. El coche se deslizaba suave, en el cálido interior el motor respiraba como un corazón. De comodidad y de añoranza se encogió entre Vicente y Adriano. Con los ojos brillantes y duros de whisky ellos hablaban mientras se acercaban a Virgínia sintiendo el calor de su cuerpo, los ojos fijos disimulando, las palabras cortas. En medio de la somnolencia ella se sintió un poco infeliz y desamparada, los labios entumecidos y cínicos. En una crisis fluctuante y fugitiva quiso ser protegida, que alguien la defendiese, la considerase excesivamente pura para ser tocada así, equivocándose y conmoviéndola; entre los dos hombres la comodidad la hundía. De la calle llegaban sonidos de bocinas solitarias; con las pupilas humedecidas de sueño ella observaba la sombra. Sin darse cuenta dormitó un poco sujetando con fuerza en el regazo el ancho sombrero que sobresalía blanco en la penumbra, viendo como en un sueño las luces parpadeando en la ciudad vacía. Tan rápido el viaje que poco después deshacía las sábanas de la cama, abría los labios diciendo un nombre lleno de suavidad y oscuridad: Vicente. Las flores se estremecían vívidas en las tinieblas. Como si ella se disolviese y buceara en la propia materia disuelta, y en la lechosa y translúcida oscuridad ella misma se deslizase como un pez puro moviendo la cola serenamente resplandeciente. Sí, Vicente. Avanzaba sin miedo y sin prisa, los grandes ojos límpidos cerrados a través de sí misma mientras el hombre se alejaba con otro hombre dentro de un taxi a través de la ciudad acompañados por la falta que ella sentía de ambos comprimiéndola e insultándola, apoyándola en el fondo del coche. El reloj del vecino sonó de repente, tocó tres notas transparentes en tres planos de sonido: el primero alto y asustado, casi solidificado en un principio de vigilia, el segundo conteniéndose entre el primero y el que vendría, el último más bajo apaciguando, apaciguando, cada uno separado del otro y brillantes como diamantes separados unos de otros y brillantes, pero las notas eran líquidas y los diamantes nunca temían romperse en una única confusión; ella seguía desarticulada en un gran mar denso y lo atravesaba llena de una calma que estaba hecha de satisfacción, del sentimiento en el coche profundo, de esperanza, de recuerdos que se desparramaban; con un parpadeo ella cambiaba el plano de su existencia interior. Una niña vestida con un largo camisón y muy lenta se levantaba como un blanco en el fondo de su visión, pero en cuanto intentaba verla mejor todo desaparecía en su propio mar; siempre tenía visiones cortas y cerrando los ojos sobre los ojos ya cerrados veía en la oscuridad formas hechas de la propia oscuridad. Cada pequeña ola pasaba a la otra un mensaje: Vicente, y a cada Vicente todo era mucho más real y sería inútil negarlo. Por un momento sentía que estaba sobre la cama blanca, demasiado rápido, porque no era ella quien lo sentía sino solo una parte de su brazo comprimido por la almohada; a cada Vicente se hundía más y más en su propia naturaleza. Y también más, más, casi hasta el punto de ver del otro lado algo verde y sombrío iluminando como una linterna que era el recuerdo inmóvil de una linterna de fiesta en Brejo Alto, ah, Brejo Alto. Un último Vicente como un suspiro antes de morir y el sueño se cerró como una sola roca infeliz, Virgínia se agarró a sí misma como una mancha negra. No podía ver nada más a través del sueño y si soñó no lo supo nunca.

Esos eran los momentos en que ella sufría, pero amaba su sufrimiento. Atravesaba el día, la necesidad de cumplir con los pequeños deberes, la limpieza de las habitaciones, la espera, la realidad y las calles, entre seria y ansiosa, inspeccionándose a sí misma y al espacio como si ya estuviese misteriosamente unida a Vicente a través de la distancia. Porque al despertar ya sabía que hoy era día de verlo. Quizá no fuera tan de repente, ella se proporcionaba la pequeña sorpresa para darse felicidad aun a costa de conservar cerrada la conciencia y en ella guardada la oscura y estimulante mentira. Las primeras horas pasaban difíciles y lentas, pero, a partir de las diez de la clara mañana, el tiempo se precipitaba alegre y fugitivo, luminoso como el día y con una sonrisa ella se ayudaba moviéndose dócil y mansa. Casi no almorzaba, era difícil cocinar solo para ella y hoy mismo cenaría bien con Vicente, comía una fruta para contentar a su madre distante. Y así se preparaba para vivir, diariamente dispuesta a transformarse en lo que no era para quedar siempre bien con las cosas a su alrededor. Si Vicente había despertado tosco y duro, ella seguiría en espera, las manos delicadas, sin manifestarse en ningún sentido para que él pudiese cambiar solo, libre de su existencia. Si él seguía callado y nervioso, ella buscaba ser generosa a pesar de no lograrlo completamente —ni sus ojos un poco absortos, ni su cuerpo de gestos pequeños la ayudaban frente a esa actitud—, Vicente notaba su esfuerzo por apaciguarlo, y eso muchas veces había bastado para que él sonriera y mejorara con benevolencia.

Después de almorzar, arreglaba un poco la casa porque al volver sería tarde. Le había costado habituarse al nuevo apartamento vacío desde que Daniel se había casado, se había ido a la Granja y ella tuvo que mudarse. Soportaba una ducha rápida, siempre le había dado una cierta repugnancia tomar un baño; desnudarse, exponerse al chorro de agua ciega y excesivamente alegre asustando al silencio. El frío y enseguida secarse con la toalla, nunca completamente seca, del día anterior en el baño sucio donde se amontonaba todo lo que no se podía mostrar en la salita. Cuanto más vivía más acumulaba cosas inútiles de las cuales no podría deshacerse sin dolor. Después del baño cerraba las ventanas, encerraba la cocina en su viejo olor a fritura, café y cucarachas, se ponía el sombrero, daba dos vueltas de llave a la puerta y se iba con el bolso rojo en la mano. Antes de cerrarla definitivamente se paraba un instante, contemplaba la casa ya dormida, inmersa en una tibia oscuridad, sonreía a las cosas ya ahora vagas como en una despedida. Por un momento dudaba entre cerrar la puerta e irse gloriosa a casa de Vicente o entrar otra vez, quitarse los zapatos tan altos, quedarse en la cama y no oír nada, absolutamente nada. Si Vicente, asustado, viniese a buscarla —nunca lo haría—, ella avisaría con los ojos cerrados, intensa: me he muerto, me he muerto, me he muerto. Pero era solo un segundo de turbulento error porque en una verdad inmediata cerraba la puerta con un pequeño empujón seco, hacía rodar la llave dúctil y entrando excesivamente en contacto con las cosas se recriminaba: por qué ser tan bruta con la puerta. En la calle ella podría ser descubierta por la mirada de alguien, la secreta unión que sentía con las personas hasta que las conocía íntimamente. Esos encuentros podían sucederle a una mujer en la ciudad. Alguien inesperadamente entendía su sustancia más silenciosa, la atravesaba con ojos sin sorpresa; ella temía retener esa mirada, sabía confusamente que esta era una intuición que no duraría ni siquiera un instante más allá del propio instante, no recordaba haber sido nunca exactamente comprendida. Su corazón sin embargo latía más deprisa, en el pecho le nacía una contracción de libertad y de placer tan mundanos que ella se entregaba a la libertad con un movimiento, hacía algo como por primera vez, una secreta manera de apartarse el pelo, cierta mirada controlada a un escaparate como si así cerrase las manos para no gritar. Sabía, no obstante, cómo no dilapidar el amor de Vicente. Empujaba con la mano trémula la percepción de las cosas a su alrededor y su vida se cerraba en torno de ella como la única vida, apenas subía al autobús empezaba otra respiración, olvidaba el pequeño apartamento muerto, su corazón se enriquecía en los momentos difíciles; un dolor informe la atravesaba y sus ojos se abrían más ansiosos y transparentes. Aunque nadie la mirase por las calles y ella las recorriese indisoluble con el bolso rojo bamboleándose, aunque sus gestos al tomar el autobús se dividiesen en varias etapas esforzadas y atentas, aunque su cuerpo súbitamente se presintiese abandonado, perplejo, todo eso sería un preludio soportable porque... ¿por qué?, en el fondo no era porque iba a verlo sino por algo mucho más leve, más corto, más tonto: porque iba. Un puro impulso hacia delante como inclinarse en el puente húmeda y delgada oliendo a madera podrida y mirar el agua que se equilibraba bajo el sol incoloro, algo así como despertar sin ninguna sensación y lentamente acordarse de un poco de hambre mezclada con el olor al café con leche del vecino mezclado con el sol cansado y pálido sobre la ropa de la silla, y ningún recuerdo del día anterior, solo la certeza del día que vendrá. Cuando llegaba al apartamento de Vicente empujaba la pequeña puerta del fondo para no llamar al timbre, esperaba un momento, durante un instante le parecía más claro que ella se dirigía a través de sí misma, de Vicente y de su ausencia de la Granja hacia algo todavía inexistente; le llegaba tan real la sensación del presente, que resbalaba hacia otro sentimiento más sólido y más posible: el de aprovechar, aprovechar, el momento que llegaba era rápido y fresco y ella lo miraba cansada. De repente adquiría más vida, intensamente, como si ella misma por fin comenzase. Conseguiría emplear mejor aquel nuevo ánimo si tuviese que arreglar, barrer, lavar, pero no podría hacer caricias e incluso conversar bajo la gran tensión de quien trabaja, levanta polvo y casi canta como las lavanderas. Y también porque antes necesitaba saber qué actitud tomar delante de él, a veces notaba que debía seguir inclinada porque él deseaba hablar. Después de estar con él, ella se pasaba horas con la cabeza llena de nociones ya transformadas en conversación y de movimientos nacidos como en función de su propia presencia ante sí. Su impresión entonces era la de que solo podría llegar a las cosas a través de las palabras. Le costaba siempre un poco de esfuerzo entender, entenderlo todo. Se cerraba con un pequeño trabajo inicial, volvía la voz de él, monótona y reconfortante como abrigarse de la lluvia, sentía incluso algún placer sensual en escucharlo sin oírlo. Un día casi consiguió explicarle que estaba con él incluso distraída. Él dijo, y ella lo supo después:

—Virgínia, mira aquella nube casi roja…

Ella sonreía.

—Sí, sí…

Él la observó lentamente, penetrante, sin dejarla escapar, nunca, nunca:

—¿Qué acabo de decir?

Ella intentó hablar, se ruborizó, confundida.

—Ya sabía yo que no me escuchabas —había suspirado él encogiéndose de hombros.

Confusa y elocuente ella explicaba:

—Yo no he oído las palabras, no sé cuáles podrían ser, pero te he contestado, ¿no? He sentido tu disposición cuando hablaste, he sentido cómo eran tus palabras... Sé lo que has querido decir. No importa lo que hayas dicho, lo juro...

Ella hacía preguntas con atención y nunca oía las respuestas. Pero prefería cansarse a dejar que apareciesen las distracciones. Muchas veces cuando él acababa de hablar ella se reía y no debería haberse reído. Los dos entonces se miraban un instante. Arrojados repentinamente a una sinceridad horrible, imposible de disimular. Esperando. E incluso después lo bueno y cordial que pasaba traía en el fondo el recuerdo de aquella mirada innegable, erguida como una estatua. Si ella fuese más inteligente podría borrar el pasado con palabras nuevas o incluso participando un poco más en lo que él decía. Pero tenía pocos pensamientos en relación a las cosas y temía repetirlos siempre; nunca usaba la expresión acertada, siempre se equivocaba, incluso cuando era sincera. A veces simplemente no sabía qué replicar y caía dentro de sí misma buscando. Mientras no le respondía, cada momento se perdía ruidosamente en el campo límpido y sin fondo que era su atención vacía y ella se sorprendía al verlos agotarse en vez de buscar una respuesta conveniente. Hasta que una leve desesperación la crispaba, miraba las cosas a su alrededor, el mundo surgía vasto, claro, sonriente, ella se quedaba tan etérea y perdida que entonces no le importaba la renuncia, retrocedía pálida hasta el último instante y allí se refugiaba. Y desde allí decía casi sin dolor de equivocarse tanto:

—Sí, Vicente, sí. —Después de todo «sí» no añadía nada y lo apaciguaba todo. Y cuando pusieron la radio y sonó una canción, él murmuró:

—¡Qué música más insoportable...!

No había dicho nada extraordinario pero su aire tranquilo sin ni siquiera desprecio combinaba con aquel tipo de día.

Tampoco a ella le gustaba y esbozó un movimiento de repulsa quizá demasiado fuerte, los labios fruncidos de reprobación. Él sonrió mirándola y ella, animada, viviendo, dijo con desdén, entre dientes, como si triunfase:

—No, no me gusta… Es tan… tan entrometida… —Su rostro se deshizo enseguida, la expresión subyacente emergió a borbotones, sorprendida e infantil, porque él abría los ojos marrones detrás de las gafas, intentaba comprenderla, su asombro decía avergonzado, benevolente: pero, Virgínia…, ¿qué es eso, Virgínia? Sí, había ido demasiado lejos, realmente ¿cómo podía la música ser entrometida?, tal vez quería decir: la música no tenía dignidad en la alegría, como había oído decir una vez, sí, ¡era eso!, pero ahora ya era imposible explicarlo. Y además… ¡No!, se refugió dura y sola, si él quería juzgarla que la juzgase en silencio. Ella se sorprendía desagradablemente cuando Vicente la interpretaba. Qué aburrida era la comprensión de los otros. Asistía a sus palabras con curiosidad pero después no podía fundir sus descubrimientos consigo misma, sería tan inútil como arrancar una rama de un árbol, hacer de ella una silla y entregársela de nuevo al árbol: lo que ella hacía de sí misma nunca lo aceptaba otra vez aunque lo llevase siempre consigo. Prefería que él se ahorrase el esfuerzo; solo de Daniel soportaba los intentos y los errores, porque Daniel y ella eran de la misma materia vacilante y nunca se dirigían a las cosas riendo; su máximo de alegría cabía en una pequeña sonrisa de Vicente. Apartarse así de Vicente e ir hacia Daniel la asustó y ella se unió a Vicente tan de repente que sus cuerpos casi chocaron y Vicente sonrió a su mirada. ¿No era por eso por lo que ella lo había amado?, porque había presentido que Vicente podía reír en alto, no solo como Daniel sino con una estúpida risa que en medio de su fuerza recordaba su imposibilidad de reír más alto y eso le provocaba una ternura alegre, un deseo de perdonar riendo y de olvidar. También en el amor dejaba que él la guiase y la única forma como ella podía pensar en eso se reducía a imaginarse apoyándolo, moviéndose, hablando. ¡Cómo podía equivocarse sola!, ella siempre se había creído una gran amante hasta que llegó él, le probó lo contrario y así pasaron los meses. Prefería que Vicente no la abrazase cada vez puntualmente. Prefería no verlo cambiar de voz y de mirada como si hubiese terminado una fase y empezase otra. Prefería que él no la desease tan fuertemente, a veces casi la paralizaba en una perplejidad apresurada, aunque en realidad todo eso solo pasaba de manera confusa, sin fuerza, sin provocar ni siquiera una defensa, asumiendo la única forma de vida posible. Nunca tenía suficiente tiempo para acostumbrarse a sus frases porque él decía otra que ponía fin a la primera, nunca tenía suficiente tiempo para habituarse a sus caricias porque él pasaba inmediatamente a una nueva dejándola aún anclada en la anterior; esos eran pues los secretos de la vida. Le permitía que la guiase... Sí, sí, alguna vez, como una novedad sorprendente, ella sentía lo que él deseaba y su pobre cuerpo dudaba en el misterio, toda ella se abría y se perdía fluyendo sorda... Sería imposible atravesar su ser con uno de sus propios pensamientos. Nunca intentaría andar por delante de Vicente, lo seguía porque no conseguiría sobrellevar sola, en su mano húmeda, aquella rápida estrella que en pocos instantes perdería su forma como la gota helada que se derrite; todo tan peligroso, simple y leve... ese era, pues, el secreto hacia el que caminaba desde la infancia; el centro del deseo era rutilante y sombrío, eléctrico y tan terriblemente nuevo y frágil en su contextura que podría destruirse a sí mismo con solo hundirse un poco más, con solo fulgurar un instante más.

Cenaban juntos cualquier cosa. Después volvía, el tranvía cortando la oscuridad. Ella sentía que volvía, que volvía. Si un día él decidiese acompañarla a casa, ella sería capaz de sentir una honda y amortiguada saciedad, como la que debe de conocer una mujer casada en cada momento. Saltaba del tranvía y andaba un pequeño trecho a pie. Abría la puerta, subía, miraba un momento las cosas antes de tocar el interruptor, se unía a todo sin tocar nada. Se acostaba y tiraba de las sábanas blancas en la oscuridad, venía el momento calmado antes del sueño como si ella cayese entonces en su verdadero estado. Y ese momento era tan profundamente apacible que disolvía el día entero, la proyectaba hacia el interior de la noche sin miedo, sin alegría, mirando, mirando.

Después de todo vivir sola era lo natural. Poco después de alquilar un apartamento, Daniel tenía ya una vida donde ella no tenía lugar. En la primera carta a la Granja él escribió que estaban matriculados en un curso de lenguas y que él mismo había conseguido el piano de un vecino para practicar. En realidad no sabían ni siquiera cómo moverse, encontrar cursos y vecinos. Pretendían antes que nada tranquilizar a su padre y después, como su padre ya estaba tranquilo, ellos mismos se calmaron, se olvidaron de los cursos y solo vivían en la ciudad. Y así el dinero aumentaba su poder, Daniel lo gastaba casi todo, poco a poco había hecho amigos y se encontraba con ellos fuera de casa. Virgínia paseaba, paseaba. Un día fue con él, la casa era de alguien, ¡hacía tanto tiempo!, Daniel tocaba el piano, tocaba una señora, los brazos finos casi presos a las caderas, la cabeza inclinada sin fuerza, se fumaba, había chicas rubias, hermanas tranquilas que también discutían de política, Adriano de pie entre la ventana y algo más. Allí conoció a Vicente.

—De cualquier forma sonríe un poco —le había dicho Vicente bromeando—, es la mejor actitud frente a la vida.

Desde siempre le gustaba hablar sobre la vida. Ella lo miraba inexplicable.

—No puedo reír —dijo intentando ser inteligente y seria, y habló sobre algo «hondo o «profundo». Los ojos de Vicente brillaban levemente, divertidos:

—Ah, entonces el fondo es trágico... —Él poseía el don de demoler la palabra de los otros con solo repetirla, los labios lánguidos, delicados; ella lo sabría después. «El fondo». Lo miró, le pareció difícil e inútil responder, sonrió coqueteando con cansancio y excitación. Nunca más lo vio, como para siempre. El fondo no era trágico ni cómico, era un árbol, un pez, ella misma, esa era la imposible y serena sensación. Después pasó mucho tiempo hasta que la puerta se abrió, ella interrumpió un pensamiento cualquiera para siempre, para siempre, esperó con la costura en las manos, Daniel dijo:

—Virgínia, esta es mi novia.

Durante minutos largos y huecos el cuarto pareció vacío, la casa silenciosa y llena de viento. Pero Daniel, Daniel, cómo has podido… Ella casi no conocía a Vicente y el amor le parecía algo poco familiar, significaba una brusca ruptura con el pasado. Ella era un cuerpo alto, bien hecho y comprimido coronado por un rostro oval, duro y límpido, una risa femenina de marfil. Al ver su ropa le vino a la memoria un olor de revista recién impresa, con algunas páginas aún cerradas. Pero Daniel… Un aire de higiene íntima, de pureza conseguida a base de antisépticos y en medio de la difícil conversación aquella frase clara y nueva, nueva como un objeto nuevo, que había dejado un silencio de ojos entornados en el aire: yo siempre he estado ocupada, nunca he tenido tiempo para aburrirme. Daniel y Virgínia no se miraban. Tal vez cuando ella envejeciese, quién sabe, pensó Virgínia sirviendo un té demasiado fuerte en tazas rotas, tal vez cuando envejeciese, con algunas arrugas y el color más concentrado… Sí, sí, ¿quién sabe?, mientras tanto ¡era tan horriblemente limpia para ser amada! No como Vicente que ella solo ahora conocía. No, él no era limpio para ser amado, con él el amor era como el interior de los ojos cerrados, arrastrado rápidamente por la incomprensión, por una satisfacción oscura llena de malestar, ella ahora lo sabía. Y él era hermoso además. Llevaba gafas. Había momentos en que sus rasgos parecían tan plenos…, como a punto de decir algo, su cuerpo era grande y fuerte pero como hecho de un solo músculo recién nacido y flexible de frescura, podría envolverla como un pulpo y sin embargo su carne era firme y Virgínia podría chocar con ella. Pero sus ojos eran excesivamente grandes, a veces tontos tras las gafas, abriendo una pausa en su rostro sin fundirse completamente con él. Y los labios se unían uno a otro a veces distraídos y blandos, con una horrible expresión de saciedad y de abandono, queriendo refugiarse en la visión de una cosa inanimada, ah, entrar deprisa en una región perfecta donde el frío se confundiese con la luz. Ciertos gestos de él, algunas palabras eran brutalmente vivas y casi ciegas, lo precipitaban en un centro lento de sangre y avidez, la llenaban de náusea y pavor, ¿dónde estaba aquella bondad inteligente de su rostro? Ella lo miraba fascinada, el corazón ardiente después de unos instantes; pero cuando conseguía apartar la mirada adquiría una frialdad casi dolorosa, el cuerpo se tensaba en sus fibras como si quisiese huir al máximo de aquella tibia vida inferior cargada de un perfume sincero casi vil. Un día su madre almorzaba, había recibido alguna noticia triste y lloraba mientras en sus dientes se veían los rastros de la comida. Oh, todo lo que sucede es inocencia, al mismo tiempo era lo que ella sentía y perdonaba. La saciedad entonces regurgitaba. Si cogía un libro encontraba en él el mismo movimiento viscoso, almas insinuando perdón, amor buscando amor, los sacrificios riendo, cobardía y extremo placer tibio. Por Dios, aquello era el hombre. Incluso si hojeaba en una librería un ensayo sobre máquinas de tracción, en la calidad del razonamiento encontraba perfume masculino y femenino, palabras alineándose coloreadas y animadas, el camino en busca de una idea curvándose, elevándose, viviendo…, el amor, el amor, la piedad, el remordimiento, la simpatía impregnando incluso la frescura, pegándola con el mismo calor. Entendía ahora la expresión de Daniel, aquel rostro vagamente aterrorizado que tenía en la época de las noches fuera de casa. También en él los tejidos se cruzaban como una estructura vegetal y había sido lanzado al centro de la mujer, allá donde latía la sangre del mundo. Ese era el secreto de la vida, pues. Amaba entonces a Vicente como los días transcurren. En realidad se perdía en cualquier deseo y su único refugio eran los pensamientos puros de humanidad, las cosas serenas, secas, compactas, los edificios en construcción cerca de los que se paraba en las calles como una mujer embarazada presa de un raro antojo y de una nueva sensibilidad. Entonces apenas se alimentaba, parecía que le repugnasen los alimentos en los que latía aún el recuerdo de una vida anterior. Sin saberlo se repetía a sí misma como una oración perfecta: cal, hierro, arena, silencio y se purificaba en esa ausencia de hombre y de Dios. Las palabras animadoras, la honestidad, la necesidad de acercarse a las personas inteligentes y nobles, la necesidad de ser feliz, la necesidad de hablar antes de morir, todo eso parecía levantarla por el espacio como si soportase un chorro de aire suave debajo del cuerpo y fuese ella misma una burbuja asustada, agradecida, cansada, «arreglando su vida de la mejor manera posible». En el momento en que el chorro cesara —¿cesaría alguna vez?, ella no lo sabía y se lo preguntaba moviéndose en el asco y en la oscuridad— ella caería violentamente en qué, súbitamente andando deprisa después de la caída, dirigiéndose sin pérdida de tiempo a compensar la vida perdida, dirigiéndose hacia dónde, con los ojos abiertos, viva, sin crueldad hacia sí misma y sin piedad ni placer porque ya no necesitaría castigar, sin ninguna palabra, eso, sin ninguna, por Dios, lavada como después de un gran enfado. Librarse de la maternidad, del amor, de la vida íntima y ante la espera de los otros negarse, posar dura y cerrada como una piedra, una piedra violenta, qué importa el resto; cómo sabía ser Daniel, sin saber siquiera con precisión lo que pensaba, sintiéndose oscuramente rencorosa. Solo la primera vez le había gustado realmente el mar; después se asomaba al muro inquieta para observarlo, obligándose a emocionarse. Se sentía mentirosa, sin pensamientos pero como si tocase algo sucio, con el alma arrugada lo evitaba, lo evitaba. Alguna vez, rompiendo su temor, le gustó otra vez con tanta fuerza que eso la hizo comprenderse a sí misma para siempre. En medio de estos nuevos sentimientos se encontraba de alguna manera cerca de Daniel. Pero ¿contra qué? Decepcionada, su falsa fuerza disminuía y poco a poco se apoderaba de ella una tristeza aprensiva, ella ahora deseaba reintegrarse al movimiento común a todos, alegrarse con ellos, acusarlos ofendida, con humildad, sin ningún poder para que ahora nadie la rechazase, deprisa, después de haber intentado liberarse en un gesto no premeditado.

Daniel llevó a Rute a Brejo Alto y allí se casaron. Virgínia no asistió a la boda; simple, sin ceremoniales, Daniel la avisó sin mirarla a la cara. Ella comprendió que no tenía que ir y se quedó en la ciudad no como quien dice: yo me quedo; se quedó sin acordarse de ir o de quedarse. Su padre sabía que ella estudiaba; y ¿quién sabe?, tal vez encontraría un marido. Pero ella solo conocía a las viejas primas, Vicente apenas existía, estaba sola en la ciudad, en el cuarto colgado en un tercer piso. Entonces atravesó un periodo que, sí, podía llamarse muy triste. De repente, como una vena que empieza a latir pasó a vivir la realidad del apartamento abandonado por Daniel y como vacío de ella misma porque sus movimientos estrechos y su vida desgarrada eran poco para llenar las habitaciones de ruido y confusión. Hasta que se le ocurrió aceptar vivir con sus dos primas. Esa mañana se preparó, se lavó, hizo las maletas con la oscura sensación de entrar por fin en el colegio interno con que la amenazaban de pequeña. Pidió un taxi y, sonándose, lanzó una mirada más al edificio cuadrado, claro y viejo donde ella y Daniel habían sido por última vez hermanos. El coche traqueteaba, las maletas amenazaban con despeñarse sobre ella y herirla; ella pensaba cómo había cuidado del apartamento para Daniel, cómo lo esperaba para la cena, cómo ese recuerdo era ahora extraño y poco familiar y cómo ella ahora se precipitaba hacia algo tan nuevo como un nuevo cuerpo donde presentía que no podría existir por mucho tiempo. Con secreto horror, pensativa, se veía cada vez más parecida a Esmeralda, imitando el destino de su madre; el viejo coche entraba finalmente en la calle polvorienta. La mañana ascendía. En breve vería aquella pobre casa que solo había visitado rápidamente con miedo de contagiarse, solo dos veces durante tanto tiempo en la ciudad. Era de esas casas donde uno intentaba sentarse en el borde de la silla, donde se sorprendía evitando tocar los jarrones de flores y bebía con cautela un vaso de agua hasta la mitad. Había en las habitaciones sombrías y nada extraordinarias algo que sobresaltaba y ponía en alerta porque contenía una intimidad envolvente y familiar, como la bañera de unos extraños, sucia, donde hubiese que desnudarse y meterse dentro. Las primas Arlete y Henriqueta cada vez le parecían más un error y una mentira, ahora que se acercaba tanto a su realidad. Pobreza y vejez. Tocó el timbre como si volviese de un largo viaje. Bueno, ahora se ha acabado lo cómico, esa era su sensación y se sorprendía porque hacía mucho tiempo que había dejado de sentir las cosas así. Su padre debería estar contento de saber que al menos parte de la familia tenía una casa lo suficientemente grande como para albergar a su hija, para hacerle conocer de cerca a los parientes «y no tener motivos para avergonzarse de ellos»; ¿cómo podía saber él tan exactamente la verdad?; incluso sin motivo, la razón inicial de acercarse a los parientes era confusamente la vergüenza y el recelo. La prima Henriqueta abrió la puerta y pareció vacilar ante la claridad.

—¿Sí? —preguntó con el rostro inclinado en espera y vaga angustia—. ¿Sí?

—Yo... —intentó Virgínia.

—¿Sí? —Pero de repente los ojos de la vieja se iluminaron y con un gritito sofocado retrocedió—. Entra, entra, ¡tus maletas! Ah, hay que pagar al hombre del coche, entra, Virgínia, entra, son tus maletas, ¿verdad? Arlete... —dijo volviéndose hacia el interior oscuro y silencioso—, Arlete, ya ha llegado nuestra prima...

Su voz había cambiado imperceptiblemente y a través de ella Virgínia comprendió las relaciones de las solteronas. Nadie respondió desde dentro y las dos mujeres permanecieron un instante en la puerta esperando. Henriqueta de repente aprobó con la cabeza como si hubiese oído alguna respuesta.

—Entra, hija —dijo con mayor decisión. Y al adelantarse Virgínia, ella pareció recordar asustada, se detuvo, extendió rápidamente un brazo deteniéndola con una fuerza inesperada, murmuró parpadeando con dificultad y procurando repetir—: Tienes que pagar el coche, tienes que pagar el coche... También el transporte de las maletas..., el gasto ha sido tuyo...

—Sí... —balbuceó Virgínia.

Henriqueta era alta, sonrosada y lenta. El rostro de piel lisa muy sedosa estaba salpicado de pecas grandes y brillantes; el cuello se unía al cuerpo en curvas como en una muñeca de porcelana; era calva, llevaba un moño ralo cogido con una cinta, vestía una falda de un tejido marrón ennegrecido, larga hasta los pies hinchados y pecosos. Se movía despacio vacilando como si sus pensamientos fuesen siempre interrumpidos por nuevas ideas y ella se quedase muda y confusa, pero su rostro era de sorpresa y bondad. Entraron en el amplio salón con suelo de madera. En la semioscuridad, junto a una gran mesa oval, estaba Arlete sentada. Levantó la cabeza de la costura, examinó a Virgínia con una atención que se esforzaba por concentrarse.

—Buenos días, Virgínia —dijo finalmente.

Arlete era baja, su rostro se afilaba como una aguja atenta y distraída. La espina dorsal se le había roto, el pecho sobresalía puntiagudo bajo los ojos cansados y enfermizos. Parecía débil y mordaz, cosía para niños. Virgínia arrastró sus maletas por las antiguas escaleras hasta la enmohecida buhardilla. Se paró un momento. Su aspecto recordaba el polvo que después de sacudido vuelve lentamente a su lugar. Por una única ventana que no se podía abrir entraban claridades grisáceas y sordas, sin sombras. Se echó sobre la cama dura, aspirando aquel olor indefinible a vejez que la había envuelto desde que entró en el pequeño jardín seco antes de tocar el timbre. Con los ojos ardientes y cansados sentía en el pecho un dolor inmutable y apaciguado, como si se hubiese tragado su propio corazón y lo soportase con dificultad; apretaba los dedos sobre los ojos que insistían en abrirse fijos y abstraídos; consiguió contenerlos, escrutaba la pequeña oscuridad conquistada y como si se fundiese por un momento consigo misma, tan desaparecida, con el silencio recogido y atento, suspiró y lentamente, mirando a su alrededor, herida y pensativa, empezó a vivir con sus primas.

La casa era tan vieja que su antiguo habitante la había traspasado con miedo a que se desmoronase. Debajo de la buhardilla de Virgínia, que terminaba la construcción en triángulo, se encontraba la sala donde las primas habían instalado el atelier de costura. Esta habitación sombría y polvorienta parecía aún más decadente que el resto de la casa. La luz entraba escasa de una ventana enrejada casi hasta el techo. Como en la buhardilla las tablas del suelo no se unían perfectamente, Virgínia se agachaba, pegaba un ojo a la grieta y veía como en un cuadro extraño y profundo a las dos solteronas cosiendo, la larga mesa desnuda, la cafetera bajo el calentador acolchado, la suciedad, los retales dispersos; la máquina de coser movida por el pie perezoso de Henriqueta vibraba en el aire, parecía levantar polvo y una leve luz a su alrededor. Virgínia se incorporaba de un salto, apretando los labios coléricos con el dorso de la mano y el cuarto retumbaba bajo la fuerza de sus pasos. Henriqueta gritaba desde abajo con una voz que parecía siempre emocionada por un constante temblor:

—La casa se va a caer, Virgínia...

Una mañana —el día empezaba lluvioso y las gotas de agua se deslizaban por los cristales— ella bajó tarde a desayunar, pálida e inexpresiva, con aquel aire resignado y altivo que los días con las primas le habían dado. Arlete la miró un instante. Y de repente, sin motivo, como si se hubiese contenido hasta entonces con dificultad, le dijo en voz baja, brusca:

—¿Por qué no coses con nosotras?

Henriqueta se interrumpió asustada, la cafetera en la mano:

—Arlete, Arlete...

Virgínia las miraba muda... Entonces... entonces... ellas..., se decía mareada de ira, entonces ellas querían arrastrarla, subyugarla..., querían...

—¡No sé coser! —les lanzó con violencia sofocada.

Arlete y Henriqueta cruzaron una mirada de exagerada sorpresa y después, con el aire de quien no puede disimular lo cómico:

—¡Pues te enseñaremos! —gritó Arlete levantando el pecho lisiado.

Virgínia palideció, entrecerró los ojos oscurecidos. Dios mío, de dónde le venía aquella fuerza, ella siempre había sido sosegada... En ese momento odiaba con tanto placer a las dos viejas que sumergida en una oscura sensación extraordinaria de profundidad y de pecado les respondía cualquier cosa, sí, sí...

Y entonces fue obligada a sentarse y a bordar junto a ellas. Sus manos poco hábiles marcaban los puntos toscamente, los ojos en dirección a la ventana. Henriqueta, delicada, deshacía sus nudos y le daba la prenda de nuevo. Arlete la observaba con los ojos fruncidos, el rostro enfermo avivado de alegría. Aunque el hambre hiciese palidecer a Virgínia, el almuerzo y la cena no verían su hora adelantada. Cuando el reloj daba la una, Henriqueta se levantaba, dejaba la costura sobre la silla y lentamente se dirigía a la despensa que se perdía en tinieblas. Abría su puerta y cogía algo de comer, frío y sin olor. El café se traía de la cocina y estaba oculto bajo una extraña capucha que parecía mirar y sonreír, gruesa de polvo. La misma sala de costura olía a polvo mojado, a moho, a tejido nuevo y a café con boniato frío. Virgínia se levantaba hambrienta y mareada del almuerzo, sentía que su cuerpo incontrolable y joven exigía lleno de cólera. Sin embargo ella envejecía, perdía el color y era una mujer.

El domingo por la tarde no trabajaban, la casa estaba silenciosa. Henriqueta se sentaba al fondo del patio, con las manos cruzadas, descansando. Virgínia había ido al jardincito. Las plantas marchitas le recordaban la frondosidad de la Granja y ella respiraba profundamente, el rostro vuelto hacia una dirección que le parecía ser el camino de vuelta. Pero la ciudad…, ¿dónde estaba la ciudad? Sentía en sí una especie de vida que le daba asco de sí misma, suspiros constantes de impaciencia, todo eso mezclado con un hambre real que era más violencia que hambre, ella pensaba en la comida con una fuerza que desearía desencadenar sobre Arlete. Arlete… A veces le parecía que Arlete era su motivo para esperar. Había una unión rencorosa entre las dos, como si Virgínia también fuese una renovación para la solterona. Ambas se hablaban con pequeñas palabras rápidas y oblicuas y se regocijaban, con las cabezas bajas escondiendo los ojos. De pie en el jardín, Virgínia recordaba sus relaciones con Arlete y de su placer nacía la seguridad de una decadencia cada vez mayor, de una depravación que, después de todo, bajo el calor del sol sobre su cabeza descubierta y sobre las plantas resecas, se resolvía en un movimiento de desánimo en el que el hambre recrudecía con nuevo ímpetu. Al agacharse para recoger una ramita seca sintió con sobresalto que alguien estaba indeciso en la puerta de la casa. Se volvió rápida: Arlete. Se rio triunfante. La solterona la miraba. ¡Arlete!

—Venga al sol —le dijo con cierta brusquedad.

Arlete se apoyaba en la pared, el cuerpo delgado bajo el vestido negro de domingo, lavado, desteñido; el talco manchaba su rostro gris y abatido, el ralo cabello se recogía en trenzas húmedas. Y como no respondió, con los ojos brillantes mirando a Virgínia con frialdad, esta no se contuvo y con un movimiento voluptuoso y osado le susurró:

—Tiene miedo de no soportarlo...

La otra no respondía. Y como la situación se hacía muy extraña y afloraba una realidad nueva y sincera, Virgínia añadió un poco asustada:

—Hace un calor aquí afuera...

—Sí —respondió finalmente Arlete—. Se han agostado las plantas.

—Mire —susurró Virgínia lenta y pálida—, me voy de aquí, tengo hambre, ¿sabe lo que es hambre? Les he dado mi mensualidad sin faltar y no veo comida desde hace no sé cuánto tiempo. A eso no hay derecho, solo por la miseria de la buhardilla casi todo mi dinero... Y encima esa porquería de tener que bordar.

Arlete no se sorprendió.

—Has venido porque quisiste —dijo simplemente.

—Y me voy porque quiero —gritó Virgínia subiendo los escalones de cemento roto, atravesando la puerta y sintiendo en su brazo por un momento el cuerpo duro de Arlete. Cuando llegaba temblorosa al centro de la sala, cerca de las escaleras que la llevarían a su cuarto, oyó gemir a Arlete, se volvió y la vio apretando con las dos manos la ridícula protuberancia del pecho como si estuviese herida.

—¿Qué ha pasado? —preguntó Virgínia de repente aterrorizada.

La otra la miró con atención e intensidad.

—Me has pegado... Sabes que soy débil y me has pegado.

Estupefacta, Virgínia la miraba. Nadie que las viese sospecharía la feroz comprensión entre las dos. Ese momento le provocó en su cuerpo un deseo seguro y loco de empujarla realmente y cerró los ojos conteniéndose. Con los labios blancos y ardientes, se reprimió, sin embargo, porque supo que Daniel no la comprendería y que ella no lo sabría explicar.

—Me has pegado —repetía la otra con una áspera victoria.

—¡Tú... tú... eres una zorra! —le gritó—, ¡una zorra mentirosa! —Y ese desahogo la hizo desfallecer de miedo y de vergüenza, un sudor frío le humedeció la frente, sintió la brutalidad de esas palabras que eran de la Granja, del campo abierto, pero no de la ciudad; miró a la vieja, sí, a la vieja a quien ella había lanzado el insulto y que esperaba con la boca abierta de sorpresa, mostrando los dientes amarillos... Mordiéndose los labios subió corriendo las escaleras y la casa tembló con ella. Pasó la noche despierta haciendo las maletas, disimulando un sentimiento de horror y de miedo que le brotaba de dentro y que amenazaba con lanzarla fuera de la comprensión. Apenas clareó el día, bajó por la escalera dormida, atravesó la vaga luz irreal de la sala que despertaba, abrió la puerta, recibió el viento fresco de la mañana; buscó un taxi andando deprisa, los ojos cansados. Le parecía que había mentido y que al final despertaba, se libraba de sus sentimientos. Cuando volvió no encontró a nadie en la sala, sin embargo sentía que alguien arriba había tocado sus cosas y que sabían de su partida. Con alivio no necesitaría despedirse. Bajó las escaleras arrastrando el equipaje, llegó a la puerta de la calle sin encontrarse con las viejas, entró en el taxi; cuando la portezuela se cerró y el coche empezó a moverse apoyó su frente en las manos y sacudida por un llanto de alegría se repetía extrañamente, ella que nunca había recurrido a su familia: ¡madre, madre, a qué estado ha llegado tu hija!, eso la calmaba. Entró en una pastelería con las maletas, pidió café, leche, galletas, pasteles, comía ansiosa y sensible como después de un castigo, comía y sufría parándose a veces para contener una especie de dolor que le subía del cuerpo hasta la garganta y que ella disimulaba con una sonrisa, los ojos sombríos.

Se fue a la pensión; tenía un recuerdo oscuro, sucio y vago de la pensión, arrimada contra la pared, huyendo, corriendo con el corazón pálido de alivio a refugiarse en la memoria del apartamento donde por fin se instaló. Era un edificio nuevo, una estrecha caja de cemento húmedo, estrecha y alta, con ventanas cuadradas. Sí, había sido un periodo muy triste y sin palabras, sin amigos, sin nadie con quien intercambiar ideas comunes rápidas y amables. La impresión de que estaba sola en el mundo era tan seria que temía sobrepasar sus propios conocimientos, precipitarse en qué. Sería fácil, sin nadie al lado, y sin un modelo de vida y de pensamiento por el que guiarse. Descubrió que no tenía sentido común, que no estaba armada de ningún pasado y de ningún acontecimiento que le sirviese de inicio, ella que nunca había sido práctica y que siempre había vivido improvisando sin ninguna finalidad. Nada de lo que le había pasado hasta entonces ni ningún pensamiento anterior la comprometían para el futuro, su libertad crecía a cada instante, pensativa, aire frío invadiendo y barriendo un cuarto vacío. Su vida estaba hecha de ponerse un día el vestido al revés y decir con sorpresa curiosa como ante una noticia: vaya, hace tanto tiempo que no me pasaba, vaya. Quería ocuparse de pequeñas cosas que llenasen sus días, las buscaba, pero había perdido el encanto ágil de la infancia, había roto con su propio secreto. Cada vez, sin embargo, era más minuciosa. Antes de apagar un cigarrillo pensaba si debía. Después sentía incluso necesidad de contar eso a alguien de algún modo y no sabía cómo. Entonces le parecía que se tragaba el pequeño acto pero que nunca se disolvía completamente en su interior. Ella se trabajaba el día a día soportándolo profundamente. Una tarde, como le empezó a faltar el dinero, se llevó un trozo de queso de una tienda sin pagar, sin robar; el cajero no se dio cuenta, ella colocó la presa como descuidadamente dentro del bolso rojo, salió despacio, sola en el mundo, el corazón latiéndole hueco y limpio en el pecho, una contracción dolorosa en la cabeza, casi un pensamiento. Llegó a casa, se sentó y permaneció inmóvil durante algún tiempo. No tenía hambre. Y el poco dinero bastaría para comprar algunas cosas hasta que llegara el envío de su padre. Entonces ¿por qué había robado? Desenvolvió el pedazo de queso, empezó a morderlo lentamente. El queso era blanco, agujereado y seco, de aquellos que solo servían para rallar y esparcir sobre los macarrones… Empezó a llorar, los labios fríos, sin inocencia. Fue a la cómoda, se miró al espejo, vio su rostro enrojecido, ansioso y triste. Entonces volvió a llorar sin pensar en el queso, sintiéndose profundamente silenciosa, sin conseguir sacar de sí misma un solo pensamiento. Sentada, miraba la tetera. Su pequeña tetera en el alféizar de la ventana, brillando contra las venecianas polvorientas y opacas; en toda la salita el aire sofocante contenía el fulgor, como sucede cuando fuera hace sol y alguien se encierra en la sombra. Una silla oscura se reflejaba en la tetera, convexa, perforada, inmóvil. Virgínia seguía mirándola. La tetera, la tetera. Allí estaba, brillando ciega. Queriendo salir de la muda estupefacción en que se hallaba, una de aquellas profundas meditaciones en las que a veces caía, se empujó brutalmente: di, di algo. Le parecía que debía ponerse ahora ante la tetera y resolverla. Se forzaba a mirarla profundamente pero o dejaba de mirarla como aturdida o solo conseguía ver una tetera, una tetera ciega brillando. A través de las numerosas paredes cerradas, un reloj preso en un apartamento tocó en la salita agitando en el aire un cierto polvo. Sí, sí, pensaba en un súbito remolino de alegría, alivio y esperanza angustiada mientras balanceaba un momento la pierna cruzada y seguía quieta. Le gustaría tratar con las personas del edificio pero sola era incapaz de acercarse a los desconocidos, y mientras tanto su aspecto se parecía cada vez más al de una solterona; un aire de buena conducta, de rechazo sereno y digno. Pero a veces se perdía y hablaba mucho, los ojos abiertos, la boca llena de saliva, sorprendida, embriagada, acongojada y con una cierta vanidad de sí misma que ya sentía ardiente de humillación. Escribía largas cartas a Daniel, a veces de un tirón rápido y sombrío. Las releía con agrado antes de enviarlas y le parecía que eran verdaderamente inspiradas porque, aunque contasen la realidad, ella no la había percibido en los momentos en que la soportaba. Dudaba que fuesen sinceras porque lo que sentía nunca era tan armonioso como lo que contaba, sino sincopado y casi falso. No, no era infelicidad lo que sentía, la infelicidad era algo húmedo de lo que uno podía alimentarse días y días y encontrarle placer, la infelicidad eran las cartas. Pasó a sentir un placer vil y voluptuoso en escribirlas y como las enviaba inmediatamente después de haberlas escrito e intentaba recordarlas en vano, se le ocurrió copiarlas, así llenaba los días. Las releía y lloraba como si llorase alguien que no era ella misma. Qué insoportable era esa nueva sensación que la arrebataba ansiosa, mezquina, deleitada. Entre las cartas lo que sentía era sofocante y polvoriento, irrespirable, una ráfaga de arena y de ruidos estridentes. Pero ¿era sincera cuando escribía a Daniel? No mentir, no mentir —inventaba—, aceptar la cosa como era, seca, pura, audaz; ella lo intentaba; durante algún tiempo perdía la necesidad de ser amable aunque en realidad no tuviese con quién serlo. Y cuando llegaba a esa pureza árida no sabía que buscaba con seriedad las verdaderas cosas sin encontrar nada. Lo que la desesperaba profundamente era en la mayoría de los casos la inutilidad de su lucidez; ¿qué hacer con el hecho de oír en el jardín a un hombre referirse a su viaje y, mirando su alianza en el dedo, percibir con tranquila clarividencia —que podía ser un error— que él debía de haber frecuentado una casa de mujeres y que continuaba tratando de negocios y de su mujer? ¿Qué hacer con eso? Ella no veía lo que necesitaba sino lo que veía. No quería obligarse a ir a pasear, al cine, pero sin obligaciones su día era vertiginosamente aspirado hacia aquel pasado desconocido y, plácida, ella se mantenía en un infeliz vacío de actos. ¿Y acaso no fue obligándose como salió una vez y se encontró con Vicente, reanudando la vaga relación tal vez para siempre? Entonces ya era fácil amar. Amar era incluso viejo, la idea se había agotado al principio de su vida en la ciudad; ella ya se sentía experimentada y tranquila por la larga meditación de la espera. Recordaba la primera noche. El cuerpo de Vicente apoyado sobre su hombro pesaba como tierra; para él nunca había sido trágico vivir. Antes ella había intentado jugar, le había pedido prestadas las gafas; en medio de todo, pensó entonces sin mirarlo, en medio de todo tiene miedo de que rompa sus gafas. Y eso le había dado una cierta resignación para el resto. ¿Con quién podría relacionarse? Con quién sino con el portero. Paraba para hablar un poco en la entrada principal del edificio, en la calle ancha y con pocos árboles por donde subían las escaleras generales. Después doblaba la esquina, daba algunos pasos por la callecita estrecha y susurrante, abría su propia puerta, con sus propias escaleras casi verticales que terminaban en el cuarto, la salita, el baño y la cocina minúscula. Se quedaba en la ventana observando la calle mal hecha y larga, un árbol duro y de copa grande estremeciéndose; podía divisar los edificios en construcción surgiendo en la esquina. El portero era un hombre moreno y delgado, casado y con dos hijos. Le contó cómo había conseguido el empleo. El propietario pensaba que incluso en un edificio pobre había que mantener la moralidad. Realmente las familias preguntaban: ¿aquí vive gente decente? Y por eso, repetía a modo de disculpa tímida, había avisado desde el principio a Virgínia —como hacía con todos los inquilinos, con todos los inquilinos— que estaba prohibido llevar a los apartamentos visitas del sexo contrario, a no ser que fuesen hermanos y padres, claro. Él llevaba un cinturón bajo y flojo, tenía los ojos pequeños, muy juntos. Le contaba cómo vivía, que había ido al cine, que tenía un pequeño garaje en casa que convertía en su «oficina». Solo los domingos iba a su casa y era sustituido por un viejo apresurado y asmático que no era desagradable pero que tampoco quería la simpatía de nadie. Miguel y Virgínia se apreciaban: como las noches eran largas para ambos, él a veces subía a tomar una taza de café. Ella arreglaba la salita con alegría, como si jugase en serio, un día incluso compró flores. Él se sentaba y mientras ella hacía el café en la cocina hablaban más alto, sin verse, escuchando con gusto y atención su propia voz. Ella entraba con la bandeja, ambos acercaban las sillas a la mesa y tomaban el café fuerte y fresco con un placer preocupado, intercambiando miradas de aprobación. Cuando llegó el invierno y caía la lluvia, la noche en el apartamento era agradable y cálida con un hombre joven sentado y tomando café. Ella preguntaba súbitamente asustada:

—¿No está usted abandonando su deber?

—No —garantizaba él—. Mi deber es estar en el edificio. Y quién va a necesitar una información a esta hora.

—Pero la puerta...

—No, la puerta ya está cerrada. Solo entran los vecinos y esos tienen llave para entrar y salir.

Ella suspiraba. Le hablaba un poco de Daniel, de la Granja, de la gente, como Vicente, a quien ella apenas conocía.

—¿Su hermano se lleva realmente bien con su mujer...? —dudaba él, serio, sin querer ofender—. Esas bodas apresuradas. El matrimonio no es un juego, mucha gente lo cree pero no lo es.

Él solía acudir a oficios protestantes; como era vanidoso y humilde buscaba al pastor después de los sermones, le hacía preguntas inútiles, se acercaba a él con una seriedad orgullosa. El pastor le aconsejó leer cada noche un pequeño fragmento de la Biblia y meditar. Lleno de una alegría sin sonrisas se compró una biblia pequeña y usada, la llevó a la portería. En su casa no leía, no conseguía interesarse por las mismas cosas y estaba sinceramente preparado para reírse de cualquier prédica. La vida aislada en el taburete de la portería, la inmovilidad de los brazos, poco a poco hicieron de él un hombre irritado y ardiente. Nunca había tenido tanto deseo de acusar, nunca había dado limosna tan lleno de atención y de cautela. Pero con una sorpresa lenta había descubierto su incapacidad para concentrarse y leer la Biblia tan fácilmente adquirida. Cada noche, precavido, se sentaba en el banco sin respaldo, bajo la lámpara del mostrador. Se humedecía el dedo con la lengua, pasaba las páginas del libro, empezaba. Poco después su lectura se limitaba a mirar las letras y la Biblia no le hacía pensar en nada. Se decía a sí mismo: cómo podría instruirme después de un día de trabajo, con la cabeza aún repleta de problemas. Después de tantas veces de tomar café en el apartamento de Virgínia, se le ocurrió leer con ella la Biblia. Se lo preguntó tímido y casi aterrorizado por la audacia, no exactamente por Virgínia, porque su apartamento era el más pequeño del edificio, sino por sí mismo, porque nunca había hablado de su nueva Biblia con nadie:

—Usted comprende, la Biblia es el mayor deber del hombre. Digo esto pero quiero decir con esa palabra que la mujer también es hombre, ¿comprende? —Durante una pausa la escrutó temeroso de que ella no captase su pensamiento difícil—. Podríamos leer un poco por la noche, no cuesta nada, bueno, solo para instruirnos y educarnos... ¿Qué le parece? —concluyó completamente aturullado.

Pero ella no podía responder inmediatamente. La idea de esos sermones tranquilos y llenos de santidad la emocionó hasta tal punto que su rostro se cerró, sombrío y severo. Iba a tener la oportunidad de llevar una nueva vida; se preguntaba exageradamente, con una seriedad que le llenaba el corazón de bienestar: quién sabe lo que está por venir. Dijo con un aire normal, un poco seco:

—Pues sí, podríamos leer.

—¡Claro! —replicó él levantándose agitado y conteniendo su alegre inquietud ante la actitud fría de Virgínia. Ella sin embargo lo miró un instante discreto y agudo y él entendió que ella deseaba que se comprendiesen en la falsedad. Además ella nunca había vivido de esa forma tan simple con nadie como con Miguel, lo había entendido mejor que a cualquier otra persona hasta entonces. Con Daniel era difícil, deslumbrante, tan arduo, renovadamente decepcionante. Con Miguel era llano y simple, él siempre tenía tanta razón; un día incluso dijo:

—Yo creo que en el fondo todos los hombres y mujeres viven diciéndose: no quiero pensar en eso. Y pensando que no piensan, ¿eh?, ¿qué le parece? —Terminó riéndose mucho, con sagacidad, entornando los ojos. Ella también se reía bastante, balanceando la cabeza varias veces, asintiendo, tragándose el café llena de asombro por su perspicacia. ¿Y no era verdad?, nadie podía soportar durante mucho tiempo lo que sentía. Y ahora la Biblia…

—Pues sí, podríamos leer —había dicho fríamente. Él la miró y se comprendieron con prudencia evitando cualquier sinceridad.

—Pero ¡bébase el café antes de que se enfríe! —gritó ella con energía.

Él la miró dudando un momento, esperanzado, y de repente se alegró, se frotó las manos rápido:

—¡Es verdad, es verdad!

La noche siguiente llamó a la puerta, ella abrió, lo vio con la pequeña biblia en la mano; de rabia y pudor ella se recogió, el cuerpo rígido, el rostro indiferente. Él no la miraba. Entró hasta el centro de la sala, se paró indeciso; ella permanecía de pie junto a la puerta, como esperando que él se marchara. Haciendo un esfuerzo y sobreponiéndose, dijo después de unos instantes:

—¿Quiere el café antes o después?

Él respondió apresurado:

—Usted es quien manda...

Ella hizo café, lo tomaron hablando de algunas cosas sin importancia entre largos momentos de un silencio lleno de sospechas y de prudencia. Al final terminaron, él dijo con simplicidad:

—¿Lee usted o leo yo?

—Usted.

—¿Qué parte?

—Cualquiera.

—¿No tiene ninguna preferencia?

—Conozco poco.

—Está bien.

Él abrió por el Sermón de la Montaña, empezó a leer con voz tosca y angulosa, con pausas cubiertas por vagos murmullos profundos y como soñolientos por la dificultad. Alrededor todo era silencio; Virgínia apoyó la cabeza en las manos sin esfuerzo, con delicadeza. En la tercera velada, una sinceridad llena de esperanza se había establecido entre ellos y ella escuchaba la lectura con los labios entreabiertos, como una historia. En una parte Jesús en medio de la multitud fue tocado por la enferma y le decían a esta: pero ¿cómo preguntáis quién os ha tocado cuando estáis en medio de una multitud que os empuja? Y esta respondió: es que sentí brotar en mí una fuerza... Esa parte pasó a ser una vida nueva para ella, suspiraba profundamente, como ante una imposibilidad; absorta, con la cabeza inclinada, pensaba. Ah, el deseo de ironía y bondad, como de viajar, que sentía; ¡qué franca soy!, se asombraba y se bañaba en una desfallecida beatitud. Pero eso no era meditar como Miguel exigía, en realidad ella no reflexionaba y no sacaba conclusiones, pensaba en la historia en sí misma, repitiéndola entre miradas, sombras, aprobaciones y caídas. Vagamente lo imaginaba así: pero yo también... Ahora cobraba sentido un recuerdo de infancia que sin las veladas quizá ignoraría para siempre: cuando era pequeña sabía cerrar los ojos y dejar que la luz se colase lentamente de dentro hacia fuera, pero si los abría de repente todo perdía claridad; se quedaba cansada, sí, sin fuerza. Miguel también estaba de acuerdo, aunque con una cierta vacilación, en que sentía alguna semejanza de Jesús consigo mismo. Una noche, un poco decepcionado y molesto, le contó a Virgínia que había hablado con el pastor sobre las veladas de la Biblia. Con sorpresa y disgusto le había oído decir: «Hijo mío, le falta religión a esta lectura tuya… Por los comentarios que hacéis y por la manera como escucháis…, es casi un sacrilegio leer la Biblia así… Se lee con más seriedad y meditación, insisto en esta palabra, meditación. Ve, hijo mío, la dificultad viene del cielo; vuelve y lee como quien estudia. Meditación, insisto en esta palabra, meditación».

Los dos se quedaron pensativos. Poco después, sin haberse puesto previamente de acuerdo, interrumpieron para siempre las sesiones. Hasta que una vez ella lo invitó a cenar. Ese día se despertó pronto, decidida, tranquila y alegre. La semana anterior había recibido su mensualidad, fue a la calle, compró carne, flores, huevos, vino, mermelada, arroz, verdura, hacía tanto tiempo que su cocina estaba limpia, las moscas zumbando hambrientas al sol. Sorprendida y con una actitud desdeñosa se compró una peineta de carey. Volvió a casa con el rostro acalorado, los brazos llenos de paquetes, sentía que estaba siendo una de las personas más auténticas que podría ser, lo comprendía por las miradas naturales y directas de los demás. Estos la seguían con más extrañeza cuando no llevaba nada en los brazos. Limpió la carne; avergonzada, interrumpió con una brutalidad de camarada el ligero canturreo, el rostro ruborizado; la saló, cocinó arroz con tomate, suspirando. Se sentía bien, fervorosamente bien, como si lo más profundo de las cosas se esparciese con nobleza. Hizo pastelitos de zanahoria y huevos, enrollando la pasta con dedos íntimos de mujer, con el ceño fruncido; le gustaría ser pequeña y ayudarse, llena de envidia de poder revolver en la cocina. Preparó un postre tembloroso de crema y mermelada, la cocina y la salita vivían llenas de movimiento, le parecía que casi chocaba consigo misma. A las dos de la tarde se sintió hambrienta y débil; no le gustaba ir a restaurantes, aún le daba un poco de vergüenza comer frente a los demás. Pero hoy ella era una persona tan ocupada, con tantos compromisos, dueña de una casa que tenía que arreglar, de una cocina donde había mucho que hacer, era evidente que en esos momentos no podría ser delicada consigo misma, pensó con inquietud. Se fue a una cafetería, almorzó huevos y café. Volvió por la calle llena de sol, ahora desanimada y perezosa, casi aprensiva; entró en casa, sí, eran preparativos como para una fiesta, su corazón se encogía dolorido en una sonrisa. Por la tarde se bañó, se lavó la cabeza, se puso la peineta de carey, el vestido blanco; bajo el corpiño ajustado sentía aquella opresión que le daba al mismo tiempo la seguridad de estar elegante. Salió al viento con el pelo mojado y liso para comprar pan y una bombilla más fuerte y ya no habría quien la pudiese ofender. Volvió a casa al anochecer, preparó la mesa, dispuso los cubiertos, cambió la bombilla, cortó la carne en filetes sobre la sartén traída de Brejo Alto. Se paraba de vez en cuando, se inclinaba hacia delante con una especie de mueca, como si sintiese un dolor súbito, pero era solo una sensación de extrema esperanza y saciedad, y como estaba sola podía inclinarse hacia delante. Se empolvó la cara. Apagó la luz y se sentó junto a la ventana para esperar y secarse la piel húmeda y fría de sudor. En la penumbra las cosas brillaban apacibles, limpias y olorosas. Ella suspiró. El trabajo en las obras había parado ya hacía mucho, un olor a jazmín venía de la calle estrecha donde ya paseaban algunos enamorados. La luna apareció en el cielo oscuro, un viento templado de verano atravesaba la ciudad, los cubiertos de los vecinos habían acabado de sonar. Una leve somnolencia se apoderó de ella, hundiéndola; una realidad llena de promesa y de cansancio la envolvía amortiguándola. La luna ascendía, algunas parejas de novios se despedían. Llamaron a la puerta. Dio un salto, se adelantó, se golpeó el muslo firme con la esquina sorda de la mesa, respiró controlándose, el fuerte dolor se unió a su propio olor a talco y a sudor fresco; tocó el interruptor, la luz golpeó con intensidad sobre los ojos aturdidos por la oscuridad, ella se sorprendió porque había olvidado el cambio de la bombilla. Miguel entraba secándose la frente con el pañuelo a cuadros y se paró sorprendido, miraba el vestido de seda de Virgínia, el mantel blanco, la luz alegre y rica, los cubiertos brillantes. Las flores…

—Pero usted no me avisó de que era una fiesta…

—Vaya —respondió ella colorada y fría—, entre.

Él entró pero su actitud era forzada, desconfiada.

—¿Quiere que vaya abajo a cambiarme? —preguntó.

—¡Claro que no! —ella casi gritaba tapándose los oídos, herida, angustiada—, ¡claro que no!

—Está bien, está bien —dijo él asombrado—, está bien, no he dicho nada…

Con los ojos repletos de lágrimas, el rostro hinchado, ella intentó esbozar una sonrisa más alegre pero la luz brillaba en su retina mojada y veía frente a ella gotas brillantes y trémulas con un cierto placer ansiado.

—¿Qué es eso? —preguntó él aterrorizado.

—¡Nada!… ¡Qué va a ser!… Un poco de luz en los ojos, estaba a oscuras, ¿qué iba a ser?, nada…

—¿A oscuras?… —Y él parecía adivinar lo que nunca comprendería.

—Sí, sí, a oscuras, ¡tenía dolor de cabeza! —gritó ella mintiendo.

Él se sentó en una silla, los dedos cruzados sobre la pierna. Ella se paró un momento; no sabía qué decir. Él dijo:

—Siéntese.

Ella se animó:

—¿Sentarme?… ¿y quién va a hacer la cena?

—Ah, claro… ¿Quiere que le eche una mano?

—No, no, gracias —rechazó casi ofendida. Pero no se movía del lugar, sin saber cómo dejarlo allí sentado e irse a la cocina.

—¿Qué hora es? —preguntó él.

—¿Cómo quiere que lo sepa? —replicó ella ofendida.

—Es verdad… —Se sacó el reloj de cobre, lo miró—. Son… son… son… ¡las veintiuna horas!, menos… menos… menos… ¡tres minutos! —dijo él riendo sin que ella supiese por qué.

—¿Quiere cenar ahora?

Él pareció repentinamente aterrorizado, se encogió de hombros en un gesto de desesperada ignorancia.

—No sé, no sé... Usted es quien manda...

Se miraron otro momento. Ella fue a la cocina a preparar los filetes. De vez en cuando se quedaba quieta e intentaba escudriñar la salita, no se oía nada. Gotitas delicadas de sudor renacían sobre el labio superior, el cuerpo parecía haber engordado, el malestar del vestido que envejecía en el cuerpo. Un poco inquieta, frio dos huevos, calentó los pastelitos, el arroz —escuchó la salita, silencio—, llevó la bandeja a la mesa. Se había preparado para decir algo ingenioso pero lo que iba a decir se le escapó pálidamente al verlo sentado en la misma posición con los dedos entrecruzados. Sin embargo, mirando los platos humeantes, los labios secos de Miguel se entreabrieron en una débil sonrisa de esperanza y de desánimo. Ella se dio un pequeño impulso y dijo risueña, atenta:

—¡A la mesa, a la mesa!

Miguel se sentó, se arremangó los pantalones con un suspiro apresurado, se puso a buscar por todas partes, debajo de la mesa.

—¿Qué pasa? —preguntó Virgínia, parando en seco, cortante.

—La servilleta...

Ah, ¡se le había olvidado!, el rubor le calentó el rostro y el cuello. Él se mostró tímido.

—No hace falta... Solo lo he preguntado porque, usted sabe, en estas cenas finas siempre se pone, ¿no?

—¡Sí, sí, sí! —Ella fue casi corriendo a la cocina, sacó la botella de vino del hielo, la sujetó con sus manos inertes, se sintió reanimada por el frío, la acercó rápidamente a sus labios calientes. Pero él aparecía en la puerta de la cocina y decía con un aire repentinamente masculino:

—¡No señora!, no puedo aceptar que usted...

Ella lo miraba aterrada... Él retrocedió sorprendido, observándola con el vino en la mano.

—Ah —dijo—, pensaba que había ido a buscar una servilleta..., porque no la necesito, cualquier trozo de tela me vale...

Se quedaron un momento inmóviles, atentos uno al otro.

—La comida se está enfriando —dijo él al final, como si se echase la culpa a sí mismo—, la comida se está enfriando.

Ella rio:

—¡Claro!, vamos… Y todavía tiene que abrir esta botella, trabaje un poco —añadió halagadora.

—Ha hecho usted mucho gasto, ya se ve.

—Oh, no tiene importancia.

—Eso no deja de ser verdad. El dinero se ha hecho para gastarlo. —Callaron. Pero ¿por qué él no cogía la botella que le helaba las manos?

—No se ofenda por repartir los gastos conmigo… si quiere.

—No, gracias.

—Está bien, está bien, mi lema es no insistir.

Se pusieron a comer, callados; la comida estaba buena aunque los filetes tuviesen algunos nervios; el vino era caliente y suave y él se lo bebió casi todo; a la hora del postre sus ojos brillaban húmedos y afligidos. Ella permanecía silenciosa sirviendo los platos con ardor y con calma concentrada; parecía imposible detenerla. Después hizo café y cuando lo tomaron de nuevo sus ojos se encontraron llenos de malicia: ¡Qué café!, exclamó él, y ella sonrió profundamente. Él le dijo después, mirando al suelo mientras encendía un puro:

—La cena ha sido muy buena.

Ella lo miraba interrogativa, inquieta. Él levantó rápidamente la mirada hacia ella, la bajó deprisa pero de repente la miró con desesperación:

—¡Es que mi mujer sabe que vengo aquí!

Virgínia lo miró al principio sin entender, preguntó casi tonta mientras su cabeza se negaba a trabajar y a cambiar de rumbo:

—¿Por qué?

—¡Se lo han dicho! ¡Qué diablos puedo hacer yo! Ya andan hablando…

Entonces ella ya había comprendido, el rostro pálido de sorpresa; varios instantes se precipitaban vagos, incontables…, y ella sentía un principio de cólera que después de todo le sentaba bien, de alguna manera extraña simbolizaba la cena.

—Entonces ¿por qué has venido? —le echó en cara finalmente, dura y exasperada.

—Perdón —murmuró él como de un salto, repentinamente cortés y con cautela—, perdón, nunca la he tuteado para tener que oír ese tratamiento ahora... Nunca me he tomado esa libertad, el mundo es testigo. —Y de repente le vino alguna idea a la cabeza, abrió la boca con terror y estupefacción—. ¡No me vaya a comprometer ahora! ¡Yo soy un hombre casado, diablos!, se lo dije desde el principio, nunca la traté de tú, nunca le toqué la mano, no lo niegue, ¿eh?, ¡no lo niegue!

Muy blanca bajo la bombilla que centelleaba ahora con una energía muda y aumentada, ella lo miraba, los labios tranquilos e incoloros.

—Discúlpeme —continuaba Miguel, asustado y ahora ya un poco avergonzado—, la cena ha estado bien pero eso de que yo venga aquí no quiere decir nada, ¿no le parece? Me ofrecí desde el comienzo a compartir los gastos, ¿verdad? —preguntaba ansioso y de repente lleno de esperanza.

—Sí.

—¡Entonces, entonces! —gritó algo menos asfixiado—, yo sabía que usted era razonable... —Se volvió más delicado hablando con dificultad—. Usted comprende, quien está casado no es libre, es esa historia del que se ató una vez... —Se rio con una mueca pálida y forzada. Los dos seguían de pie, uno a cada lado de la mesa junto a los lugares que habían ocupado durante la cena. El silencio crecía entre ambos como un globo vacío que peligrosamente se llenase cada vez más de aire y que extrañamente no podía ser interrumpido, cada palabra esbozada moría lánguida ante su fuerza. Ella recordó con un placer duro las palabrotas que aprendió en la Granja, pero algo como poder o quizá ya desinterés le impedía pronunciarlas y esperaba un momento atenta, escrutándose imperceptible, pestañeando con rapidez. La sorprendía otra vez la luz tan fuerte, su pequeña salita tan enriquecida y muda. Pero ¿cómo usar esos hechos como manera de vivir?, no eran plausibles, parecía faltarles la primera realidad; ¿con qué relacionarlos, pues? Aquellos eran los propios y verdaderos acontecimientos y ella no obtenía de lo que sucedía ninguna explicación, ningún resumen, sino la repetición simple de lo que sucedía. Miguel esperaba con los ojos premeditadamente inexpresivos, procurando mantener la fuerza anterior y no perder terreno; algo extraordinario pasaba lentamente en la sala.

—Es usted lo más rastrero del mundo —dijo ella alto y simple como si cantase.

—Pero… qué significa eso… —murmuró el hombre sorprendido, retrocediendo, intentando poner un gesto ofendido.

Ella suspiró profundamente.

—Por lo tanto hágame el favor de marcharse para siempre. —Ella hablaba tranquilamente y escuchaba con placer y atención cómo sus propias palabras salían largas y rectas; el cansancio de los preparativos de la cena le pesaba en el cuerpo.

—Pero… pero no la he ofendido, ¿verdad? —murmuró él. Ella lo miró sin fuerza, absorta:

—Sí, sí…

—¿La he ofendido? —gritaba extremadamente perturbado.

—Ah, no, no me ha ofendido. Es que estoy cansada. Adiós, adiós.

—Quería explicarle que yo no…

—No, adiós, adiós —replicó ella.

Sorprendido y ya enfadado se iba yendo mientras miraba a Virgínia con los ojos martirizados y humildes.

—¿Qué es esto? —gritó ella de repente cuando él ya estaba en la puerta, presa de una ligera fiebre—. ¡No tiene por qué irse enfadado conmigo!

—Pero ¿cómo no voy a irme enfadado? —gritaba él apresurado con los ojos húmedos, parpadeando.

—Es verdad.

Y después de un silencio vacío y pensativo ella concluyó:

—Adiós, adiós. —Y casi lo empujó por la escalera cerrando la puerta.

Pasaba las mañanas sentada a la mesa mirándose los dedos, las uñas lisas y rosadas. ¿Sabrá todo el mundo lo que yo sé?, se le ocurría. Intentaba distraerse dibujando líneas rectas sin regla, pero ¿dónde estaba el encanto del trabajo?, sin poder precisar mejor le parecía que fracasaba a cada momento. A veces decía en alto alguna palabra y mientras se escuchaba le parecía con una extrañeza inquieta y deliciosa que no era ella misma y, asustada, se sorprendía de que eso fuera también mentira, y después, con otra extrañeza débil y embriagada, ella era ella misma. Decía con una vocecita irritada, moviendo la cabeza: no estoy contenta, no estoy contenta. O pasaba a vivir en una exaltación íntima, en una pureza ardiente cuyo inicio era una imperceptible falsedad. Todavía sabía cerrar los ojos y cerrarse con una fuerza irracional. Entreabría entonces los párpados con delicadeza como dejando que esa fuerza se escapase lentamente y veía las cosas bajo una luz de crepúsculo dorado, flotando en un fulgor trémulo, claras y finas; el aire entre ellas era tenso y frío, los ruidos se afilaban como agujas veloces. Cansada, de repente abría los ojos por completo, dejaba la fuerza en libertad; con un estruendo mudo las cosas se secaban grisáceas, duras, apacibles, el mundo finalmente. O bien ella renacía como quien se estremece, con un impulso de sorpresa. Se vestía con tanto cuidado como si fuese a encontrarse con una multitud esperando en la puerta. Salía a la calle, andaba lentamente por la acera, mostrándose, los ojos atentos, la sensación de que brillaba ardiente, seria. Era un insecto duro, un escarabajo, volaba en repentinas líneas, golpeaba contra las vidrieras cantando con estridencia. Y realmente, a pesar de su apariencia modesta y de sus mejillas pálidas, algunas personas la miraban con curiosidad, muchas veces con más de un momento de atención. Ella se animaba con una secreta violencia; de repente esa era de tal manera la única verdad, que las personas se preparaban, se arreglaban, tomaban la actitud de la ropa que llevaban, salían a la calle, se entrecruzaban luminosas y se apagaban otra vez en casa; ella comprendía con seguridad y ardor la ciudad. Se enorgullecía de no ser Esmeralda. Durante un momento era observada como si fuese a tener un gran destino. De repente una mirada le parecía: ¡este hombre sabe algo sobre mí!, pero ¿qué le importaba después de todo? Para que algo exista no es necesario que se sepa, esa era su sensación, el ceño fruncido y entonces venía una rápida calma indecisa después de aquello que no había llegado a ser un pensamiento. Volvía a casa cansada como si hubiera abandonado la fiesta donde había sido coronada. Pasaba los días leyendo; leía como una prostituta pintada, llena de avidez y de un tedio que ardían en su alma y la resecaban rápidamente. Lo que más la inquietaba entonces era poder irse a dormir tan pronto. Desde que se despertaba se ponía a pensar en el momento de dormir. Como si la manera en que las horas corrían pudiera haberse transformado irremediablemente y ella viviera entre ellas empujada por el deber que sugerían. Nadie le impedía irse a la cama a las siete de la tarde. Cenaba solo porque si no podría acostarse a las cinco. Lo preparaba todo con cuidado y después permanecía al acecho respirando. Por la tarde había ido en tranvía a una calle bonita y tranquila y se había encontrado horrorizada a la peor vieja de Brejo Alto, que llevaba algunos meses en la ciudad con una hermana enferma. El tranvía iba muy deprisa y ella no podía ver nada. Sin embargo, apenas la vieja empezó a hablar, en vez de la irritación que esperaba sentir, algo la redujo simplemente a sí misma con un rápido desfallecimiento del deseo. Con humildad habló fácilmente con la vieja sobre sí misma, casi liviana, intercambiando impresiones sobre cosas de la vida y de las compras, formas censurables de vivir. Inexplicablemente se acercaba a la mujer como si esta fuese una amiga, se mostraba de repente femenina y ocupada sintiendo sin disgusto el roce de aquella falda ancha en sus piernas desnudas; procuraba oscuramente y con deleite obtener su simpatía y piedad. La vieja apartaba el rostro flaco, de alguna manera ofendida y dominada porque apenas había conseguido abrir la boca y hablar, ella que siempre se había inclinado sobre los demás con los ojos apretados, asfixiándolos con noticias.

—Usted ya sabe lo que es una ciudad grande —gritaba Virgínia superando el ruido del tranvía en los raíles—, ¡cansa a cualquiera! Y qué caros son los apartamentos, ¿eh? ¡Y a veces pequeños! Yo vivo en un edificio relativamente barato, gracias a Dios, pero los demás son un horror. Así como se lo digo, ¡un horror! No me oye por el ruido del tranvía. —El vehículo se detenía un momento en la parada y la vieja secamente, intentando otra vez llevar la conversación, le preguntaba si vivía sola—. Sí, sí, pero el edificio es de la mejor reputación —le decía Virgínia amedrentada—. Imagine que en la ciudad, por lo que oí decir en una pensión donde viví, las chicas de mejor apariencia son en realidad de lo peor, horrible, ¿verdad? —Se reía—. Solo viviendo aquí se saben esas cosas.

Cuando la vieja se despidió con rapidez y frialdad, frustrada con sus novedades, Virgínia le dio la mano efusiva, como si fuese abandonada:

—Felicidades, ¿eh?, ¡felicidades para usted y para su hermana! —La vieja se apartó con sorpresa, encantada y sonriente, y Virgínia se quedó un momento con los ojos abiertos, atenta, pensativa. Daniel... Con cuánta reprobación la miraría Daniel; pero ¿qué reprobaría?, se preguntó. Y lo que había sucedido se reducía de tal manera solo a un silencio y a una sensación que ella comprendió que difícilmente podría transmitir a Daniel; y así no quiso tenerlo a su lado, prefirió estar sola, se encogió en un rincón del tranvía. Sola podía agotarse; las cosas más vivas no estaban ni siquiera revestidas de movimiento, era imposible realizarlas; si se intentaba, no solo no se conseguía sino que morían perplejas. Y dos personas por más silenciosas que fuesen acabarían hablando. Pero cuando llegasen los tres días por semana, ella se levantaría con alegría porque por fin estaba presa.

A veces un deseo agudo envuelto por una ola de fresca e impulsiva felicidad, un deseo agudo de modelar daba un pequeño grito de sorpresa en su corazón. Abría la pequeña maleta de las cosas de barro, sin vacilar las sumergía en agua caliente para disolverlas y obtener materia para nuevas figuras. Trabajaba con una concentración feliz que daba a su rostro la antigua transparencia nerviosa. Los muñecos sin embargo seguían el trazo de los que construía en su infancia. Grotescos, serios e inmóviles, de línea fina e independiente, Virgínia obstinadamente insistía en decir lo mismo sin entenderlo. Ella inclinaba la cabeza y seguía creciendo.

Con el transcurrir del tiempo nació en ella una secreta vida atenta: se comunicaba en silencio con los objetos de su alrededor con una manía tenaz y desprevenida que sin embargo era su manera más interior y verdadera de existir. Antes de ejecutar algún acto ella «sabía» si «algo» saldría mal o si una leve onda se lo permitiría; tenía tantas ganas de vivir que se había vuelto supersticiosa. Había entrado en su propio reinado. Las habitaciones con olor a túnel, las cosas ligeramente desplazadas de sí mismas como si en ese momento acabasen de tener vida. La superstición era lo más delicado que ella había conocido; en un deslizante segundo podía sobrepasar aquella afirmación cálida y misteriosamente vehemente de que la cosa, ¿comprendes?, está allí, allí mismo y sin embargo es así, los objetos, aquel jarrón pequeño, por ejemplo, se saben profundamente; e incluso aquella ventana entreabierta, la mesita posada sobre sus tres patas bajo el techo, ¿comprendes?, se saben profundamente; y después hay también lo que no está presente (pero que ayuda, que ayuda y todo avanza) (incluso aquella fuerza) (un instante del que nace el sí y el no) (pero se espera un poco y se acaba «sabiendo» que el instante es solo un instante y entonces está mudamente roto) (es necesario volver a empezar) (devanando, redevanando, devanando fuerzas) (sin permitir que ciertas cosas del mundo se acerquen demasiado) (sobre todo lo que es pasado es pasado y es exactamente solo de ese pequeño instante de lo que se trata y de ese otro, y de ese otro, y de ese otro) (pero cada uno en sí) y así sin ninguna palabra ella ya lo había realizado. Además, ella se sustentaba por completo en algunas palabras. Pero empleadas en un sentido, en un sentido, con una especie de naturaleza ciega y extraña que, cuando las pronunciaba en alto o en su pensamiento o cuando las oía, no se estremecía, no las reconocía, no las notaba; en su intimidad ocupada y minuciosa ella vivía sin memoria. Antes de quedarse dormida, concentrada y mágica, decía adiós a las cosas en un último instante de conciencia ligeramente iluminada. Sabía que en la penumbra «sus cosas» vivían mejor su propia esencia. «Sus cosas» —pensaba sin palabras, sabia en la oscuridad—, «sus cosas» como «sus animales». Sentía profundamente que estaba rodeada de cosas vivas y muertas y que las muertas habían estado vivas; las palpaba con los ojos cuidadosos. Lentamente iba subcomprendiendo, viviendo con cautela y consideración; sin saberlo admitía su deseo de ver en la bombilla apagada y polvorienta más que una bombilla. No sabía que pensaba que si viese la bombilla estaría en el lado exterior y no poseería su realidad; misteriosamente si ella iba más allá de las cosas poseía su centro. Aunque pensase «sus cosas» como si dijese «sus animales», sentía que el esfuerzo de ellas no estaba en tener un núcleo humano sino en mantenerse en un puro plano extrahumano. Apenas las entendía y su vida era reservada, con encanto y una relativa felicidad; a veces se sentía protegida en sí misma, ¿acaso gran parte de su existencia no era como una cosa? Esa era la sensación: gran parte de su conjunto vivía con la propia fuerza desconocida, siguiendo un rumbo imponderable. Y en realidad si hubiese alguna posibilidad de no ser íntimamente quieta, a causa de esa impresión inexpresable lo sería. Sentada a la mesa, mirándose los dedos, sola en el mundo, pensaba confusamente con una precisión sin palabras que valía como movimientos leves y delicados, como un zumbido del pensamiento. Los pensamientos sobre las cosas existen en las propias cosas sin asirse a quien las observa, los pensamientos sobre las cosas salen de ella como el perfume se desprende de la flor, aunque nadie la huela, aunque nadie sepa siquiera que esa flor existe... El pensamiento de la cosa existe tanto como la propia cosa, no con palabras que lo expliquen sino con otro tipo de hechos; hechos rápidos, sutiles, visibles exactamente por algún sentido, así como solo el olfato percibe el perfume de la flor, decía ella. La cantidad de su pensamiento era solo un movimiento circular. Notaba un arañazo en el dedo y atenta a la vida todo lo olvidaba así como el sueño hace olvidar lo que se ha soñado antes de adormecerse. Como alguien cuyo cuerpo necesitase sal como sustancia básica y entonces la comiese con un placer sediento, ella siempre había sentido un placer simple y ávido en hacer un esfuerzo y decirse claramente: veo una silla, una caja de polvos, unas tijeras abiertas, un cajón negro... La gran naturaleza muerta en que vivía. Incluso así le parecía que se estaba mezclando con las cosas, disponiéndolas a su agrado y perturbándolas. Ah, si yo tuviese tiempo, solo un poco de tiempo, parecía decirse con la cabeza inclinada y confusa. Además había notado que cuando abría bien los ojos no veía nada, solo palabras, pensamientos hechos de palabras. Cuando miraba con los ojos desorbitados a la abuela sentada perdía la noción de la abuela y no veía nada, ni siquiera una viejecita. La verdad era tan rápida. Era preciso entrecerrar los ojos. En raros y rápidos segundos de visión se le ocurría que su comunicación con el mundo, aquella secreta atmósfera que cultivaba a su alrededor como una oscuridad, era su última existencia, más allá de esa frontera ella misma era silenciosa como una cosa. Y era esa última vida interior la que continuaba sin lagunas el hilo de la existencia de elfo de su infancia. El resto se extendía horriblemente nuevo, se había creado como de sí mismo; aquel cuerpo suyo de ahora y sus hábitos. Y esa religión era tan poco rica y potente que no tenía ritual, su gesto más grande se agotaba en una mirada rápida y desprevenida, llena de «yo sé, yo sé», de promesa de fidelidad y de apoyo mutuo en una unión cerrada y casi mala; una y simple, ningún movimiento la simbolizaba, era el misterio aceptado. Pero en realidad, ella no sabía qué le pasaba y su única manera de saberlo era vivirlo.

Solo así se unía al pasado del que le faltaba el recuerdo. Desmemoriada, vivía simplemente su vida sin éxtasis; sin embargo una extraña atención se apoderaba a veces de ella, vagamente intentaba pensar cómo emergía de la infancia, intentaba orientarse inútilmente; en un raro momento le parecía haber vivido el mismo instante en otra época, con otro color y otro sonido; se interrumpía de repente su ritmo, ella paraba y con una calma hecha de temor y cuidado sondeaba en su interior, intentaba descubrir. Sin embargo, después de tomar conciencia de ese examen nebuloso y oscuro se precipitaba en una confusa dulzura, en la comprensión de la imposibilidad y, desorientada, por un momento perdía los pasos osados. Buscaba con paciencia recordar más nítidamente aquella niñez sin acontecimientos; algún que otro hecho se erguía en su memoria como pilares distanciados en una limpidez sin apoyo. Apenas se acercaba a ellos ya sentía que se disolvían al tocarlos. ¿De qué había vivido entonces?, reunía unos pobres hechos que no eran realmente desenterrados por ella misma sino por la palabra rememorada por los otros o por el recuerdo de haber conseguido ya recordar, los reunía, los organizaba, pero le faltaba un fluido que fundiese sus extremos en un mismo principio de vida. Los acontecimientos se alineaban espaciados, sólidos, duros, mientras su manera de vivir era siempre imponderable. Un cierto esfuerzo haría que la memoria volviese, una cierta actitud que ella no llegaba a encontrar, como si no encontrase una buena posición para dormir en una noche de insomnio. Ah, si yo tuviese tiempo, balanceaba ella la cabeza con censura y pena. Sabía que nunca llegaría a tenerlo. El lugar donde había nacido… se sorprendía vagamente de que aún existiese, como si también perteneciese a lo que se pierde. Ella misma vivía ahora de pie como una columna erguida, lo que quedaba atrás era el tiempo anterior a la columna, un tiempo tibio e íntimo, pero si pensaba en él procurando revivirlo, de repente era un tiempo impersonal, aire fresco viniendo de un abismo de nieblas lánguidas. Buscaba sentir su pasado como un paralítico que inútilmente palpa la carne insensible de un miembro, pero naturalmente sabía su historia con las personas. Se veía separada de su propio nacimiento y sin embargo sentía difusamente que de algún modo debía de estar prolongando la infancia en una línea continua y que sin conocerse desarrollaba algo iniciado en el olvido. La Sociedad de las Sombras…, ella sonreía pálida de repente mientras sus ojos brillaban un instante y se apagaban por el esfuerzo de reconstrucción. La Sociedad de las Sombras… Recordaba que ella y Daniel vivían con secretitos, asustados; secretitos… ¿Era eso?, no, no. Sobre todo ella siempre había tenido una memoria extraordinaria para inventar hechos. Sí, y que se encontraban en el claro, sí, en el claro. Qué miedo debían de haber pasado… Se es tan valiente de niño, ¿solo eso?, después habían acordado contar a su padre las citas de Esmeralda en el jardín. Pobre Esmeralda, pero ¿por qué?, no lo sabía, la verdad es que lo había contado, su padre había gritado, ella había fingido que se desmayaba o se había desmayado realmente… ¡Qué lista!, la vida había cambiado entonces, eso lo sabía, ya no era ninguna niña; entonces cosía, paseaba, visitaba algunas casas en Brejo Alto, seria, callada, Daniel ayudaba a su padre en la papelería. Aunque no se acordase con nitidez de esa época —se vivía tanto cada día— le parecía que ahora estaba siendo impaciente consigo misma. Lo único que no olvidaba —sonreía— era que alguien se había ahogado en el río… Podía ser solo un sombrero pero ellos se habían asustado. De cualquier modo guardaba el secreto. Ah, ¡entraba en el sótano, en el sótano!, ¿eso era importante?, su memoria se disolvía en sombras, se apagaba el esplendor en un silencio dulce y pobre. Un profundo cansancio, cierta perplejidad se apoderaba de ella, después de todo nunca le había pasado nada…, y entonces por qué aquella conciencia de un misterio que debía ser preservado, aquella mirada que significaba que había existido inefablemente. Sabía de forma vaga que había vivido alguna vez sobrepasando los momentos en una ceguera feliz que le daba el poder de seguir la sombra de un pensamiento a través de un día, de una semana, de un año. Y eso misteriosamente era vivir perfeccionándose en la oscuridad sin obtener siquiera fruto de esa imponderable perfección. Más tarde intentó contar a Vicente cosas de su infancia y de Daniel, y sorprendida le oyó decir riendo: yo ya sé más o menos cómo erais, pero después de todo, ¿qué hacíais? ¿Entonces no había contado nada?, se quedaba quieta y asustada. Uno podía agotarse solo siendo; cada minuto que pasaba ella había existido, había existido. No toleraba hablar sobre sí misma, se concentraba insoluble, angustiada; en resumen, evitaba lo esencial de las palabras dichas, que era después de todo la sensación de haber vivido lo que contaba; la fina indecisión incesante de una vida parecía estar en su relación con quien la vivía, en la conciencia íntima de su contacto. A veces obtenía algo parecido a sí misma. Pero era una libertad fácil y casi experimentada, un proceso de libertad, un poder que se usaba y no algo anticipado mientras aún se creaba; la diferencia que existía entre lo que se atrapaba en el aire y lo que volaba por sí mismo. Alguna que otra vez, sin embargo, la imitación conseguía ser más verdadera que la cosa imitada y la revelaba por un instante. Era una forma de memoria lo que ella conseguía.

Ah, sí, claro que deseaba avanzar hacia el futuro para que el presente ya fuese pasado y ella intentase de nuevo comprenderlo, como si ese juego de perder la reclamara como un vicio y un misterio. Intentaba ser sincera como si esa fuese la manera de ver la realidad; pero nunca podría resumir su vida actual más que uniendo los hechos con los hechos, sin alcanzar los sentimientos. Tres veces por semana podría ir a casa de Vicente y amarlo porque tres veces por semana él entregaba a las revistas su trabajo de esas tres veces por semana. Los otros días eran una gran pausa blanca. Se despertaba, bebía agua, se sentaba en la salita envuelta en su batín florido que se abría en los senos y por detrás; su madre, su madre resurgiendo en ella. Andaba de un lado a otro sin saber qué hacer consigo misma, como si tuviese más cuerpo del que era necesario. Casi no se alimentaba. Pero de repente algo en ella se degradaba y su ser comía con gran placer, violentamente, bombones, dulces, platos muy especiados, ella, que siempre había sido frugal como una planta. Después de pensar un día entero en una comida que se vendía muy lejos, decidía salir a comprarla y adquiría vida. La traía a casa vibrando de impaciencia y la devoraba. Con los ojos vacíos, cansados, levemente atónitos, se dormía pesadamente. Después de Vicente había engordado más, y, alta como era, su cuerpo existía ahora con una doble fuerza, más firme. La cintura se había acentuado, la piel había perdido su sequedad y el dorado del sol y se extendía suave y blanca, sus caderas se habían ensanchado y ahora ella era una mujer. Pero su rostro había perdido el vago fulgor. Se mantenía tranquila con un aire ligeramente pasado de moda como una recién llegada. Solo vestida de blanco adquiría un tono urbano y como si lo sintiese prefería ese color para su mejor vestido. Pero sin los paseos, sin espacio para una vida holgada, vivía cansada. Con las manos jugando distraídas sobre la mesa imaginaba que no tardaría mucho en morir porque una fuerza la atraía constante hacia la tierra y era inútil el sueño, en él no descansaba. Tenía la impresión de que ya lo había vivido todo a pesar de no poder decir cuándo. Y al mismo tiempo su vida entera parecía poder resumirse en un pequeño gesto hacia delante, una ligera audacia y después un retroceso suave sin dolor, y ningún camino entonces hacia donde dirigirse, sin posarse en el suelo, suspendida en la atmósfera casi incómoda, casi cómoda, con la languidez cansada que precede al sueño. Sin embargo a su alrededor las cosas vivían, a veces tan violentas. El sol era fuego, la tierra sólida y posible, las plantas brotaban vivas, trémulas, caprichosas, las casas estaban hechas para que en ellas se abrigasen los cuerpos, los brazos se anudaban alrededor de las cinturas, para cada ser y para cada cosa había otro ser y otra cosa en una unión que era un fin ardiente sin más allá. En realidad, sin embargo, ella tenía una armonía propia, sí, sí, sí, como una flor que forma conjunto con sus pétalos. Lo que no impedía que a veces le naciese del corazón la desesperanza de las cosas que ella no era y se sintiese demasiado llena de lo que nunca había tenido, tan ambiciosa y envidiosa había sido siempre.

Al volver de casa de Vicente se había sentido mal, le dolía el cuerpo, había vomitado con los ojos muy abiertos y tristes. El segundo día de enfermedad la fiebre aumentó. Ya no se sentía especialmente envidiosa. Se miró al espejo, vio sus ojos centelleantes e inmóviles, los labios entreabiertos. La respiración le quemaba el pecho, era jadeante y superficial. Iba a volver a la mesa y a sentarse pero con un repentino movimiento de cólera casi inesperada entró en el cuarto, se vistió y salió, los gestos unidos en un solo impulso por la fiebre que no le permitía reparar en el tiempo que transcurría. El viento fresco le apaciguaba el calor del cuerpo y del rostro, y eso se unía inmediatamente al instante de cólera. Se sintió tan débil que en algunos momentos le fallaban los miembros; entonces se apoyaba en una parada de tranvía fingiendo esperarlo. Al final se sentó en un banco del jardín y durante largos y vacíos minutos perdió la conciencia de sí y del lugar donde se hallaba. Cuando la comprensión volvió como un corazón que vuelve a latir con fuerza estaba en medio de un pensamiento cuyo inicio no recordaba: así es preferible dar…, así es preferible dar…

Las niñas jugaban al corro, sus gritos brillaban en el jardín, las gotas resplandecientes de agua del surtidor llenaban el aire de un fino brillo. Ella no podía mirarlo, bajaba los ojos heridos y los fijaba en la tierra oscura, en la hierba apacible y tierna como un bálsamo frío. Las niñas limpias y con lazos en el pelo ahora jugaban a la pelota viviendo extraordinariamente. Los gritos la atravesaban con esfuerzo, uno de ellos, más extraño, se detuvo en su interior, ella rumiaba perpleja escuchándolo como si lo tocase con los dedos, cristalizado en escarlata oscuro, corriendo con un vago brillo como una cinta sinuosa... Ella murmuraba sin entenderlo, sin entender el mundo, horrorizada y tranquila. La pelota vino a caer a sus pies. Una de las niñas le gritó:

—¡Tírela!

Las miró en silencio sin moverse. Ellas se acercaron, la miraron con atención y curiosidad, los ojitos inteligentes examinando su rostro, acercándose como ratones confiados. Formaron un semicírculo de espera y silencio. La niña delgada que esperaba la pelota gritó con las venas del cuello en tensión:

—¡Volved!

Como nadie respondía, ella misma se acercó, se colocó con los brazos en jarras, el cuerpo tieso, tendió el cuello hacia delante. Contrajo la cara como si hubiese sol y se puso a mirar a Virgínia. Esta miraba a las niñas muda; de repente un principio de cólera se apoderó de ella mientras en el interior de su cuerpo se movía una ola de respiración más ardiente:

—¿Qué pasa?

Algunas niñas se cubrieron la boca con la mano, escondiendo las risitas.

—Vaya, ya no se puede ni mirar —dijo la más osada, con expresión cazurra y cínica, iniciando el ataque. Todas rieron excitadas, listas para algo nuevo. El terror se apoderó de Virgínia, apretó los labios, se sintió perdida. Las miró desamparada y cautelosa mientras su cabeza vacía palpitaba como un corazón. Con un pensamiento rápido, febril y casi doloroso de tan intenso, porque ella necesitaba gustarles, dijo con un aire humilde, afligido y duro, observándolas:

—Sabéis, no me encuentro bien. Pensad que no como desde hace dos días, ¡solo tomo té! —Las miró consternada, ellas retrocedían sorprendidas por el cambio, parecían dudar de su sinceridad y la escrutaban como si eso pudiese ser una historia inventada para niños.

—Mentira —dijo una niña de ojos atentos y negros, trenzas cortas, rostro moreno y decidido.

—No, no es mentira, ¡lo juro! —Su aliento caliente se esparcía cerca del rostro. Con una súbita inspiración dijo a la que debía de ser la más importante—: Toca aquí. —Y extendió la mano apoyándola en el brazo de la niña, esperando en su rostro algún indicio de que esta había sentido el calor de su fiebre. Enseguida vio con enorme placer varias manitas apresuradas que se tendían en dirección a ella y tocaban con curiosidad y cautela el brazo, los dedos, la mano. Un niño que pasaba corriendo se paró, se acercó y, sin entender lo que hacía, avanzó, palpó con cuidado y perplejidad el brazo de Virgínia, dudó, subió la mano hasta el hombro.

—¡Tiene fiebre de verdad! —decían las niñas mirándose entre ellas estupefactas, moviéndose ocupadas y animadas.

—¿No tienes padre ni madre? —preguntó una niña rubia vestida de algodón blanco, el rostro delicado, menudo y nítido. Virgínia pareció profundamente sorprendida.

—Sí tengo —dijo a la nueva criatura, asintiendo febril, pasándose la lengua por los labios secos.

—¿Y por qué no te cuidan? —indagó sorprendida la morenita fuerte.

—¿Sabes?, viven lejos, yo estoy aquí porque…

—Ah, ya lo sé —dijo el niño con un súbito aire inteligente—, ya lo sé, ¡no tienes dinero para volver!

—¿Por qué para volver? ¿Cómo lo sabes? —preguntó Virgínia.

—Ayer la criada de mi casa no tenía dinero para volver —dijo el niño con un cierto orgullo.

—Ah, sí, sí. —Virgínia parecía meditar.

—¿Entonces? ¿Te has decidido? —preguntó la niña mayor, la delgada.

—Sí, ya lo he decidido, voy a volver… —dijo Virgínia mirándolos con rabia, disimulando—. Voy a volver, voy a volver. Y ahora ¿puedo irme? —preguntó con un aire indeciso, casi tímido. Ellas se mostraron sorprendidas, se miraron rápidamente sin responder. La morena sacudió las trenzas:

—¿Quién te lo impedía?

Las otras dijeron: ¡eso, eso!, se rieron un poco frunciendo la nariz bajo el repentino sol que había aparecido. Virgínia se levantó, las niñas, ahora con la cabeza levantada, la mano en la frente protegiéndose de la luz, retrocedían mirando. Ella dijo:

—Bueno, adiós. —Dudaba como si fuese peligroso apartarse. Algunas respondieron adiós, la rubita todavía apoyó con fuerza la mano en el brazo de Virgínia. Esta había dado algunos pasos cuando el niño corrió gritando:

—¡Señora! ¡Señora!, la criada de mi casa dijo que cuando pudiese volver compraría el billete en aquella estación amarilla, ¿sabe?, aquella grande…

Virgínia se paró escuchándolo en silencio. El niño no tenía nada más que decir, esperaba. Parecía molesto:

—Bueno, eso era lo que yo quería decir…

—Sí, sí, muchas gracias, gracias de verdad…

Cuando pasó por un banco cercano, una señora vestida de azul, sin sombrero, con una bolsa grande, parecía decirle algo. Se paró, inclinó la cabeza: ah, sí, la mujer había visto la escena, no había oído nada y le preguntaba por pura curiosidad, con cierta ansiedad familiar y maliciosa qué había pasado.

—El mundo está lleno de chiquillos maleducados —dijo mostrando que sería comprensiva con cualquier hecho que Virgínia le contase.

—Sí —dijo Virgínia y se apartó. El jardín se extendía en amplias líneas horizontales, el césped se balanceaba bajo las sombras fluctuantes de las ramas, el aire se extendía claro, suavemente eléctrico. Y de repente tibias gotas de agua empezaron a caer. Ella se protegió bajo la marquesina junto a un viejo gordo, cardiaco, que jadeaba lentamente con espanto y pena, los ojos mirando la lluvia blanda, gruesa y sin ruido, que llenaba el espacio de largos trazos brillantes.

Al día siguiente, sí, había sido en esa época, visitó al joven médico. Él se reía imitándola. Con un aire falsamente paternal acercaba su cuerpo al de ella, acercaba a su mejilla aquel rostro con barba de dos días mientras le daba pequeñas palmadas en la otra mejilla…, y ella, sorprendida y confusa, se sentía casi bien, muy bien; él era alto y pálido y las mujeres nada valían para él. Llevaba una alianza; ¿cómo imaginar sus relaciones con su esposa? Él se acercaba en aquel consultorio apacible y blanco y ella se quedaba sentada sobre la mesa donde él la examinaba rápidamente. Había tenido dos noches de partos sucesivos, le había dicho al principio con delicadeza y formalidad, ni siquiera había podido afeitarse, decía mientras ella se sacaba el sombrero y guardaba cuidadosamente las horquillas. Y después de examinarla conversaban, él perdía la frialdad, jugaba con intimidad, tan distante… en el consultorio blanco, limpio, viéndola como a una cualquiera, deseándola sin tristeza, sin esperar siquiera que ella le permitiese algo, quería solo hacerse el deseado, alegre, malicioso y distraído, divirtiéndose con su propia virilidad. Pero serio, los ojos atentos y móviles.

—Pero doctor…

Él se había apartado un momento mirándola con aire severo, imitando su voz solemne y ronca: pero ¡doctor!… Un peso le apretaba el cuello, los brazos, sentía un informe gusto de sangre en la garganta y en la boca como siempre que tenía miedo y esperanza; podría derribar alguna idea y aceptar la aventura, sí, la aventura que él no le ofrecía. Desde un nuevo centro de su cuerpo, desde su vientre, desde sus dos senos renacidos se propagó un pensamiento agudo, desesperado y profundamente feliz: sin palabras ella lo quería, volvía por un momento a ser algo anterior a Vicente. Sin tristeza, como de vacaciones, ¡lanzarse al futuro!, y cuando él se aproximó un poco más, ella, sin gracia, rápida, pegó su boca a aquella mejilla áspera como un hombre, cerca de la oreja… Él la miró deprisa, asombrado y curioso, ella vacilaba con los ojos abiertos, el consultorio giraba en rojo, un rubor denso y grave le subió al cuello y al rostro mientras ella intentaba justificarse con una sonrisa difícil y tonta. Él la miró atentamente un momento, con sabiduría usó ciertas palabras comunes y de repente todo se diluyó en una simple broma. Lo miró seca y ardiente, le tendió la mano, él dijo guiándola: no se vaya a enfadar, el mareo no significa nada, puede decir a su amigo...; ella salió del consultorio, entró en el ascensor oscuro, granate, sombrío, lujoso y tan fresco. Cuando recibió el aire cargado del polvo luminoso y estridente de la calle, caminó deprisa, libre. Poco después caminaba más lentamente en la tarde, escogiendo las calles anchas. Cierta serenidad indiferente y opaca le hacía fáciles los movimientos y el resto del día sencillo; ella olvidaría, Virgínia, ella olvidaría. Pero pasó una mujer a su lado con un perfume de limón, agua y hierba, asustado y penetrante, un olor de limón y de hierba; como un caballo sus piernas adquirieron una fuerza nerviosa, alegre y lúcida. Granja Quieta. Ella aspiraba el perfume misterioso que sin embargo se entregaba, porque era tan... tan vivo..., tan..., ella renunció, enderezó la cabeza sintiéndose sin valor para continuar, tan fuerte era su esperanza. El sol brilló pálido en la calzada, un frío viento atravesó la tarde, ella apresuró su cuerpo oprimido con fuerza, el corazón trémulo como si un sentimiento puro lo estuviese atravesando... Un gran cansancio que estaba hecho de éxtasis, perplejidad, consentimiento y perfume se apoderó de ella y sin preocuparse, conmovida, sintió que sus ojos se llenaban de lágrimas por el médico y que estas empezaban a correr tibias y radiantes por sus mejillas. Entró en un zaguán y se sonó; quería permanecer en el mismo sentimiento fluctuante, iridiscente y duro, pero no sabía sobre qué pensamiento fijar la sensación, tan incomprensible y fugaz era el mundo.

Comprendió después que el médico le había asegurado que no estaba embarazada... Cómo se reiría Vicente. Ella misma pensaba que nunca tendría hijos. Nunca lo había temido siquiera, como si por un conocimiento tranquilo de su naturaleza más secreta supiese que su cuerpo era el fin de su cuerpo, que su vida era su última vida. Ah, a ella le gustaban los niños; la vida con ellos era tan rica..., tan..., el resto se perdía en un gesto sin fuerza, casi inexpresivo. Pero ¿cómo ayudar a una vida más débil que la suya?, ella evitaba a los niños con cuidado y delante de ellos un deseo la poseía rápidamente, el de huir, el de buscar gente a quien nada pudiese dar. Sobre todo ella no era de las que tienen hijos. Y aunque los hiciese nacer algún día, seguiría siendo de las que no tienen hijos. Y si toda la vida que viviese fuera diferente de la que debería haber vivido, ella sería como debería haber sido. Lo que podría haber sido era ella profundamente, inefablemente, no por su valor, no por su alegría y no por su conciencia sino por la fatalidad de la fuerza de existir. Nada le robaba la unidad de su origen y la calidad de su primera respiración, aunque se sepultasen bajo su contrario. En realidad poco sabía sobre lo que se ocultaba bajo su vida innegable. Pero no disolverse, no entregarse, negar los propios errores y no equivocarse nunca, seguir siendo íntimamente gloriosa, todo eso era frágil inspiración inicial e inmortal de su vida. Recogió un día al niño de un vecino; el chiquillo apoyó la mano en la suya mientras miraban por la ventana. Poco después, con la mirada dura y divertida, con una leve emoción del cuerpo, sujetó la carne pequeña llena de dedos ciegos y suaves, la apretó entre sus manos, el crío no lo notó, miraba por la ventana. Virgínia se paró para no darse confianza y avanzar demasiado. Progresivamente se fue animando, le contó un cuento, inventó algo gracioso, realmente gracioso, el niño se rio un poco, su propio rostro reflejado en el cristal se ensanchaba brillante, ardiente, inconsciente de sí mismo. Moviéndose vivo y tímido. Después el niño se fue como si nada hubiese pasado. Una mujer fértil era tan vulnerable, su fragilidad venía de que ella era fecunda. Sentía a veces un éxito hecho de debilidad, cansancio, de una profunda sonrisa y de una respiración difícil y superficial; era una posibilidad profunda y ciega que se resolvía al final en un suspiro y en un rápido bienestar, en un sueño pálido lleno de agotamiento y de sueños resueltos en los que ella parecía querer gritar liberándose de las sábanas: mi fecundidad me sofoca. Si tuviese un hijo estaría siempre sobresaltada. A cada momento esperaría ver cómo se ponía alubias en los oídos con malicia y sabiduría, cómo metía los deditos en los enchufes. Y a cada segundo agradecería delgada y nerviosa el milagro de que no pasara nada, porque ella sería delgada y nerviosa. Hasta que acostumbrada a la amabilidad de los acontecimientos se quedaría tranquila, tomando té con pasteles y bordando. Y entonces el niño iría directamente al enchufe. Solo su miedo evitaba las desgracias, solo su miedo. Se puso su capa gris, de lana, fue al zoológico. Los monos no hacían nada, se buscaban unos a otros, se miraban, se agarraban a las rejas parpadeando, hacían señales, miraban como dulces prostitutas. Se acercaba al tigre respirando su calor y el aire viciado de la jaula; venciendo su propio destino se obligaba a mirar sola en el mundo a los ojos del tigre, su caminar ondulante, elevándose por encima del terror hasta que salía de él una especie de verdad, algo que la apaciguaba como una cosa, ella suspiraba entornando los ojos. Aquel olor repugnante de cansancio le hacía bien, ella apretaba sus dientes de mujer. El jefe de los guardias le dijo:

—A algunas personas tengo que expulsarlas o detenerlas. Imagine usted, señora, que hay hombres que encienden un cigarrillo, dan una calada y lo acercan al hocico del animal.

Ella dijo: qué horror, pero su cuerpo se movió quieto por dentro, apresurado y oscuro. Los ñandús reían silenciosos, llenos de contento y tontería, pero había una placa avisando de que eran peligrosos. No lo parecían, su cuello fino y sinuoso directamente unido a las caderas voluminosas, llenas de movimientos tranquilos. Ella andaba despacio, hundiendo los tacones de los zapatos en el lodo, era invierno, el silencio del jardín vacío, solo algún que otro murmullo de los animales, el grito agudo de un ave. Sus pasos en las plazuelas vacías rodeadas de jaulas eran cautelosos. Pasaba ante la serpiente inmóvil y fría con el corazón seco de valor. Un día empezó a llover, ella miraba mojada a los animales inquietos en las jaulas, los charcos de agua cantaban. La onza de terciopelo negro movía las patas, que tocaban y se apartaban del suelo con un paso blando, rápido y silencioso. La hembra, con la cara erguida sobre el cuerpo echado, jadeaba absorta con saciedad, los ojos verdes abiertos de par en par. El guarda le mostró una herida abierta en la palma de la mano, la onza se la había hecho. Pero había un tigre manso, él se lo enseñaría, señora.

—Voy a lavarme las manos porque he tocado carne y si no con el olor ataca.

Le contó que entraba siempre en la jaula con un cuchillo, que el director no lo sepa, ¿eh? Ese secreto la mareó un poco, cerró los ojos un momento. Él le tendió el cuchillo por algún motivo que ella no comprendió: ¡toque! Pero ¿por qué?, se preguntó asustada; tocó la lámina fría y brillante que las gotas de lluvia parecían evitar y que le dejaba un gusto de sangre en la boca, mientras con los ojos abiertos, el rostro casi una mueca de asco y horror, ella sonreía. El agua se deslizaba por el paraguas. Y si se lo contase a Vicente… Sentía necesidad de contárselo. Pero de lo que podría contar ella solo conocía sus sensaciones, mientras miraba un claro vaso de agua la sensación parecía estar en el mismo vaso de agua. Así la necesidad de confesar era el único sentimiento que existía, la única realidad inquieta. ¿Qué contar? Recordaba también, como a tiempo, que la piedad en Vicente era casi una decepción. No, no le contaría nada, ni siquiera sobre la Granja. Y mientras pensaba: la Granja, como campanas tañendo lejos, sentía que cerca del caserón en aquel mismo instante el prado se extendía muerto y plano y que en él vivían inestables largas hierbas abandonadas. De eso él no tendría piedad pero exactamente eso ella no podía contarlo. No conseguiría decirle todavía cómo su vida perdió la íntima nobleza, cómo ahora ella actuaba bajo un destino. La presencia de un hombre en su sangre o la ciudad habían disuelto su poder de búsqueda. Dónde, dónde estaba la fuerza que ella tenía cuando era virgen. Había perdido la indiferencia. A veces, al volver del cine, cogida del brazo de Vicente, veía la noche pálida de luna, los árboles en una oscuridad desfallecida, sentía que algo se acercaba dentro de sí y quería entonces alcanzarlo, tener un momento de tristeza absorta. Pero sabía que el hombre le impediría sufrir, arrastrándola a una media sensación fluctuante y equilibrada de sus cuerpos. Él la obligaba a no desesperarse, la llamaba insistente e inaccesible a un envilecimiento, no se sabe por qué. Había una lucha entre los dos que no se decidía ni con palabras ni con miradas, y ella sentía también, sorprendida y obstinada, que intentaba destruirlo, que temía los momentos de pureza del hombre; no soportaba sus instantes de soledad, como si le resultase desagradable y peligroso lo que había en ellos. Era una lucha desapercibida que sin embargo los unía en un mismo medio de atracción, desentendimiento, repulsa y complicidad. A pesar de todo él le había enseñado mucho. Escuchándolo mientras se admiraba del camino recorrido por los hombres hasta descubrir la transformación del grano húmedo y dulce del café en una infusión amarga, ella aprendía una nueva forma de sorprenderse. La manera que él tenía de coger las palabras comunes y de formar con ellas un pensamiento. Ella decía: llovía mucho, Vicente, parecía que el mundo se iba a acabar; él replicaba juguetón: y si se acabase ¿tú sufrirías?, ella se veía lanzada a un mundo más grande y más profundo, ¿o se engañaba?, desde cualquier cosa él partía hacia un lugar. Decía de alguien: qué modo de desperdiciar la vida… Y ella se gritaba: no, nunca se trata de desperdiciar la vida, eso no existe… Él había precipitado las cosas hacia un plano extraño e irremediable. Yo no era feliz, me faltaba algo que me diese satisfacción, decía él, y otra vez ella descubría casi una nueva forma de pensar, tan nueva que le dolía como si arrancase el curso de un río fuera de su cauce. Él sin palabras hacía que ella supiese cosas que nunca había visto. Ella le contó:

—A veces paso los días con una esperanza tan… así… y de repente me siento sin esperanza…

—¿Esperanza de qué? —preguntó interesado.

—De nada exactamente…

—Pero ¿cómo? —insistía él—, tienes que saberlo…

Ella no sabía explicarlo y se sorprendía de la incomprensión de Vicente. Después aprendió que él lo entendería si ella dijese: he pasado medio día bien y medio día mal. Pasó a cambiarse por las palabras de Vicente y a veces le parecía que eran más que palabras lo que se transformaba. Esa misma tarde había conocido por fin a la hermana de Vicente, que vivía con sus tíos. Los senos grandes, el rostro puro sin maquillaje, donde la nariz era fina, pálida y aguileña; pero ella sería impura cuando le llegase su vez. Leía novelas policiacas y su voz era ligeramente ronca. Virgínia al mirarla sentía una envidia intolerable, la observaba con avidez y frío. Rosita la despreciaba con ojos sin curiosidad. Virgínia rechazó el cigarrillo intentando agradarle con ansia y vileza. Se sentó con los dos en el salón de té pero Rosita no era ni siquiera golosa; clavaba en la «amiga» de Vicente sus ojos desnudos mientras Virgínia intentaba sonreír dentro de la taza conservando un dolor difícil de miedo, pensando en su propia nariz que brillaba, en el pelo despeinado y asustado reflejado en el espejo noble de marco negro. Tenía algunos vestidos de color indefinible, marrón claro, crema, azulado, con el escote entre redondo y oval nadando en el cuello, de una seda que no tenía caída ni estructura, arrugada como recién sacada de la maleta; eran vestidos viejos que se ponía como para no existir, se sentía bien en ellos, no traicionaba a Brejo Alto. Pues siempre que los llevaba se encontraba a alguien «de cumplido», y el hecho parecía tener una fatalidad extraordinaria e invencible, algo que casi exigía una sumisión respetuosa. No serviría de nada dejar de usar esos vestidos, tal era la fuerza de las cosas. Y eso aumentaba el malestar que ella y Vicente sentían al encontrarse por casualidad en la calle. Como si uno estuviese sorprendiendo al otro. Bebía su té a pequeños sorbos, secretamente había rechazado unas tostadas para agradar a Rosita y por sacrificio. Se sentía culpable junto a Vicente. Frente a ambos estaba la virgen vestida de lino blanco con los brazos desnudos, la nariz grande y bien hecha, la piel pálida de gardenia. Cómo me atrevo a vivir. Siempre había sido envidiosa, la verdad debía ser dicha. Se levantaron, acompañaron a Rosita hasta el coche de su tía donde esperaba el chófer. Se despidieron, Virgínia suspiró de alivio y de tristeza, en la calle de repente había tan poca gente, parecía un domingo vacío y apacible. Caminó con Vicente por las calles hasta el apartamento sin mirarlo. Él también parecía conmovido en cierta forma, la trataba con una animación interrumpida a intervalos; en el ascensor le tocó la cintura con la mano y ella se apartó casi grosera. Pero en el cuarto se entristeció, se mostró tranquila, resignada, lo amó con un tono extraño y pensativo que ella misma desconocía, amando en él a la hermana inaccesible, al padre y a la madre muertos. Cuando al final de los tres días por semana cerró la puerta tras de sí, la calidez del apartamento de Vicente se aisló bruscamente detrás de las paredes, en breve frente a ella se extendía el suelo quieto y perfumado en su frialdad. Las luces parpadeaban en halos trémulos y así una farola dorada se comunicaba con otra a distancia. Atravesaba la calle seca, los muros en tinieblas, tomaba el autobús y el viento era ligero y golpeaba en su cara. En el interior claro, tibio y trepidante del vehículo los rostros bajo los sombreros se condensaban en el silencio del viaje nocturno y detrás de cada uno la vida por un momento parecía lanzada al fondo del escenario, la platea vacía en la penumbra, el autobús avanzaba. El chófer mantenía la mano en el volante, casi quieto, lento, la crisálida iluminada parecía moverse sola. Virgínia bajaba, caminaba con los grandes chanclos inútiles apretándole los pies. En la calle desierta sus pasos golpeaban sonoros y expectantes en la calzada. La luna se escondía entre los edificios. Le venía como una ola la Granja, lívida e insomne en medio de la niebla, apresuraba el paso oscuro, seguía. Introducía la llave en la cerradura, dulcemente la puerta cedía y la escalera alta y pálida surgía un instante ante sus ojos, muy nítida; inmediatamente cambiaba de posición cuando ella avanzaba el pie. Su propia figura se adelantaba llenando el pasillo estrecho, subía despacio viendo los escalones mitad oscuros mitad claros hasta que se perdían en lo alto confuso de la casa. Llegaba finalmente al rellano, la escalera y la calle quedaban atrás, inmovilizadas en la quietud durante toda la noche hasta que surgiese la madrugada y alguien moviese otra vez el aire. En el cuarto iluminado se quitaba los chanclos, examinaba los dedos de sus pies comprimidos como pequeños pájaros aplastados. Los separaba con las manos lentas, los acariciaba. Cómo le gustaba su cuarto; sentía su olor a túnel cuando se acercaba y estaba bien, bien dentro de él cuando entraba. Notaba que antes de salir se había olvidado de abrir las ventanas y un olor a sí misma emanaba de cada rincón, como si al volver de la calle se encontrase a ella misma en casa esperando. Abría las ventanas y un aire frío de cielo y de agua fresca crujía límpido entre las cosas renovándolas. Dudaba un poco intentando unirse a sus cosas, veía una señal en los objetos, pero sentía desde el principio que sería inútil, que estaba libre y con el contorno definido. Se asomaba un momento a la ventana, el rostro ofrecido a la noche con ansia y delicia, los ojos entrecerrados: el mundo nocturno, frío, perfumado y tranquilo estaba hecho de sus sensaciones débiles y desorganizadas. Oh, qué extraño era, qué extraño. Se sentía bien, y sabía que antes se asfixiaba, le parecía que de noche el agua del mundo empezaba a vivir, respiraba y el alivio era casi violento, tal vez el momento más fuerte del día; siempre la había salvado un instante, solo un gesto no la dejaba perdida y la hacía asomarse al día siguiente. Se cambiaba de ropa serena y cuidadosa. Se metía con profundo amor propio en la cama. Se concentraba un instante hasta descubrir un cri-cri lejano, nítido y frágil, el grillo brillando. Su propio espíritu se apoderaba de ella. Suspiraba. Oh, Dios, era extraño cómo no sentía ninguna prisa. En el fondo ella era aterrorizadoramente quieta. Pensaba levemente en la mañana siguiente. En la ciudad, aunque el silencio estuviese en el aire más próximo, detrás de él siempre vivía algún ruido. Lo recordaba, se oía aquel continuo y suave arrugar de papel que era el silencio..., se percibía una flauta y un pequeño tambor sueltos quién sabe dónde en el aire, sonando lejanos, límpidos y alegres, y se sabía que en el patio del cuartel los soldados hacían ejercicio al sol. Pero ahora era de noche, ella apenas había acabado de dar los últimos y huecos pasos por la calzada en sombra. Se sumergía en el cansancio, lo buscaba. Tenía algo de flor su cansancio, un perfume alado e inconquistable de melón fresco, aquel éxtasis de agotamiento y vuelo... La debilidad se confundía con la exaltación más fina. Antes de cerrar los ojos recordaba la última visión de la escalera colocada en la tierra, blanco oscuro, blanco oscuro, blanco oscuro, deslizándose inmóvil entre las paredes hasta la puerta cerrada. Cerrada, oscura, compacta, seria, lisa, grande, alta, intraspasable; qué bueno era, qué feliz era.

Al día siguiente recibió la carta de su padre avisándola de la muerte de la abuela. Había muerto sin compañía, durante la noche. A la mañana siguiente la criada no oyó los golpes difíciles del bastón en las tablas del suelo y con alivio le llevó la leche más tarde. Allí estaba la vieja sentada en la cama, con la camisa abierta sobre el pecho seco y áspero, los ojos profundamente sorprendidos, la boca abierta. Su padre lloró días y noches. El entierro se celebró con lluvia, los parientes del sur ya vestidos de negro y muy griposos. Al día siguiente tomaron el tren hacia sus casas llevándose cada uno un recuerdo de la abuela y un cesto de provisiones para el viaje en tren; su padre no olvidaba nada, era su familia. Había heredado el caserón y las tierras de alrededor. Los otros hijos no recibían nada porque habían abandonado a la vieja cuando el deseo de ella habría sido vivir todos bajo el mismo techo; aquel techo lleno de polvo en los relieves, tan vasto que podría acoger a decenas de hombres y mujeres y que siempre había estado vacío en la campiña llena de viento. El padre pedía a Virgínia que fuese a pasar algunas semanas a la Granja si podía interrumpir sus estudios y su vida en la ciudad. Su madre también estaba enferma, un problema de muelas.

Así pues, iba a volver. Se paró junto a la ventana en una profunda meditación. No estaba triste, no estaba alegre, solo pensativa. Interrumpir su vida en la ciudad ahora que esta se hacía un poco inteligible. Vicente. Ah, pero volver a ver a Daniel…, pero Vicente. Sabía que ya había decidido ir pero reflexionaba, dudaba, hacía cuentas con una cierta vanidad y algo de satisfacción. Al final comprendió hasta qué punto estaba claro en ella el viaje. Se sometió. Durante dos días no fue a ver a Vicente, hacía las maletas, arreglaba fríamente con Miguel la venta de los muebles a bajo precio, le explicaba que naturalmente volvería pero que entonces se iría a vivir a una pensión o tal vez a casa de sus primas, ¡estaba tan ocupada! Después de algunos pensamientos interrumpidos parecía haber decidido no contarle nada a Vicente sobre su partida. Imaginaba lo difícil que sería decírselo y ver en su rostro —ah, ella lo adivinaba— no la sorpresa, el disgusto, la añoranza, sino aquella expresión vacía y delicada que él tenía cuando quería hacer indescifrables sus pensamientos. Y también había un cálculo hábil y extraordinariamente femenino —ella sonreía casi voluptuosa— en mantener el secreto: algún tiempo después sentiría su ausencia, la buscaría y Miguel le informaría... ¡Y después ella aparecería! Me gustas, le dijo él un día con una especie de obstinación en la voz. Ella casi protestaba sin fuerza: sí. Así es, repetía él, lo sabes, y su tono de voz continuaba obstinado como si él huyese de algo; sus ojos abstraídos y fijos parecían limitar y no conceder. Sin saber por qué, la frase casi la ofendía. En medio de sus preparativos se detenía un instante. Súbitamente el viaje asumía un nuevo sentido, ella quería con fuerza volver para ver Granja Quieta... A cada instante su deseo se agudizaba casi con dolor y sentía una alegría de reír. Sí, decir hasta luego mamá, e irse al campo, salir pronto al viento, borrarse contra la mañana, eso era ver Granja Quieta.

Así llegó la víspera del día fijado para la partida y debía ver a Vicente por última vez. Se había despertado muy pronto, de madrugada, se levantó pero no podía hacer nada, se mantenía pensativa y sosegada. A veces un largo estremecimiento la despertaba, miraba a su alrededor sin comprender. Dieron las diez. Pero el tiempo no se precipitaba como otras veces. Ahora todo estaba tranquilo, limpio, marcado. Apenas almorzó, seria y sombría. Por la tarde, sin embargo, cuando tuvo que salir, su extraño estado se acentuó, se escrutó casi molesta sin entenderse y sentía también aquella vaguedad difícil de superar como un vacío y que retenía sus movimientos. Entonces era añoranza de Vicente..., de la ciudad..., ¿o de qué?, casi irritada se sentó en el borde de la cama decidida duramente a comprenderse. Una larga y apacible tristeza se apoderó de ella. ¡Entonces! Entonces... ¿qué es esto?, quería decirse amigable, golpear con delicadeza su propia mejilla y resolverlo con una sonrisa. Pero estaba tan lejos de tener esa fuerza como siempre que intentaba atraparla. Como seguía empujándose y creando impulsos falsos para despertar, un malestar duro y cansado se apoderó de su cuerpo como una náusea lenta, los nervios se agudizaban ansiosos y en vano. Pensamientos rápidos y vagos, casi febriles, se le ocurrían y ella vacilaba sin decidirse. ¿Qué, entonces?, ¿qué pasaba?, le parecía vagamente que iba a Brejo Alto para siempre y eso la alegraba asustándola. ¿Qué, entonces?, se preguntaba sombría y colérica. La confusión se amansaba pero de repente despertaba casi en un grito: necesito ir... Vicente... Se dirigía a la ventana, miraba el reloj lejano: sí, debería decir a Vicente que se iba, que lo amaba, ¡era eso!, cómo no lo había adivinado, Dios mío, ¡era eso!, el pensamiento, sin embargo, le hizo un terrible daño, comprendió que la confesión la debilitaría y que solo podría partir con el vigor del secreto y si no tuviese que enfrentar el rostro de Vicente. ¿Y por qué partir?, aún podría avisar a su padre de que no era posible interrumpir ahora sus estudios... Sí, ¿por qué no desistir?, se decía llena de una alegría presa y loca, siempre había creado estados insoportables para sí misma, ella misma, ella misma..., pero podía interrumpirlos, ahora podía... No obstante algo se había resuelto mudamente y ella ya nunca podría volver atrás. Cuando en la Granja iba hacia la mesa y bajaba los escalones uno a uno, fatalmente se preguntaba: ¿si yo quisiese con todas mis fuerzas podría interrumpir el descenso, subir y encerrarme en mi cuarto?, y sabía que no era posible, que no era posible escalón por escalón y allí estaba ella perplejamente sentada a la mesa con todos. Ahora inmóvil sin decidirse, de repente se acordó de que podría hacer café para animarse y tomarlo. ¡Y tomarlo, y tomarlo!, pensó repentinamente viva. Pero no se levantaba siquiera. Se rompió, cansada de sí misma, distraídamente mareada por su vida cálida, por tantos gestos húmedos y lentos, por su benevolencia, por el placer y la protección del sufrimiento; severidad y aridez era lo que ahora desearía vagamente, horrorizada con tantos sentimientos, pero nada conseguía, débil y atenta. El pensamiento de hacer café la sacudió de nuevo con más vigor, Dios mío, ¿sería eso renacer, tomar café límpido, negro, caliente, café perfumado?, mundo, mundo, decía su cuerpo, sonriendo mudamente de dolor. Con cierta timidez observaba lo sola que estaba. Podría llorar de alegría, sí, porque tomando café tendría fuerzas para todo. Apoyó el rostro en la cama fría y brotaron lágrimas tibias, redondas y felices, poco a poco iban creciendo en sollozos, lloraba ahora en pequeños sollozos tristes, sintiendo cómo la cama fría se calentaba bajo su mejilla. Con un movimiento lánguido no quiso más café como si el café aún no hecho se hubiese enfriado mientras ella lloraba. Abría los ojos, el rostro arrugado y envejecido, las pestañas agrupadas en manojos por el agua y la claridad era tan blanca, tan abierta, blanda..., vibrando en el aire..., las hojas gesticulando..., un viento secaba los labios, estirando la piel húmeda. Ella vaciló. Sentía un largo placer que era pereza, debilidad, pusilanimidad..., aquella sensación, ah, mientras se vive se vive eternamente, casi una náusea en la sangre como si cediese rápida... Algo curioso y apretado le ocurría y desaparecía, un sentimiento de levedad irritada. Y como de repente había reaccionado en un impulso, decidió con un estremecimiento de energía y de confusa esperanza no beber café sino ir a ver a Vicente y amarlo como nunca lo había amado; cerrando sus ojos risueños y cansados presintió que su sensación había sido tan fuerte y profunda que debería de haber herido a su amante en algún punto de su cuerpo.

Vicente se levantó y fue hasta la ventana. Después de todo, ¿qué esperaba?, que ella viniese. Hacía varios días que había desaparecido sin aviso y eso era de alguna manera irritante y le inquietaba; ella se hacía recordar y eso era nuevo. Estaba cansado, pensó acariciando como un ciego el alféizar frío. Había trabajado mucho y se encontraba cansado, añadió parpadeando para comprender. Hizo un movimiento elástico y largo con el cuerpo, se sintió cómodo, casi consolado del día que había pasado trabajando solo. Vio renacer aquella satisfacción íntima que era un deseo irresistible de estar entre otros, de hablar, de despedirse riendo, un deseo de saber las últimas noticias políticas y de comer con un amigo hablando sobre mujeres presurosas, de recibir un recado para quedar apresuradamente en algún lugar, un placer de caminar moviendo las piernas y leer los periódicos esperando los acontecimientos; y al mismo tiempo aquel consuelo de saber que muchas personas esperaban los acontecimientos. Sobre todo había organizado en el fondo de sí mismo un sentimiento fuerte y severo, un cuidado permanente y no excesivo de la salud, cierta actitud digna que renacía en los momentos necesarios. Buscó los cigarrillos golpeándose los bolsillos con las manos, palpando. Recordó a Vera de blanco y frunció las gruesas cejas; sí, la volvió a ver esperando a que él encontrase los cigarrillos mientras repetía entonces y ahora con placer aquel gesto familiar. La sujetaba por el brazo apretándola, lastimándola: ¡qué delgada eres!, decía con los ojos rabiosos y contentos. Se sorprendió un poco al constatar que entonces era más joven y más vivo, sintió un rápido disgusto que la preocupación de encender el cigarrillo interrumpió. Su delgadez bien hecha le parecía una maldad obstinada y él la recibía como una ofensa amorosa cuyo castigo era el amor; sonrió con malicia y disimuló una sonrisa un poco enojada. ¡Qué delgada eres!, decía enfadado y los dos secretamente, con una punta de odio y de deslumbramiento, se comprendían. La primera vez él había hablado, había hablado, ella escuchaba, sonreía, asentía pero no lo miraba de frente, ¿tal vez forzada?, ¿triste?, ¿qué pasaba realmente? se preguntó, y otra vez toda su inquietud se resumió en un parpadeo detrás de los ojos: ¿habré sido demasiado inteligente? Todas las veces que había dormido con una mujer le volvieron juntas en un único punto que latía en rápida vida abierta, un punto atento, curioso, malicioso, divertido, extremadamente cansado y esperanzado. Quiso retener la sensación pero se vio en el vacío, sentado en el sillón, las piernas largas abiertas, los pies, las manos, la sala, algunas moscas. Vagamente lo que había quedado era la sala con las moscas y él casi esperando a Virgínia. Se preguntó confusamente si había sido delicado con todas, pensó con rápida ironía cómo en realidad eran ellas las que muchas veces lo herían, incluso Virgínia con ciertas… Un día él le había dicho tímido pero irresistible: no me pellizques. Se ruborizó un poco. En cuanto a Irene, ya no la soportaba, la relacionaba definitivamente con el marido sonriente y triste, se daba asco, se apiadaba de ella y detestaría encontrarse con el niño, aquella familia inquieta y elegante. Qué brutales eran ellas, cómo engañaban, cómo ardían, sí, cómo ardían y se consumían. Había algo en las mujeres que lo aburría. Menos Maria Clara. Acaban echándome a perder de tanto como les gusto, pensó él sonriendo por la bromita. La delicadeza, la fuerza con que yo las abrazo a las muy putitas simplemente les encanta, concluyó curioso y fatigado. Su propia sensualidad acre le causó un ímpetu denso en el pecho y una repulsión aguda. Y ese gesto de rechazo no venía de vigilarse a sí mismo sino que era la misma sensualidad. Se levantó, la palma de la mano acarició la piel áspera de la barba, se miró rápidamente al espejo; la mirada astuta que tenía cuando estaba solo; se hizo casi una mueca de disgusto a sí mismo, tan rápida era la falta de relación entre el rostro y el pensamiento; se sintió otra vez extremadamente aburrido de estar solo. Fue a la pequeña terraza, se inclinó en la baranda mirando la calle distante, el mar tranquilo, las personas pequeñas andando y deteniéndose a mirar el mar, los coches que pasaban rápidos. Tres chicas caminaban y se paraban riendo. Se detuvo fijamente en ellas, la cara contraída buscando la risa de lejos. Ver a tantas chicas todas alegres; si se enamoraba de una de ellas la separaría de las otras y la recibiría rara y ofendida. Porque hacer algo más que ver chicas alegres superaría la alegría. Eso le desagradaba. Cómo conozco la vida, pensó con una satisfacción ávida. Sonrió. No puedes imaginar qué curiosidad tengo de saber lo que me va a suceder, dijo a Adriano. Lo que le iba a suceder estaba como limitado porque donde encontrase mujeres él las miraría. Le hacían falta ciertas sensaciones que nunca conseguiría obtener. Pero algo seguía sin ir bien y se revolvía, casi como si ese día fuese el aniversario de algo que él con cierto dolor y esfuerzo no conseguía precisar, ¿un fallo?; alguien esperaba riéndose por lo bajo a que él se acordase, riendo en un cálido murmullo. Vera, Vera de blanco. En un impulso sin raíces tiró el cigarrillo por el balcón y miró sombrío la calle inaccesible, pensó entonces que Virgínia no había venido y se dijo con rabia que por eso el día le parecía perplejamente largo, calmado y penetrante. Era mentira. Adriano le preguntaba de vez en cuando por Virgínia, él, que nunca había indagado sobre Maria Clara, sobre Vera y que se reía con un placer agitado de que Vicente engañase a toda la familia de Irene, incluso al niño. Incluso al niño, se sorprendió Vicente en contra de Adriano con censura y vacilación. Sintió una vez más que su amigo tenía algún pensamiento sobre Virgínia, que le daba más importancia de la que merecía. Pero ¿cómo explicar a Adriano que Virgínia era... era poco?, tenía algo estanco y siempre seco, como cubierta de hojas. ¿Era eso?, no, no era eso, porque él no sabía ni siquiera pensar, menos aún transmitir su impresión de vago desagrado respecto a esa mujer que parecía crecer poco a poco entre sus manos y que no enorgullecería a ningún hombre. Incómoda, incómoda, sin dar placer... Ella lo recibía muchas veces distraída, sin concentración. Él no se detenía, caído en un asombro de ojos abiertos, con la sensación curiosa y casi riendo de sorpresa al estrechar entre sus brazos algo pesado, serio, sin movimientos y sin un vestigio de gracia. Alguna vez le decía irónico, un poco tímido, con miedo de herirla: ¿por qué no me abrazas?, ella se sorprendía: ¿no te abrazo? Claro que no, respondía él perplejo, te dejas abrazar. Ella se quedaba pensativa, extrañamente parecía encontrar graciosa la idea. E incluso un día él le dijo confuso: no me pellizques. Como ciegos se encontraban alguna vez con timidez, gracia y casi rabia de vergüenza. Aunque sentía a veces cómo ella vagamente intentaba transformar su propio ritmo de mirar y de vivir para agradarle, eso era para ella tan difícil como abrir los ojos en medio de una pesadilla y deslizarse a un sueño más dulce. En definitiva —frunció el ceño encontrando la situación cómica, desesperada y molesta—, en definitiva ella era incómoda. ¡Qué lata!, pensó estremeciéndose casi a propósito, sacudiéndose y librándose de la sensación difícil. De nuevo se sintió tranquilo y severo. Una vez más intentaba recordar el principio con la esperanza de encontrar el punto que latía en él sin conseguir abrirse. Recordó cuando conoció a Virgínia, el cuerpo lleno y tranquilo, el flequillo escaso, el cuello pálido y, sobre todo, cómo, mientras al piano su bello y presuntuoso hermano tocaba de oído un vals ansioso y ardiente, ella parecía una niña marchita, marchita entre las páginas de un grueso libro, como una flor. Su hermano tocaba llenando la sala. Recordó cómo el vals tenía un ritmo impregnado de lentitud, pensó con algo de simpatía, una sonrisa que le sentaba bien, en aquel lejano muchacho que tocaba el piano, con su pelo negro, liso y bien peinado, vestido de verano. Mirando a Virgínia no sentía ni siquiera una desesperación presente sino algo como el recuerdo de una desesperación pasada, perdida hacía mucho tiempo y por eso ya sin solución. Concluyó su pensamiento con rapidez para seguir con otro que se le había cruzado: sí, Daniel había tocado muy bien «La viuda alegre», de oído y con variaciones, explorándolo como él no había oído nunca, con ardor y fuerza. El recuerdo de la música tan redonda y tranquila era lo que él deseaba y empezó a silbar con tristeza y placer. Aquel gesto de Virgínia de apretar levemente los dedos contra los labios, amando patéticamente su suavidad. Él le había pedido después que se apartase el flequillo como si le perturbase el aspecto gentil y simple que su figura tomaba. Sin flequillo ella era al menos algo como una mujer grande y fría, cercana a un modelo. Al mismo tiempo, cómo parecía saber sobre sí misma. Él nunca se acordaría de haber sentido en toda su vida que alguna vez había amado una flor amarilla en un vaso de agua. Sin embargo cuando ella acabó de hablar él pensó: claro, claro…, a mí también me gustaría o ya me gustó… En cualquier momento ella estaba dispuesta a retirar con un extremo cuidado un desarrapado recuerdo de infancia como un tesoro lleno de moho con fondo de humo. Y llenaba con su pequeña y secreta narración tonta el espacio. De alguna manera lo que ella vivía se iba añadiendo a su infancia y no al presente, no maduraba nunca. De su forma de ser se podía esperar todo, hasta que muriese de un momento a otro sin dolor, sin nada, dejándolo perplejo, casi culpable. Con cierta sorpresa notó que ese pensamiento ya se le había ocurrido antes y lo relacionó con el hecho de que ella le había contado que alguien, tal vez una gitana de su pueblo que se equivocaba terriblemente en las profecías, les predijo a ella y a Daniel una muerte súbita. No se sentía… No se sentía seguro a su lado, temía siempre lo que ella pudiese anunciar, se había acostumbrado a esperar de su placidez alguna palabra incómoda. A veces, mientras la abrazaba, ella preguntaba con voz dulce y cansada, y esa pregunta era lo más femenino que podía recordar de ella: ¿y si me muriese ahora? Había en la interrogación un tono que lo dejaba más desolado que la pregunta, algo así como ir lleno de placer a dar una calada en el cigarrillo y sentirlo apagado, frío; los cigarrillos parecían ser su punto de partida, los cigarrillos y las gafas. Se rio con cierta aspereza, y no es que él no pensase en la muerte. Si pudiese decirle: olvidemos, olvidemos. Pero no sabría cómo seguir: ¿olvidemos qué? Ella era algo para mirar y decirse entonces: por Dios…, con un poco de cólera. Ni siquiera era pretenciosa como su hermano. Ni bella como su hermano. En realidad, con sorpresa, no era nada. Y debería haber cambiado porque él la había amado así. Qué reservada era. Sí, reservada y virtuosa. Aquella manera leve de andar, aquellas posturas ovilladas en las que retorcía el cuerpo, la manera de hablar con la mirada absorta, todo eso hizo que él se inclinase en su dirección, su inacción lo estimulaba como lo había estimulado la delgadez perfecta de Vera, él necesitaba ser provocado en su rabia y en su desprecio para empezar a amar y así se sentía extremadamente viril. Pero ahora ya desearía verla diferente. E incluso había acabado por descubrir que no había nada bajo aquellos graciosos hábitos, solo distracción y un cierto cansancio del que nunca se curaba, aquella mujer que nunca practicaría un deporte. Pensaba que había un poco de pose en sus actitudes y eso lo había atraído. Su simplicidad, sin embargo, lo dejaba con los brazos inertes, su sinceridad. Oh, por favor, libérate más de mí, me pesa una vida tan unida a la mía, le dijo él un día en una pelea; notó que siempre discutía solo. Pero ella lo miró de una manera tan rara, tan límpida y extraña que él se calló un instante, sorprendido y pensativo, reducido a sí mismo con una especie de placer y gratitud. En un tono de voz bajo y sereno murmuraba entonces cualquier cosa que los reconducía al transcurrir de los días. No, la culpa no era de ellos, no había sido de Vera: ¿por qué la persona con quien se vive es la persona de quien se debe huir?, él les mentía exactamente a ambas. Sintió contra Virgínia la cólera de amarla, inexplicablemente, como un capricho, el odio duro de estar atado a una mujer que lo haría todo para que ambos fueran felices. Era ávido el impulso que le quemaba, haciéndole respirar en lo más puro y suficiente de la revuelta. Incluso hizo un gesto con la mano en el pelo solo para acentuarlo y hacerlo vivir también fuera de sí. La detestó por vivir en cierta manera los dos tranquilos, odiándola porque ni siquiera había sido ella quien lo sometió. Pero el mismo instante de dureza trajo en sí un melancólico pensamiento de tranquilidad. Pasando y repasando los dedos obstinados por el delicado friso de la pitillera, cerró un poco los ojos y se imaginó libre de Virgínia, apretó los labios con falsa severidad y falsa alegría, tal era la fuerza sincera que sentía; pero ser libre era amar de nuevo. ¿Por qué exigía ella menos de lo que él podía dar?, se preguntó, renaciendo y escapando. Y tan inútilmente misteriosa. Había hablado por casualidad de un hombre que trabajaba en la farmacia y había dicho: es mi amigo. ¿Cómo es que lo conoces?, había preguntado él, sorprendido, tal vez un poco celoso. Ella no respondió, hizo un movimiento de rechazo con la cabeza mirando a un punto cualquiera del suelo con firmeza y disgusto. Si él insistía, ella respondía siempre: es mi amigo. Algún tiempo después supo que ella lo había conocido en la farmacia, donde habían hablado apenas mientras ella esperaba una medicina. No se podía, pues, decir que fuesen amigos; ¿y por qué esconder eso?, ella no podía tener interés en ocultar un hecho tan simple. Porque siempre le gustaba no decir nada, solo así adivinaba él con desaprobación y sorpresa. Cuando la conoció intentó establecer una relación inteligente, pensaba al principio que ella era de ese tipo:

—Tenemos la impresión de que conocemos de hace mucho a una persona al verla por primera vez cuando conseguimos en una sola mirada fundir la armonía de los rasgos con el alma —había sido más o menos esto lo que dijo explicándole el motivo por el cual se había sentido atraído por su persona. Pero algo le impidió seguir en ese tono. Y algunos minutos después, a la primera oportunidad, se había transformado, intentaba otra forma, preguntaba sonriendo a propósito de alguna frase—: ¿Y tú?, ¿hasta dónde sabes tú?... —Esperaba una respuesta sonriente, maliciosa, de quien comprende.

Con un sobresalto molesto y luego disimulado, la oyó responder con misterio y seriedad, casi ridícula, haciéndolo ruborizarse y no saber qué dirección dar a los ojos perturbados:

—Yo misma no lo sé.

Y cuando él creía que ya todo era imposible y se había resignado sin gran dolor, el caso se resolvió con facilidad y esa vez más seriamente él la ayudó a entregarse a él con poca emoción. Él mismo no sabía aún cómo todo había llegado a esa situación. Un día la había encontrado por la calle, caminaron juntos un trecho sin tener mucho que decirse, de tal forma parecía haber terminado ese principio de malicia con el que habían empezado hacía más de un año. La conversación fue dando vueltas y vueltas, se despidieron sin pena como para siempre, con cierto malestar. Y dos días después de ese encuentro, ellos, que no se veían desde hacía tanto tiempo, se encontraron de nuevo con sorpresa al cruzar la calle, él la sujetaba por el brazo, evitando un coche, la llevaba deprisa, empujándola por el codo como si la elevara sobre la calle, ella parecía una gallina asustada a quien quisieran arrancar un ala, se rieron un poco de la coincidencia y se miraron atentamente mientras reían. Él caminó con ella por las calles, se sentaron en un jardín. Con cierta ironía y con una audacia sin gran placer la invitó a ir a su apartamento, ella aceptó, fue rápidamente, volvió otro día sin que él la llamara, la conversación iba dando vueltas y vueltas sin gran motivo. Y después cuando pensaba en ella su ceño se fruncía, sus ojos se abrían divertidos, cómodos y alegres. La manera como ella decía mirando por la ventana: hay un olor a baños de mar, al principio no le molestaba. Él intentaba corregirla: los baños de mar no huelen, si quieres puedes decir olor a mar, que es lo correcto. Pero ella, aunque no replicase, tenía un aspecto silencioso e impenetrable. Y ahora, por ejemplo, ¿por qué no venía? Pensó que en realidad nunca la había buscado, que podría ir hasta el edificio, preguntar al portero; se encogió de hombros con una mirada curiosa. Quiso ver su rostro y como si antes hubiese pensado en Adriano, vio una mezcla de Adriano con otros y solo en el fondo el rostro huidizo de Virgínia, una llamada atraída por la memoria. ¿Es realmente ella para mí una «persona»? Qué abatida y deshecha estaba en la cena de Irene. Con Vera, todo tan breve, sin embargo ella no era ni siquiera «ella» dentro de él cuando la recordaba. Pensaba en Vera con una pequeña señal interna, algo que la señalaba sin herirla con una palabra. Y cuando hablaba de ella con alguien lo hacía con dificultad y repugnancia; pronunciaba: Vera, con dureza, frialdad. Virgínia era siempre Virgínia, se sintió como si la hubiese robado, la vio entonces con nitidez, los ojos marrones, la nariz delicada, aquella indecisión en el rostro como si pudiese ser asustada; casi con emoción, como si mirase un retrato antiguo. Sintió piedad por Virgínia, aquel sentimiento que le daba vergüenza, aquella misma piedad que hacía que su hermana le dijese: ¡qué bueno eres, Vicente! Cuando ella llegase hoy con los grandes ojos abiertos, sonriendo sin fuerza, él se levantaría de inmediato y..., no tender los brazos, claro, pero sí decir: querida, ¡cómo has tardado!, lo que era verdad. Sí, sí, era verdad. Ya la veía mirándolo contenta. ¿Contenta? ¿Estaría contenta?, o sorprendida..., ¿o qué? Virgínia... reiría. No. Ahora ya quería que ella entrase también para verla reaccionar, vivir. Caminó un poco excitado: ¿por qué no venía de una vez? Entonces lo asaltó un instante de extrañeza y de pura soledad, ah, se apretó el costado al inclinarse, la sensación perpleja del sabor amargo al morder un fruto verde —ah, aquel costado, por un momento la vida perdía el cuidadoso sentido diario, le daba la vuelta a su cara más curtida mostrando una superficie fresca, nueva, terriblemente incomprensible—, se sujetó con una de las manos y con toda su vida el costado derecho donde el dolor aumentaba como una flecha en movimiento; lo soportó con los ojos cerrados, la boca pálida cerrada: de allí vendría un día la muerte: su abuelo había muerto del mismo costado, su padre había muerto del mismo costado, él moriría del mismo, algo comprimiéndose en un hígado desconocido. Poco después la punzada había desaparecido. Aflojó los labios, entreabrió los ojos, se quitó las gafas; toda su fisonomía se transformó sin ellas, adquirió un aire inocente y tonto como el de un niño; parpadeando se secó la frente mojada con el pañuelo, dio un suspiro de alivio que recordaba un jadeo; en ese instante se perdían padre, madre, hermanos y mujeres, él miraba alrededor de su cuerpo desnudo el mundo naciente. Unos instantes más y una fuerza tranquila e inexplicable se apoderaba de nuevo de él; encendía otro cigarrillo, las gafas recolocadas devolviéndole con una sensación familiar el antiguo rumbo de los pensamientos. Lo notó vagamente, pensó: qué sería yo sin ellas. Pero por qué no venía; cuanto más tardase, más difícil sería porque él habría perdido el impulso. La impaciencia renacida le agotó el corazón, de nuevo aquella aguda certeza de que hoy era el aniversario de algo difícil y pesado. Se sorprendió de haber consentido en pasar el día tan solo... Cuando era pequeño, respondía: me da pereza quedarme solo. Pues si ella no venía como aún podía exigir..., como esperaba que ella dijese... Oh, sí, él la rechazaría rápidamente. Solo eso. No, no, así tampoco... Sonrió inexplicable, encendiendo otro cigarrillo.

Después ella llegó con el vestido blanco de fiesta..., el sombrero de ala ancha sobre el rostro largo... Ella se paraba un instante con placer buscando con esmero surgir como una visión... ¿Por qué?, como si celebrase el día... Vera surgió en su memoria vestida de blanco. Algo se crispó en su cuerpo. Y cuando vio las mejillas pálidas de Virgínia, sus labios como infantiles, aquel modo tranquilo, sintió que sería absurdo decir cualquier cosa en un tono diferente. A pesar de todo lo intentó, dijo por piedad:

—¡Qué tarde, Virgínia!

Ella replicó con un tono delicado, casi rebuscado:

—Ya sabes cómo van los autobuses.

Sonriendo. ¿Por qué? Entonces, como si eso fuese más de lo que podía soportar, casi el momento más comprensible del día, esbozó un gesto de pérdida y desesperación que, vago al principio, se hizo inmediatamente consciente y excesivo. Y como lo miraba con los ojos abiertos, él pensó: ¡Dios mío!, realmente era más de lo que podía soportar después de aquel día y casi podía decir que le provocaba una especie de llanto, sin lágrimas, por Dios, ayudándose con el recuerdo de su madre muerta a quien él se sentía tan unido por una nostalgia olvidada, de las mujeres con las que había dormido reunidas en una sola exclamación, de ese día en que mientras trabajaba se distrajo y se había quedado solo, del placer ahora renovado de esperar el futuro, de su sentimiento por Virgínia, desesperado, rabioso, infantil, como llora un hombre, notó Virgínia. Y después de la observación, súbitamente estupefacta, concluyó: ¡él estaba llorando! Incapaz de acercarse, incapaz de hablar, ella lo miraba. Pero ¿qué pasa?, si todo iba tan bien entre ellos hasta ahora…, se gustaban tanto y de repente… Ella lo miraba. Él no sabía hacia dónde meterse, el rostro aún contraído en medio de la sala, sorprendido de sí mismo; si frenase la expresión de dolor tendría que transformar allí mismo su fisonomía mientras Virgínia lo observaría silenciosa; si continuase con la mirada amargada estaría en medio de la sala como llorando, como desnudo: ¿por qué no se había apoyado en una ventana o por qué no se había sentado escondiendo el rostro? Pero la sensación más fuerte de aquel momento era de alivio; si otra mujer que no fuese Virgínia lo estuviese viendo en medio de la sala… Para Virgínia, adivinaba él, era natural llorar y tal vez por eso, con rabia de sí mismo y de ella, había cedido a la fácil oportunidad. Una cierta paz afloraba de algún lugar de su cuerpo, tal vez del costado; era una paz con un arranque de buen humor, de alegría leve, tenía ganas de reírse un poco y de bromear sobre su propia estupidez pero no sabía cómo corregir con la risa el movimiento anterior y seguía con el rostro afligido. Virgínia pudo hablar:

—Vicente, ¿qué pasa?

Él la detestó durante un nuevo, rápido y centelleante segundo; vio todos los defectos de aquel rostro pálido donde los ojos diferentes parecían siempre indecisos. Pero otra vez la ola tibia y oscura subía por su pecho y cuando Virgínia se acercó un poco él cogió sus manos y al ceder la aproximó hacia sí, hizo que ambos se sentasen. Eso quería decir: ¡querida, has tardado!, incluso sin extender los brazos. Pero había algo leve y cómico en aquella escena; pensó en ella como si la estuviese ya contando a alguien, a Adriano, y recibiese de él la ola vivificadora de su sonrisa; pero se preguntó si este tipo de escena no sería deprimente para él. En ese momento, con el ceño fruncido, daría todo por conseguir un instante de verdadera tragedia porque así se libraría del peso de aquel día. Sujetando las manos de Virgínia, notó que hacía mucho que sentía dos pedazos de carne fría y rígida entre sus propias manos y mirándola rápidamente vio un rostro claro, frío, luminoso y tenso, de labios helados. ¿Tanto la había asustado?, ¿había sido todo tan serio?, el descubrimiento valía una sonrisa orgullosa, interesada. Inmediatamente sintió más ánimo protector que el de «por fin explotó». Pero ella, con un pequeño toque —un gesto de retención—, con una sutil y súbita manifestación de voluntad, le demostró que quería que siguiera en la misma actitud. Y él, sorprendido de ser guiado exactamente por Virgínia, pensando en contárselo de alguna manera a Adriano, a Adriano que le parecía en ese momento su fuerza oculta y el único vínculo ardiente de su vida, cedió, mantuvo el mismo tono de expresión, desesperado, abandonado. Al mismo tiempo fingía; algo en él seguía doliéndole como expectante y su cuerpo ardía en buenos deseos de nobleza, de exaltación, sí, de nobleza exaltada.

—¿Por qué has llorado? —preguntó Virgínia, y como en ese momento estaba emocionada no pensaba con ninguna delicadeza, era vulgar y feroz. El silencio de la sala flotó durante un largo tiempo sin posarse en los dos.

—No lo sé —dijo él.

—Sí, sí.

Él disimuló una mirada de profunda sorpresa.

—Sí…, mi querido niño.

Él la miró asombrado… Adriano sonreiría. Pero ¿por qué lo vio sonriendo con tristeza, algo imposible en Adriano?, él la miró asombrado…, y no había nada que hacer, el dolor del costado derecho renació levemente, desde ahí él partiría, el cuarto se iluminaba con la brisa, el olor a mar le llenaba los pulmones como a un pescador, las paredes como momias erectas, imagen inmóvil, cayó de rodillas a los pies de Virgínia y atento al dolor profundo del costado, que sin embargo tardaba en definirse, apoyó la cabeza entre sus piernas, en sus muslos tranquilos y morenos y silenciosamente respiró y recibió de nuevo la respiración mezclada con el olor de Virgínia, el olor de la seda blanca de Virgínia; Vera. Pero ¿qué estaba entendiendo ella?, se preguntaba casi divertido; era como si ella quisiese superarlo, a él que no comprendía lo que pasaba y se encogía de hombros.

Arrodillado junto a ella con el rostro hundido en su cuerpo. Ella miraba al frente, seca, casi severa. Casi sin comprenderse, volvió la cabeza un poco bruscamente dirigiendo la mirada más allá de la ventana haciendo vibrar las alas del sombrero que no había tenido tiempo de quitarse. Con los ojos duros e inmóviles, su rostro escondía en sí mismo una expresión lentamente difícil que se formaba con esfuerzo y atención, una expresión alucinada y clara luchando contra aquella carne habituada a esperar con paciencia, altivez y frialdad un momento que no llegaría. Y que ahora estallaba en su corazón con esa fatalidad. Los minutos transcurrían. Sintió cómo de repente el dolor se mezclaba con la carne, insoportable como si cada célula fuese movida y rasgada, dividida en un parto mortal. La boca repentinamente amarga y ardiente, ella estaba horrorizada, dura y contrita como ante sangre derramada, una victoria, un terror. Eso era la felicidad, pues. El esplendor herido tropezaba en su pecho, intolerable; había estallado en su pobre corazón una bolsa de luz. Ella nunca habría podido ir más lejos; débil y aterrorizada había alcanzado el punto blando y fecundo de su propio ser. Esperaba. Después, con dificultad, movió las manos dulces entre los cabellos del hombre redimido, le dio todo a través de los dedos trémulos, ella que jamás había conseguido insinuar en las figuras de barro el contacto de la vida. Dijo la primera palabra de su nueva experiencia.

—Vicente.

Él levantó la cabeza, la miró, se sorprendió, ella existía por encima de Adriano. Y como ella era en ese momento fuerte, tranquila y plena como una mujer, él se sometió como ya se había sometido a otras mujeres. Ella cogió la cabeza del hombre entre sus manos; en un gesto precioso y fresco besó sus párpados leves. El placer del hombre fue luminoso e intenso; él levantó los ojos queriendo con un silencio dar a ambos la certeza de que él era un hombre y ella una mujer. Y retrocedió con un movimiento irresistible apretándose el ojo derecho con la palma de la mano.

—Me has metido el dedo en el ojo —decía él perdido de sí mismo, secándose las lágrimas que le brotaban.

Un alegre y sordo tambor empezó a sonar en medio del cuarto, un pabellón vacío. ¡Algo había concluido con sol y claridad! El tambor tocaba en medio del cuarto; y después nunca un silencio había sido tan mudo, apacible, final en el recinto hueco. Vicente apartó la mano del ojo, pareció despertar un leve instante; la vio tranquila y recta bajo el duro sombrero, la miró casi con curiosidad, pensó confusamente: Dios mío, si yo fuese el mundo me daría pena haber herido tanto a una mujer. Vera; ¿la habría herido tanto? Pero Virgínia extrañamente ya parecía curada y simple, no se había parado más que un solo instante en aquel instante; había retirado las manos, las había posado sobre su regazo, las había guiado hasta el libro sobre la mesita, reposándolas otra vez sobre el regazo. De repente se las llevó a la cabeza y finalmente se deshizo del sombrero, lo dejó sobre la mesa, se arregló el pelo que estaba húmedo. Se acordó de que una vez tuvo una compañera y de que la amaba, tanto como podría amar a Maria Clara. La niña —¿cómo acordarse de su nombre?— tenía unos largos cabellos dorados y los ojos azules, pequeños y maliciosos. Mientras Virgínia permanecía en su miedo y en su timidez, todo era leve y delicado entre ambas; después fue ganando confianza y un día en medio de las risas de una broma, todo era tan relajado, tan natural y tan feliz…, sinceramente, ¿cómo podría adivinarlo?…, agarró lo más preciado de su amiga, sus largos cabellos, y algunos hilos trémulos y asustados se desprendieron, se quedaron en sus manos; la otra gritó de dolor, se volvió hacia Virgínia que aún conservaba la sonrisa excesiva de alegría en los labios ya sobresaltados, y gritó a la mano culpable, cerrada y perpleja en el aire: ¡bruta! Sí, sí, fue eso mismo. Y un día ella cogió a la hija de la vecina y la tuvo entre sus brazos hasta que entre ambas solo hubo intimidad; el bebé olía a su propia boca, a cuarto de chiquilla durmiendo. Quiso abrazarla y la niña lloró, la madre acudió con los ojos atentos, la niña dijo: ella me ha hecho pupa, la madre se llevó a la niña diciendo que no era nada. Sí, había pasado todo eso.

—¿Salimos? —dijo Vicente con delicadeza.

Él dejó de fruncir el ceño, se pasó la mano fina y masculina por la cara como si necesitase sentir la dureza de los propios rasgos; estaba perturbado y en su rostro se acentuaba vagamente una cierta línea suave que indicaba aquella especie de bondad atenta de la que él era capaz. Ella lo miró fijamente como si despertase, como si tuviese que recordarlo siempre.

—No —dijo.

No, ella no quería salir, no quería borrar nada y miraba tranquila por la ventana. En ese momento estaba realmente bonita; Vicente la miró mientras encendía un cigarrillo y le ofrecía otro. Ella aceptó; y ya no hubo nada que borrar, que olvidar; el trozo de vida se mezclaba con toda la vida y en una sola corriente todo caminaba incomprensible, esencial, sin miedo y sin valor. Arrastrado por la imponderable fuerza de los minutos que se sucedían en el tiempo unidos a los instantes que la misma sangre latía. La tarde era delicada y apacible. Virgínia recordó que se iba de viaje, no dijo nada e intensificó su contacto con la existencia a su alrededor. Él mismo llegó a hablar con mucha libertad y su humor se aclaraba, se mostraba amable y alegre. Ella prestaba atención con facilidad e incluso le dijo cuánto le había gustado y comprendido lo que él había dicho un día, tal vez en la cena en casa de Irene. Él se sorprendió de que hubiese retenido la frase, sobre todo de que la hubiese comprendido, y casi le tendió la mano, no por vanidad sino por una especie de disculpa mezclada con un presentimiento confuso de que habrían podido vivir mejor, de que él habría podido vivir mejor con Vera, haber sido más amable con Irene. Ella se sentía tan tranquila que le dijo: ¡qué guapa estaba Maria Clara en aquella cena de Irene! Pero la forma simple como él replicó: es una de las mujeres más atractivas que conozco, la deprimió; sonrió, pero había cambiado imperceptiblemente el plano en el que existía, como si la sala hubiese perdido su brillo. Se acordaba constantemente de su viaje, se acordaba de su abuela, sorprendida de pensar tanto en ella. Confusamente, porque la muerte le parecía un acto de vida, la muerte en la vejez era un fresco fruto extemporáneo y una repentina revivificación. Para ella era casi como si la abuela solo ahora empezase a existir. Volvía a ver sus ojos fijos y húmedos, sus párpados pestañeando en una indecencia impotente, aquella piel marrón como de tejido arrugado, mucho mayor que su cuerpo duro, ciego, infantil. La imaginó sagaz y triste diciendo: mientras existí comí bastante. Qué vieja, pesada y muerta era aquella abuela delgada que repentinamente se había acordado de morir. Se estremeció delicadamente ante ese pensamiento que le había brotado cruel y libre, se encogió de hombros con indiferencia, pero una vaga angustia que se mezclaba también con aquella última tarde con Vicente contrajo sus ojos de miedo, hizo que su corazón se encogiera en latidos espaciados y vacíos, se apartó súbitamente de ese pensamiento. Solía pasar junto a la vieja corriendo, le daba un rápido beso y seguía. A veces abría mucho los ojos frente a la abuela para verla de verdad, como si fuera la primera vez, y no lo conseguía. La abuela no existía, con la diferencia de que su no existir era incompleto; solo un rostro que se besa como un envoltorio de papel; y de repente esa mujer moría como quien dice: he vivido. Se sorprendía de pasar la última tarde con Vicente pensando en la muerta, pero por un oscuro y obstinado deseo seguía atada a la horrible vieja, lo que de alguna manera extraña significaba la despedida que daba a Vicente sin que él lo supiese. No, ella no hablaría del viaje a la Granja. Pero con una atracción que le daba misteriosamente un placer de cosa prohibida, vil y excitante, buscaba hablar de su abuela, sí, y no decir siquiera que había muerto... Su animación iba en aumento, contaba detalles, narraba hechos que casi eran reveladores, casi, sí, pero todavía secretos, y la vileza, algo irremediablemente infame y astuto se esparcía por el aire claro y salado del cuarto. ¡Vicente se interesaba por la abuela! Bromeaba: debe de ser bueno vivir a la sombra de una vieja. Pero como una campana que se pusiese a tañer de repente, causando un efecto violento en una ciudad, él añadió:

—QUIZÁ ALGÚN DÍA LA CONOCERÉ.

Y de repente todo su loco deseo de engañar a la vida y de subyugarla con las maldades que inventaba, todo su deseo que en aquel momento, de manera ávida, la hacía feliz, fue cortado con un cuchillo lento y frío y el mundo cayó en la realidad con un suspiro pálido. Ella sintió el cansancio de todo su juego. ¿Por qué no ser simple, buena, comprensiva, atenta y natural?, se preguntaba censurándose; después de todo, con otro suspiro, le parecía que tenía miedo. Él fue a la nevera y trajo carne, leche, flan; ella hizo café, se sentaron para cenar algo. Nunca se había sentido tan bien junto a Vicente. Incluso cuando la abrazó, ella lo comprendió parpadeando, lista para comprender en el futuro las desgracias que le sucediesen. Aunque no lo hubiese podido comprender, lo recibiría como una mujer sabe recibir a un hombre, como una madre. Y mientras cenaban, la luz encendida, ella despreciaba toda la felicidad que había tenido con Miguel. Vicente hablaba de alguien tan brillante, tan... Con osadía, ella le dijo:

—Seguro que es fácil decir cosas graciosas, uno cierra los ojos y no piensa... y se asombra de lo que dice...

Él sonrió:

—Claro querida, entonces cierra los ojos a gusto...

Ella también se rio, cerró los párpados con valentía y sencillez, el corazón palpitante; titubeó un poco:

—Mundo... mundo grande, no te conozco pero ya he oído hablar de ti y eso me molesta... ¡Me molesta como una piedra en el zapato!

Él soltó una carcajada franca y alegre y mientras se reía la miraba atento, sorprendido:

—Sigue, cariño...

Ella iba cogiendo confianza como un perro al que se acaricia, cerró los ojos radiantes, prosiguió con la cara colorada y caliente:

—El cuerpo… de la época ha muerto… bajo las ventanas que… se abrían… se abrían al color rosa, ¡Vicente! —Ella misma se reía. ¿Debía parar?, se preguntaba, porque acabaría por decir algo excesivo, buenos días, fulano, estropeando incluso el pasado. Pero él se reía extremadamente divertido y ella no podía parar, tan fascinante era sentirse amada. Él reía sin contenerse, se volvía más feo, el rostro abierto, repentinamente como hermanos, como de la misma familia, como quien nada espera del otro, Dios mío. Si hubiese sabido que para conquistarlo era necesario cerrar los ojos y hablar, si lo hubiese sabido. Con un poco de tristeza en los ojos resplandecientes de risa ella seguía:

—Querido, querido, florecita verde en el violón blanco. Niño, niño, florecita verde a la luz de la luna…, a la luz de la luna…, a la luz de la luna…

—No —decía Vicente, entusiasmado y hablando en serio—. Lo que tienes que hacer para acertar es no pensar, exactamente no pensar… —Sonrió—. Tienes algo de improvisador de serenatas, ¿sabes? —De repente parecía confuso—, a Adriano le va a gustar saber que tienes ese don.

—¿Por qué? —preguntó ella menos alegre.

—Bueno, le pareces curiosa. Creo que le gustas bastante —respondía intercambiando con ella una mirada sobre lo curioso del hecho.

Sí, era como una noche de gloria. Ella se rio por lo bajo, suave, los ojos llenos de una humedad conmovida y soñadora. Al contemplarla, Vicente sintió que su corazón cedía, una espuma dulce, tibia y sofocante lo envolvió, sus ojos se amansaron sonriendo. Ella lo miraba, nunca había sido tan hermoso. Con voz simpática y simple, él dijo soplando levemente en su rostro:

—Te amo, chiquilla.

Apenas dicho, sin embargo, sin transformar la fuerza de su rostro e intentando incluso conservarla para poder seguir con libertad el nuevo sentimiento, él notó imperceptiblemente que no la amaba, que la amaba quizá justo antes de decir: te amo. Colérico contra sí mismo, quiso retirar lo dicho mientras observaba el rostro de Virgínia tan asombrado y translúcido. ¿Era la primera vez que lo decía?, se preguntó con sorpresa y censura. He dicho demasiado, había dicho demasiado, pensaba, mirándola con cansancio y pena.

—El pelo te cae sobre la cara —dijo con una aspereza disimulada. Y así decía otra vez que no era amor. Pero casi impaciente sentía que sería imposible ahora robarle el «te amo», y ella sonreía con una alegría que la hacía antipática, cargante.

—Vamos a salir a dar una vuelta —dijo aniquilado.

Con un movimiento asustado ella le sujetó la mano diciendo: no, no…, porque salir haría que se acabase el día. Sin comprenderla, él la miró fijamente y preguntó: ¿por qué? Como no lo podía explicar, ella le sonrió con un aire gracioso, extremadamente simpático y atractivo, perdido. Él no pudo dejar de reír, dijo con un cierto orgullo y sorpresa: qué mujer…, y al inclinarse para besarle el pelo sintió el perfume embriagador y serio de su cuerpo, algo a lo que no se podía engañar, besó sus ojos que apenas se podían cerrar de tanta vida; apoyó su rostro casi con tristeza en aquella mejilla fresca y clara como una mirada.

—Virgínia.

Después, cuando ella sintió que poco después tendría que irse, el fusible se quemó, el viento marino soplaba en las habitaciones oscuras… Él encendió velas y dijo:

—Sabes, necesito traducir esta última página ahora porque lo dejé antes de que llegaras, estaba muy cansado. Y mañana tengo que salir muy pronto.

Ella se quedó desocupada vagando por la sala que parecía volar con el viento. Miraba las cosas de cerca frunciendo las cejas falsas, las tocaba con manos delicadas, vivía íntimamente. Acarició con los dedos la cortina, su cuerpo se entregaba a un vago movimiento acompañado del suspiro del mar, fue levantando el brazo y de repente sintió su propia forma recortada en el aire. Sabía que si Vicente la miraba sentiría el mismo estremecimiento. Lo miró pero él estaba distraído. Un minuto más en la misma postura y tal vez él se daría cuenta. Notó, sin embargo, que la rigidez sustituía la gracia de la actitud, su propia sensación envejeció y con un gesto pensativo y sin dolor devolvió su cuerpo a las propias proporciones. Abandonó la sala, atravesó el cuarto etéreo, llegó a las puertas acristaladas y miró la calle abajo. El mar solo se veía de soslayo, como un movimiento oscuro y profundo; ella se estremeció. Llovía, la calle brillaba negra y dulce, los coches pasaban. La atravesó una inspiración tan aguda y repentina que cerró los ojos, deshecha, raptada. Tropezando con los muebles indefinidos, aspirando aquella reservada oscuridad, llegó a la puerta de la habitación donde él trabajaba, los ojos miopes buscando las letras en la penumbra cambiante.

—Vicente —dijo sonriendo angustiada—, déjame dormir aquí.

Él levantó la cabeza sorprendido y poco después, a través de la llama de la vela, brillaba una sonrisa.

—¿Quieres?

—Sí, mucho —pidió ella riendo, la voz ronca, densa de encanto.

Fue una noche tan feliz, los cuartos flotaban entre las llamas frágiles de las velas. Habían bebido un vaso de leche y también una copa de vino claro y manso. Después ella se cambió de ropa mirando con íntima pasión el camisón que se quedaría ahí mientras oía a Vicente cerrar las puertas y andar por la cocina, por el baño. Su rostro, después de quitarse el vestido, se reflejaba brillante y enrojecido a la luz sorprendente de la vela; los hombros se cubrían de sombras rojas y oscuras. Vicente cerraba la puerta de salida comprobando otra vez las cerraduras; había ladrones por la zona, solían entrar incluso por las puertas. El mundo le parecía grande, palpitante y sombrío, ¡tan lleno de miedo y de alegría expectante!, mientras la ventana de la salita daba golpes secos por el viento y Vicente se apresuraba a cerrarla. Después se acostaron juntos, serenos; Vicente apretaba con los dedos el pabilo encendido de la vela. La lluvia arreciaba y los tranvías lejanos cantaban sobre los raíles perdiéndose en la distancia y el silencio. Él la acarició un poco con delicadeza, dijo con voz quieta, casi severa, que encajaba con el cuarto oscuro:

—Duerme, vida mía.

Comprendió instantes después que él se había dormido. Un silencio de fuego extinguiéndose en cenizas. Ella tenía los ojos abiertos. Por un momento echó de menos al grillo. Tener un grillo alojado en la habitación no era tener un animal doméstico, no daba la noción especial de algo pero uno lo recordaba siempre; era un recuerdo indisoluble, duro y brillante como el propio grillo cantando; sentiría añoranza cuando volviese a la Granja. Y porque había pensado en el viaje tendió la mano en la oscuridad para una caricia y con un sobresalto, los ojos lanzados de repente al aire, encontró su vientre frío, blando y palpitante como el de un sapo. Vicente. Esperó un poco, tensa, aguda; después se abandonó a una resignación casi alegre. Él respiraba tranquilo. A veces roncaba. Ella sonrió hundiendo la cabeza en la almohada con secreta malicia y nuevo ánimo para los días siguientes. Un día…, pensaba apretando los labios en una incomprensible amenaza dirigida a Vicente, un día… Él seguía resoplando, casi roncando, inconsciente. Y ella en un movimiento de retroceso y de censura hacia sí misma terminó por evitar el propio futuro, con un suspiro. No conseguía disimular ahora el amplio bienestar que la hundía en su propio cuerpo, pensativa, todo su ser inclinado hacia una misma, difícil y delicada sensación. Parpadeaba en la oscuridad con placer. Y con una nueva esperanza. Pero no en el futuro, como una esperanza de estar viviendo aquel mismo instante. Entonces, en medio del vasto espacio de mundo en el que su cuerpo vacilaba contento, se acordó de su padre, de quien se avergonzó una vez y no quiso ser vista en su compañía ante sus compañeras. Se acordó de su madre, a veces dulce como un rumiante y de quien se había separado para siempre al nacer a través de la mirada, de la censura y de una atención imperdonable. Se acordó del centro de su propio corazón que parecía hecho de temor, vanidad, ambición y cobardía. Esa había sido su vida pasada. Se sintió aislada en medio de su pecado; y desde su extrema humildad, con los ojos húmedos, repentinamente con ardor, ella sería mejor solo para agradar a Dios. Pero de la misma conciencia de su mal brotaba también un placer oscuro y animado, una sorda e inocente sensación de haber vencido, de haber vivido heroicamente, con fatalidad y depravación. Vigilaba, perdida en un duermevela donde la realidad surgía como una visión, deformada y suave, sin pensamientos. A veces se hundía más en una sensación y eso era dormir. Entonces se sobresaltaba, volvía un instante a la superficie de la habitación y oía a Vicente respirar en un sueño tibio y enmarañado. Se acercaba a él, arrimaba su cuerpo a aquella fuente cálida y serena de donde venía un olor de piel cansada muy agradable. De nuevo se perdía en brumas dulces y extraordinarias, persiguiendo un placer íntimo que no se definía. Se paró bruscamente y lo oyó hablar:

—… porque yo no he apagado la luz…, pero yo… Que mi dolor…, mi dolor… —su voz era ronca y lenta.

—¿Qué, cariño? —preguntó Virgínia con el corazón palpitante de miedo. Le parecía estar hablando con alguien que no existía y su propia voz la había asustado porque sonaba ronca y corta en la oscuridad. Sobre todo, algo era mentira—. ¿Qué, Vicente? —se obligó a preguntar otra vez y se mantuvo atenta; el silencio era espeso como si la pregunta hubiese caído en el mismo mar; sintió que no obtendría respuesta. A pesar de no esperarla, el aire entre los dos fue solo una pausa y lentamente se fundió en silencio y desapareció con esfuerzo en la noche. Él se había apretado el costado derecho y había dicho: mi dolor. ¿Estaría enfermo?, se estremeció con cierta repugnancia y orgullo; incluso con Daniel sentía asco por la enfermedad, se sentía sola y fría junto a quien sufría. La lluvia caía blandamente. Estaba tranquilo y susurraba, ella se abandonó por fin a las almohadas con un suspiro. Le parecía horrible hacer una pregunta y no obtener respuesta; uno se ataba a algo invisible que retenía la voz; suspiró otra vez. Intentaba reconstruir la pequeña vida cuyos hilos él había roto con la voz. Volvió la cabeza hacia Vicente. ¿Cómo culparlos a ambos? Todo era tan difícil, había tantas formas de ofensa entre los que se amaban y tantas formas de no comprenderse; nada esencial se había obtenido con su amor; ella respiraba despacio, suave, dulcemente, la mano posada sobre el pecho donde latía un corazón que estaba hecho de sorpresa, cansancio y vino. Poco después se fue sintiendo más despierta, como si hubiese bebido agua fresca. Le pareció extraño estar mirando fijamente en la oscuridad; se acordó con un cierto miedo de su propio apartamento, esa noche abandonado y oscuro, las maletas abiertas al viento; un vago fervor la elevaba un instante por encima de sí misma y sin fuerza la dejaba impalpablemente caer en su propio destino. Rememoró la tarde con Vicente; la felicidad era tan violenta que la estremecía del todo; aquellos instantes horribles la habían dejado fuera de sí, diferente, curiosa y conmovida en su interior; así pues se podía morir de felicidad, ella se había sentido tan abandonada; un minuto más de alegría y habría sido lanzada hacia fuera de su mundo por deseos audaces, llena de una esperanza insoportable. No, ella no deseaba la felicidad, ella era débil ante sí misma, débil, embriagada, cansada; descubrió rápidamente que la exaltación la fatigaba, que prefería estar escondida en sí misma sin temblar nunca, sin subir nunca, por primera vez se dio cuenta de que ella parecía realmente inferior a algunos conocidos, eso le trajo a la boca una sensación de malestar y de busca, una cierta ansia sin dolor como si se hubiese separado imperceptiblemente de su propio contorno; en un vago suicidio suspiró lentamente, cambió la posición de las piernas, se recogió apagándose; su recorrido era como el de algo que se moviese en todas direcciones; su pecho se comprimía informe, poco a poco la respiración de Vicente le daba un ritmo y ella se deslizó hacia un cansancio tranquilo. En el silencio del primer sueño se erguía un tono de indagación y con los ojos durmientes ella sentía dentro de sí un movimiento lechoso, vago, casi inquieto, como una respuesta absurda. Ella se dijo algo como «no» y así replicaba a «algo» que asintió y se quedó satisfecho de encogerse y ella no solo sabía lo que era sino que admitía tranquilamente con algún anhelo que así fuese, tal era la única forma de experiencia que tenía, tal era su único vivir sin pecado. En la quietud del cuarto, la madera del suelo crujió. Las cosas empezaban a vivir solas. Ella se durmió.

Abrió un momento los párpados pesados, la brisa más clara inició la madrugada, sonidos débiles y luminosos se esparcían lejos mientras el cuarto guardaba un silencio nocturno, tibio; cerró los párpados.

Entonces abrió los ojos con un sobresalto, grandes nubes de claridad se acercaban, después de la noche de lluvia hacía un frío duro y excitado, el aire flotaba fresco, húmedo y lleno de ruidos... Todavía inconsciente ella se asustaba, el día la asustaba, los ojos abiertos... Entonces cortó la idea con un gemido: ¡iniciar la despedida, la despedida!, ¡era hoy la noche!, ¡el viaje! Miró hacia su lado: con una sorpresa casi ridícula y victoriosa, Vicente no estaba, las sábanas revueltas, la marca en la almohada... El camisón deslizándose del hombro, sentada en la cama, y aquella brisa alegre soplándole en el pelo; jadeaba. Vicente no estaba, se levantó rápidamente, atravesó el suelo seco y frío con los pies descalzos, el camisón ancho, deshechos los pliegues cuidadosamente inventados para agradar. Sobre la mesita de la sala vio la nota de Vicente: Virgínia: he tenido que salir pronto para entregar el trabajo, cariño, mañana hablaremos, hoy trabajo todo el día, no dejes de venir mañana, cariño, ¿has dormido bien? Tu Vicente, Vicente, Vicente. Se vistió deprisa con los ojos grandes y mudos, se detuvo para decir angustiada, profundamente sorprendida y con prisa: ¡arrh!, llena de dolor se peinó, salió por la puerta de atrás cerrándola y echando la llave por debajo. No esperó el ascensor, bajó las escaleras, deprisa, se vio en la calle. La luz del día le invadía los ojos, el olor matinal a mar, a gasolina, ella se encogía andando hacia delante, casi corriendo pero el cuerpo le molestaba, lleno de los días que ya había vivido —había mirado hacia otro lado y Vicente se había ido mientras ella dormía—, casi corría con dificultad apretándose la boca con una de las manos. Tan, tan herida..., el pecho dilatado, ardiente, vacío, el aire arañaba sus ojos y ella se apresuraba en la calle protegiéndose como si caminase contra el viento y la tempestad, la mirada dilatada; siguió pero se detuvo con la mano en el pecho, ¡el sombrero!, ¡ah, mi sombrero! La sensación del cuerpo como un caparazón, como un límite frágil y eléctrico que contenía solo aire, aire desorbitado y tenso; herida, el cuerpo empujado hacia atrás, hacia una distancia pálida y sin medida; ¡así pues, volvería a la Granja! De repente aquella era la verdad, la única después de despertar y no encontrar a Vicente, engañada, ¡no encontrar a Vicente, haber dormido demasiado! ¡¿Y mi sombrero?!... Lo había perdido para siempre. Con el cuerpo otra vez pesado casi corriendo, casi llorando, tomó un taxi preguntándose si gastando así tendría suficiente dinero para el viaje, hundiéndose en la blandura del coche, hablando jadeante y oscura al taxista que sonreía amable con un rostro fino, recién afeitado, la piel lisa y feliz, listo para empezar su día. Pisó el acelerador, un ruido cálido llenó el vehículo, él apretó los labios con firmeza pensando qué bien se podía ganar la vida haciendo relinchar su coche en los preparativos de una carrera, ganando dinero, guardándolo bien en el bolsillo, abriendo la portezuela para que salga el pasajero, levantando otra vez la placa comprada en el Ayuntamiento: Libre. Sí. Libre. Libre. Libre. Cerró los labios frunciendo las cejas lleno de responsabilidad y de severidad mientras tocaba la bocina, miraba el semáforo y pensaba con cierta benevolencia, sintiendo el asiento del coche ya tibio y familiar, como la promesa de un día completo, de una buena parada para una buena comida, de muchas carreras, ¿por dónde? Simpática esta primera pasajera.

Ella viajaría en el tren nocturno que salía a las seis y pico de la tarde. Y ese día de su partida, ella lo atravesó con los ojos tranquilos, secos y sorprendidos, proyectada hacia el tiempo vacío que era el futuro desconocido. ¿Qué pasaría? ¿Y si apareciese Vicente?, el viaje, despertar de madrugada ya en el tren... y quizá nunca más sentir el olor quieto de la mañana levantándose con el polvo de la ciudad: qué violento sería. Cada gesto que intentaba expresar aquel espacio luminoso que le oprimía el pecho, cada gesto en esa dirección se agotaba sin envolver ni siquiera un momento el verdadero sentido de su dolor. Era dolor aquello seco que la desgarraba de repente. Vestida solo con la combinación corta, los gruesos brazos desnudos, se paraba con un camisón en las manos antes de guardarlo en la maleta, casi diciéndose: ¡estoy loca contra mí misma, contra la realidad!, porque bastaría quererlo y se convencería de que la realidad del viaje era otra, la del tren, la de cenar en el tren, la de volver a ver su casa y no a la loca. Pero algún sentimiento fantástico la llevaba hacia una atmósfera lenta y sobrenatural, casi impersonal y con los ojos aterrorizados estaba obligada a ver y a transformar. No, no pensar, dejarse llevar por los acontecimientos. Pero se acordaba de Vicente y se inclinaba hacia delante, la mano apretando el cuerpo, los ojos cerrados, llena de náusea y de emoción, con crisis inesperadas, espaciadas, como los dolores que anuncian el parto. Después un alivio y un sudor frío la recorrían con cansancio, abrió los ojos pálida. Guardaba el camisón, lo acariciaba en la maleta con las yemas de los dedos, lo máximo que podía hacer para interrumpir aquella voracidad de su corazón por la tragedia. Entonces, ¡se iba! Era solo eso. Hoy estaría en el tren y… No podía completar los pensamientos, temía esbozarlos tan definidos que apareciesen claros en su pobreza y entonces, independientes, ella tuviese el dolor sin la comprensión y la tolerancia que se permitía antes de saber lo que realmente pensaba. Adiós, queridos hijos, decía bajito en el cuarto desordenado para provocarse por fin la crisis de aquel estado. Estaba abatida, vieja, el largo rostro amarillento. Tenía sueño también: si durmiese estaría salvada, pensó con miedo y ardor.

Se acostó y enseguida le pesó el cansancio de la noche mal dormida. Ah, qué terriblemente feliz era de estar exhausta. Un vago llanto se formó en sus entrañas y ella se dijo sintiéndose conmovida y dolorosamente contrita: es cansancio, solo eso. Se durmió cayendo, cayendo, cayendo a través de la oscuridad. Se paró: la ciudad metálica. La ciudad metálica. La ciudad metálica. Todo brillaba excesivamente limpio y ella tenía miedo de no poder alcanzar el mismo brillo y de apagarse humilde y sucia. Las mujeres eran rubias y con un movimiento de cabeza conseguían nuevos peinados: finos, lisos y sedosos, cabellos casi fugitivos e irritantes brotando como ríos de sus cabezas redondas. Alguien podía llegar a la cúpula más alta de la ciudad, ver cómo brillaban abajo los metales y gritar: quiero morir, quiero morir. Se paró, era la primera vez que deseaba morir desde que vivía. Y algo decía también: Dios mío, con infinita ternura, casi con vergüenza, casi con malicia: mi Diosito. En seguida la almohada era una madeja donde hundir la cabeza y encontrar calidez, calidez de plumas que olían al mismo cuerpo que aspiraba el perfume; una fuerza tibia y persistente atraía lentamente a la persona hacia el centro de la cama y del sueño, y caía, caía, era inútil intentar liberarse del sueño y caminar hacia la luz blanquecina y enfermiza del sol que existía sobre los párpados como un peso vacilante. Huir del sueño, huir del sueño, pero la directora de la ciudad, con sus ojos y su sonrisa, qué doloroso era estar ante ella, venía y la obligaba a comer huevos fritos en sartenes calientes de aceite, a comerlos uno tras otro, decenas, Vicente, decenas, sentía que vivía, pero ahora con tanta fuerza y seriedad que lo de antes le parecía solo un ensayo. Con un suspiro consiguió un empleo de limpiadora de las bañeras de las mujeres rubias de la ciudad de la directora, qué rápido torbellino era todo. Eran grandes bañeras lisas y las mujeres eran tan bellas, sus muslos tan grandes que ella acababa por ser una de ellas. Buscaban huevos en vano; ¡qué raras eran, qué raras! Cuando los encontraban, los comían crudos; desnudas, finas como la seda, entrando en la bañera. Entonces lo que ella más temía —marrón, brillante y agonizante— iba creciendo poco a poco, creciendo, creciendo, creciendo hasta que alguien era obligado a reír para mentir la tragedia; aumentaba hasta ser demasiado para los oídos y para los ojos y para el sabor en la boca y para aniquilar toda idea de grandeza que se pudiera tener, los océanos invadían y cubrían la tierra; después disminuían, por fin. Pero ¿cuánto?, después de todo, ¿cuánto?, basta, basta, argumentaba ella con la mano tendida, afilándose de tal forma que una línea penetraba en otra como el hilo atraviesa la aguja y el tejido sensible. Comprendía que un pequeño esfuerzo más y sería posible despertar. Con un impulso sobrehumano levantó el cuerpo de las arenas movedizas solo con la fuerza jadeante de su propio deseo y fue proyectada violentamente hacia el vacío del día amarillo que vibraba; el olor del cuarto levantado por el calor le avivó la conciencia y percibió con un leve suspiro que había despertado, una mano ligera afloraba del agua y el sueño se turbaba. Con una fuerte jaqueca su estómago se contraía, la cabeza latía. Con la combinación arremangada se sentó casi inconsciente en la cama y, como en las primeras oleadas del sueño, permaneció así mucho tiempo. Abría a veces aún más los ojos, miraba ligeramente, se recogía después horrorizada. Finalmente despertó. Un reloj sonaba encerrado en un apartamento lejano, sombra y polvo. Ella se levantó. Del cansancio despierto y nuevamente ansioso, como de materia revuelta, parecía exhalarse un tenue impulso, desorientado al principio, después agudo, casi estridente, con la fuerza contenida de una flor que se abre, se puso en pie. Pero ¿estoy loca?, no, se repetía radiante y débil, no..., repetía sin saber, qué importa lo que viene..., era tan simple... Un estremecimiento de vida la recorrió veloz, intolerable, casi vomitó. Con una impresión confusa sentía que no había ninguna desgracia demasiado grande para su cuerpo... Sí, ella lo soportaría todo, no, no por su valor sino porque vagamente, vagamente, porque el impulso inicial ya había sido dado y ella había nacido; pensaba en la propia sensación de fatalidad que era después de todo su última certeza de estar viviendo, la imposibilidad de admitir en lo más hondo de su carne que en ese mismo instante podría estar muerta. Sí, y después parecía haber llegado al límite de sí misma, allí donde se confundían la alegría, la inocencia y la muerte, allá donde en una ciega transubstanciación las sensaciones caían con el mismo diapasón..., y como había llegado al límite de sí misma, se sentó de nuevo, quieta y blanca, y observó levemente las cosas sin espera, sin recuerdo, acarició el tirante de su combinación, uno de sus grandes senos pálidos, reducida súbitamente al comienzo. De los edificios en construcción llegaban las voces. Había llegado a un instante raro de soledad donde incluso la más íntima existencia del cuerpo parecía vacilar. Ella no sabía cuál sería el próximo instante; como por primera vez, la vida vacilaba pensando sobre sí misma, llegando a cierto punto y esperando el propio orden; el destino se había agotado y lo que aún seguía era la sensación primaria de vivir, el tema interrumpido y el ritmo latiendo seco. Los momentos sonaban libres de su existencia y su ser destacó del tiempo sobre el que transcurría. Apretó la mano sobre el pecho, en realidad lo que sentía era solo un gusto difícil, una sensación dura y persistente como de lágrimas insolubles tragadas demasiado deprisa. De los edificios en construcción venían voces. Reflexionó un momento y se puso a la escucha.

—La pequeña respondió: ve tú, pero ¡¿esto qué es?!

—Ah, ¿sí?

—¡Claro, hombre!

El final se mezcló con una carcajada gruesa y baja penetrada por otra risa más clara y otra profunda y larga; en un tono más alto un hombre joven rio tan calmado y viril que ella aguzó el oído y antes de que él terminase todos juntos volvieron a empezar disonantes y violentos. Pararon y se oyeron los arañazos de la pala en la tierra, seguidos de profundos golpes sonoros sobre madera hueca. Emitió un suspiro rápido, bajó la cabeza mirando al suelo polvoriento. Fatigada, le vino la idea de que las cosas esperaban una continuación, de que debía moverse y moverlas. El tren, las maletas, Vicente. Y como estaba muy apartada de sí misma y de su propia fuerza, intentó, sin conocer la naturaleza de su impulso, unirse a un dolor más sensible y más posible, de aquellos que provocan una solución; empezó a pensar confusamente que se iba a separar de todo y lloró falsamente. Pero no había tristeza, había cansancio e indiferencia mientras miraba las tablas oscuras con resignación. Después pudo por fin vivir lo que se refería a las maletas y al tren, a su destino diario y a los días futuros que parecían necesitarla para existir. En el fondo de todo, casi desapercibido, aparecía, horrible como una luz amarilla y desesperada, el peligro de sí misma, el miedo de repetir alguna vez más aquella sensación de un poco antes, un presentimiento de comienzo donde ella adivinaba la cercanía de la muerte, vertiginosa y calmada. Vivió un día espeso y sin luz. De golpe llegó la hora de partir; el sol todavía iluminaba la ciudad llena de tranvías y de personas.

Con las dos maletas ya colocadas en el vagón de carga, ella asistía a las despedidas de los otros. El sombrero marrón se adornaba de azul al combinar con el vestido bajo el abrigo gris. Sobre todo temía el instante en que el tren diese su primer arranque, el primer pitido y el primer dolor. Entró en el baño estrecho que olía mal, se sacó el sombrero pequeño, empezó a lavarse inútilmente la cara, a pintarse, a peinarse; arreglándose la ropa, engañando el instante. Se pintaba los labios cuando el tren se puso en marcha, un tirón de su brazo le hizo trazar una brusca raya de barra de labios en la mejilla pálida y abatida, ¡adiós! El corazón se comprimió respirando solo en la superficie, el rostro oscurecido y muerto. Lo peor había pasado. Ella salió sacudida por el traqueteo, se sentó bruscamente en medio de aquella gente extraña. Miraba por la ventanilla, la carbonilla en los ojos, los labios resecos de agua y jabón. Un niño rubio lloraba en el regazo de una señora joven y gorda. La última claridad cortante de la ventana se estremecía entre ruidos sordos; su corazón se endurecía pequeño y ennegrecido. Se levantó para tomar café alisando su falda ya arrugada; su pecho se contraía áspero como un ojo enrojecido y seco de carbonilla. Un ansia ronca y asustada la empujaba con el traqueteo del tren hacia el fondo del vagón mientras ella forzaba el cuerpo hacia delante intentando llegar al vagón restaurante; el pitido sonó repentino y largo, la locomotora se movió aún más deprisa, no, Dios mío, no, se decía ella con una desesperación íntegra y obstinada, mirando fríamente hacia delante y alcanzando con dificultad el tren que corría mientras cerca de su corazón era como si se hubiese tragado un objeto negro e inmóvil. Un niño delgado lloraba en el restaurante delante de un vaso de leche, siempre, siempre. Cuando vino a la ciudad, con el cuerpo despierto apartado del respaldo del asiento, el corazón ebrio de curiosidad y juventud, también lloraba un niño; y un olor excitado de comidas, perfume, carbón y cigarrillos le daba a los ojos una pausa misteriosa y callada; el rostro serio y sensible bajo las largas cintas de aquel sombrero excesivamente infantil para la joven adulta que ella era, algunas finas arrugas. Pero ahora era como si se hubiese tragado una chispa, los ojos ardientes. Se acordaba del viaje a la ciudad, aquel día sentía el impulso del aliento de carbón caliente y hierba húmeda y de aquel ruido continuo que parecía empujarla a la aventura, a la aventura, a la aventura; bajo las viejas cintas del sombrero, tragaba alegremente la carbonilla y observaba el cansancio excitado de los viajeros benevolentes y traqueteados, los ojos claros y grandes de las mujeres; parecía un picnic. El ruido de las ruedas impedía entonces la conversación y los pasajeros se miraban aislados por la atmósfera gris de ruidos; y era tan bueno como un hogar, ella misma sentada junto a Daniel que leía periódicos escondiendo el corazón. Era tan bueno como un hogar. Las personas comían bocadillos sin apoyarse en los respaldos de los asientos, como ella misma, y masticaban ocupadas en evaluar la distancia. Y ahora… Ahora llegaba el café, un panecillo con mantequilla y ella estaba sola. No se sentía infeliz. Sobre todo sentía una altiva y fría sensación de que nadie podría quitarle lo que había vivido; concedía cierta atención íntima y oscura a lo que estaba sucediendo y que más tarde, tal vez imposible de ser recordado, formaría sin embargo parte de su historia. Miró por la ventana: un cafetucho aislado en medio de la vegetación rala, construido con ladrillo y cal, anunciaba una aldea; eran solo dos puertas, un perro tumbado ahuyentando a las moscas y todo pasó rápidamente, la propia población en sombras, en trazos rápidos, largos, inacabados. El tren avanzaba por el camino abierto en el bosque oscuro, mojado por la última lluvia, el olor de agua dulzona; los raíles refulgían sinuosos, desaparecían bajo el tren. Ella empezó a pensar que en realidad podría no haberse ido, y la idea de que estaría en ese momento en la ciudad esperando el día siguiente para ver a Vicente le despertó un nuevo grito sofocado en el corazón. Nunca había tenido una noción más precisa y extraña de que dos lugares existían al mismo tiempo, de que una misma hora transcurría en todo el mundo, y esta sensación instantánea la acercó como nunca a lo que ella desconocía. Cómo sé inventar cosas hasta el final; se dejaba llevar por una obstinación inconsciente hasta un punto en el que en realidad alcanzaba lo que había pretendido y sin embargo no podía soportar lo que ella misma había creado. Sería mucho más fácil ser mejor consigo misma; las personas se preparaban para tener compañía en todos los momentos de la vida, incluso Daniel; y ella, misteriosamente desprendida, había conseguido quedarse sola. Se acordaba de cómo poco tiempo antes de ir a vivir a la ciudad con Daniel había aceptado pasar un mes en la hacienda lejos de la Granja, incluso cuando sentía tedio y preocupación por lo que iba a suceder; se acordaba de cómo no había podido cenar en aquella hacienda de viejas y de empleados aturdidos, el pecho preso en lágrimas, el cuerpo ardiendo de silencio; y de cómo no había podido dormir, acostada en la extraña cama baja, escuchando los pasos de los grandes ratones; y de cómo no se sorprendería entonces si la puerta se abriese y entrase un ser y la marcase con dedos dulces y morados, sin nadie para salvarla, lejos de la familia de miembros cansados pero que se cerrarían a su alrededor e impedirían lo que fatalmente se aproximaba; ¿cómo había podido olvidar ese mes de miedo y de meditación?, solo ahora el recuerdo había vuelto. Y después, los ojos contemplando la oscuridad desde la ventanilla del tren, recordaba cómo no volvió a la Granja con Daniel cuando do este se comprometió, y cómo, sin embargo, habría sido fácil no quedarse sola; entonces vivió con sus primas..., y sí, mientras no encontraba un apartamento se quedó en la pensión. Con un suspiro, finalmente se acercó al recuerdo de la pensión. Era día santo; cuando entró para cenar la primera vez —las mesitas cubiertas con manteles de cuadros rojos, un jarroncito de rosas marchitas— nadie la miró, ella ya tenía un aire distante y tranquilo; no pudo comer nada, la garganta contraída por una soledad emocionada y nerviosa. Sus manos temblaban y ella las miraba asombrada. Después subió al cuarto del biombo cochambroso, se puso el camisón y con un movimiento se descubrió en el espejo grande, el cuerpo grueso apareciendo con una voluptuosidad triste a través del tejido fino, aquellos horribles camisones de solterona anteriores a Vicente. Veía el rostro congestionado de lágrimas, el pelo peinado en un moño discreto de mujer que está sola; una niña deforme y rara que despertaría miradas de curiosidad. Ah, sí, no existía Dios, eso estaba claro, el viento alegre y fresco lo decía al entrar en la habitación, las flores rojas del jarrón lo repetían y todo se bastaba con secreto y terror. Sin saber qué hacer de la larga noche se quitó el camisón y se vistió otra vez. No se atrevía a pensar presintiendo que el pensamiento la aislaría aún más. Una bombilla encendida en la vecindad daba una leve penumbra a su cuarto; el biombo parecía moverse y respirar. Las flores se estremecían en el jarrón estrecho. La mesita cubierta con un mantel polvoriento flotaba extraordinariamente quieta como si no tuviese contacto con el suelo. Ella se había sentado en la cama, apoyada en la almohada, y contemplaba el aire de la noche templada; los zumbidos llenaban el silencio sofocado del verano. De repente, en el corazón de la casa vieja estalló una vena en astillas y sangre, en alegría congestionada; ella se sentó con un sobresalto en la cama, sofocó un grito de horror. Una pequeña orquesta tocaba en el salón de abajo. El saxofón atravesaba los parcos instrumentos dislocándolos. Inmóvil, apretándose la blusa contra el pecho, escuchaba como en sueños el foxtrot ronco y desafinado. Encendieron una luz en la casa de enfrente y su habitación, ligeramente tocada, se abrió en una vaga claridad. La música paró, aplausos húmedos y cortos se sucedieron en zigzag, se interrumpieron. Aquel día de fecha santificada, los comercios cerrados, cruzándose con hombres en pijama por los pasillos y en los baños mixtos de la pensión; ahora además una orquesta... ¡Mañana!, ¡mañana se iría y buscaría definitivamente a alguien!, se prometía. Y eso —qué poderosa era algunas veces—, y eso que sabía que era una mentira la apaciguaba, hacía que pudiese esperar con el corazón más estable, consolada como una niña, palpitando con cuidado para no lastimarse. Era necesario ser delicada consigo misma —eso lo aprendería cada vez mejor, a cada momento que fuese pasando—; vivir como si sufriese del corazón, tanteando, dándose buenas noticias suavemente, diciendo sí, sí, tienes razón. Porque había un momento en que el permiso que alguien se daba podía llegar a ser de un pavor seco y tenso, algo de lo que no se conseguiría decir el fin. Un estado en el que tener fuerza sería tal vez la propia muerte y la única solución estaría en la entrega rápida del ser, rápida, con los ojos cerrados, sin resistencia. Se pasaba los días en la habitación. Mientras los maridos trabajaban, las mujeres vagaban por la pensión en sus batines leves y floreados, se reunían en la sala para hablar, una le pintaba las uñas a la otra, se hacían peinados nuevos y se prestaban barras de labios, cosían ropa, hojeaban revistas, como los monos del zoológico. De vez en cuando aparecía una pareja. Él tenía las cejas bajas sobre los ojos astutos, el rostro minúsculo y las orejas grandes como un murciélago. Ella era baja, de cuello corto, el pecho ligeramente saliente, dócil, curiosa y fea. Los dos parecían unidos por cosas secretas, como por un crimen sexual; pero él la protegía y ella se sentía protegida. Recordó también cómo agradeció casi ardientemente a una de ellas que le prestara una revista y cómo se había retraído con frialdad pensando que había sido ridícula; subió a su habitación y se quedó pensando si lo había agradecido poco o se había humillado demasiado; y entonces había buscado castigarse no leyendo la revista, ¿buscando así la perfección?, sí, Dios mío, sí, eso era lo que buscaba, el cuerpo grande y tosco de niña, era eso lo que había buscado con seriedad: la perfección de sí misma. Una amplia y misteriosa vida de niña, eso era lo que siempre parecía haber sentido con los ojos grandes y fríos. Recordó también cómo en el silencio del nuevo apartamento le llegaba tantas veces aquello que no faltaba ningún mes y cómo así la vida se sucedía en su cuerpo, impasible, siguiendo un ritmo que ella acompañaba orgullosa e inquieta, cuidadosa. Recordó cómo se sentaba a la mesa después de cenar, dulcemente atenta, el corazón traspasado por el miedo y por la espera; un viento leve rozaba la superficie de su cuerpo, enfriaba el aire, la nueva cortina había estallado ciega. Una presencia de blancos labios asustados languidecía en el aire, el silencio era aspirado por un vértigo, ella inclinaba la frente, un sonido venía de lejos, de la calle, nacido de movimientos y de palabras: sí, sí…, respiraba su cuerpo débilmente, los párpados pestañeando. Sí, sí…, con un cansancio sorprendido algo no se realizaba, se deslizaba como el viento y desaparecía para siempre; un recelo frío la hacía estremecer; el largo y tenso silencio le agudizaba inútilmente los sentidos… Pasaba los días comprendiéndose. Recordó por fin cómo una tarde, haciendo rayas con la uña en el mantel, le pareció haber oído que llamaban a la puerta. Se levantó y la abrió sobre el pasillo vacío. No encontrar a nadie la había asustado tanto que retrocedió, cerró la puerta rápidamente sin hacer ruido y se apoyó en la pared sintiendo que su corazón latía aturdido y brusco, aquella sensación de error que nunca había dilucidado, una fatalidad sonando en el reloj con delicadeza y precisión. La solución estaba en la entrega rápida del ser, sí, sí, con los ojos cerrados, sin resistencia. Eso era realmente existir. Entonces eso era existir, era necesario repetirlo siempre y así se podía vivir con cierta felicidad absorta, maravillada. ¿Cómo buscar la alegría en el centro de las cosas?, por más que alguna vez remota y casi inventada la hubiese encontrado y hubiese vivido en ese mismo centro. Ahora tenía la responsabilidad de un cuerpo adulto y desconocido. Pero el futuro vendría, vendría, vendría.

Su compartimento estaba sobre el de una señora ciega. Un rostro sonriente y escrutador que parecía extraordinariamente vivo, inteligente. Le ofreció ayuda tibiamente sin conseguir sentir compasión de la mujer. La ciega respondió con voz firme, clara y delicada:

—Si lo necesito la llamaré.

Subió con esfuerzo, cerró las cortinas y en la estrechez del compartimiento se acostó. El traqueteo del tren vibraba en su cerebro y lo adormilaba; cerró los ojos profundamente.

Tal vez los abriese con lentitud mucho después, pero se despegaron como al mismo instante… Era noche oscura, el tren huía. La cortina de la ventanilla se movía lánguida y suave con el viento suave. Y ella pensó y vio una sombra que era la de una mujer extraordinaria, delicada y tranquila, tan móvil y silbante como el propio aire, mirándola como quien se asoma en silencio. Virgínia abrió realmente los ojos que había cerrado hacía tanto tiempo y con un susto se incorporó en la cama estrecha y sombría que la cortina velaba. El tren corría sin obstáculos a través de la noche apacible y perfumada. ¿Cuánto tiempo había pasado alrededor de la mujer que había presentido? Sonrió sin saber por qué, la cabeza pensativa; presentía con un placer sereno y absorto qué novedosa, inexperta e indescifrable era la existencia, cómo ella misma podría algún día ser adivinada por un desconocido en una vía de tren sin decir una palabra. Cerró la ventanilla, la cortina, descansó la cabeza pesada y pálida sobre la almohada que se estremecía con todo el vagón dormitorio. Perdió la conciencia y solo alguna que otra vez sentía la luz amortiguada y nauseabunda encendida sin fulgor sobre su cabeza, al alcance de la mano. Se volvía hacia el otro lado y de nuevo olvidaba. Después abrió los ojos y sin saber por qué se quedó espiando, oyó los ronquidos de un hombre cerca de su cuerpo, detrás de la cortina áspera de polvo, en el compartimiento contiguo. Ahora todo el vagón jadeaba oscuro, las luces habían sido apagadas, el vaivén del tren era íntimo, fantástico. Una oscuridad compacta comprimía sus ojos abiertos. Apartó la cortina que cubría el cristal de la cama y una luz azulada de luna cortó su cuerpo por sorpresa... El tren corría violentamente por la noche y los campos se extendían lívidos, exangües..., atrás, en el pasado, sin conseguir alcanzar jamás el momento en el que ella vivía. Sus ojos pasaban corriendo delante de un árbol y el árbol estaba inmóvil, sin que una brisa amenazase sus hojas. Sin embargo, hacia los maizales silenciosos se extendía el azul morado y fulgurante en el paisaje misteriosamente claro; pero el fondo de la visión se ocultaba negro y reservado, un brazo escondiendo los ojos en secreto. Percibía a lo lejos un poste de telégrafos y el tren se acercaba a él con el mismo ritmo de atenta asfixia; cuando su ventana lo alcanzaba y ambos eran ya el presente, el poste era estirado con violencia desde atrás y el tren se alejaba olvidándolo bruscamente. Buscó un sentimiento en sí misma y solo estaba lúcida, insomnemente lúcida. No intentó dormir, la decisión serenó su rostro, con la cabeza en la almohada erguida ella miraba cómo se sucedían las planicies, oía el pitido despierto del tren levantarse hacia el cielo; alguna que otra chispa pasaba como un torbellino por su ventana, un pequeño grito de dolor, arrastrado. A veces el agua brillaba quietamente fuera y luego desaparecía para siempre, hasta el final de su vida. Ella flotaba en las olas profundas del sueño con los sentidos cansados y perdidos. Alguna vez, como el paso silencioso de un cometa, emergía quieta de las olas a la superficie, elevada por un simple impulso, por la misma ausencia de fuerza que inspiraría un abrir de párpados. Levemente despierta flotaba lejos del mundo, oscilando sobre su propia somnolencia, rodeada por el oscuro momento pasado y por el que ya se esbozaba; estar despierta era entonces de la misma materia del sueño, pero purificada en un solo velo y ella veía a través de él sonámbula y mansa. Mientras duraba el largo segundo ella pensaba y su lucidez era la misma claridad dura de la luz de luna; pero no sabía lo que pensaba; pensaba como una línea que parte de un punto prolongándolo, pensaba como un pájaro que solo vuela, simple dirección pura; si mirase el vacío sin color no vería nada porque no había nada que mirar, pero habría mirado y visto. Dormía de otra manera en los días de confusión y de martirio; se concentraba entonces en el sueño como si la atizasen con una lanza y ella encogiese su existencia dejando la vigilia vacía. Mucho de su pasado no se había realizado a la luz del día sino en los lentos movimientos del sueño, aunque ella raramente pudiese recordarlos. Oyó ruidos sofocados de maletas y de pasos, comprendió que se había dormido. Era de madrugada, la noche se iba desvaneciendo; una luz neblinosa flotaba en halos sobre las cosas. A través de la ventanilla cerrada veía que el sol aún no había salido pero percibía la frescura y la vida nueva temblando delicadamente en cada hoja. Se sentó sobre la cama, levantó el cristal grueso y un súbito frío alegre la rodeó; no sospechaba que la noche hubiese terminado de esa forma tan definitiva. Se peinó el pelo enmarañado, bajó a tomar algo. Para su alivio la ciega había desaparecido. Bebió un café polvoriento, probó dulces oscuros y grasientos. Un hombre gordo la miraba desde dentro de los ojos con el mentón apoyado en el pecho. Ella bebía el líquido tibio; tal vez estuviese triste pero en ese momento tenía la firme sensación de que no podía vivir de su propia tristeza, de su alegría o incluso de lo que sucedía; ¿de qué entonces?, se revolvía inquieta y atenta como si buscase una posición para vivir. Se le ocurrió por fin por primera vez que vería a todos los de casa, que volvería a su cuarto. Que Daniel estaría en la Granja, su esposa…, no, su esposa pasaba seis meses con sus padres… ¿Daniel atendiendo con su padre la papelería? Más tarde encontraría bonito el paisaje y ya empezó a notarlo con una percepción ligeramente distraída. Después del café, fumó y mientras fumaba intentaba concentrarse, comprender su vida en aquel instante. Buscaba observándose pero no veía más que el cielo gris, como cuando intentaba pensar con profundidad. Parecía buscar la unión que debería haber entre la especie de elfo que había sido en su infancia y la mujer de cuerpo sensato, sólido y cauteloso que era ahora. Volvería a ver su tierra y temía, un poco nerviosa, impaciente y tímida, su propia sentencia. Tuve mi oportunidad en la adolescencia, no sabía ella qué pensaba soltando el humo con esa especie de prudencia y de falta de gracia que tenía con el cigarrillo. Perdí muchas oportunidades en la infancia. Aunque su cuerpo actual tuviese un destino diario. Se acordó de Vicente con una nostalgia asustada que era también sorpresa por la extraña calma y alegría del alivio. Quién sabe si volvería, llegó a imaginar. Observó después que esa fue su impresión desde que recibió la carta de su padre. Pero no quería pensar y apartó el pensamiento cerrando rápidamente los ojos, moviendo la cabeza y exhalando el humo con decisión. Sentía un poco de hambre y eso prometía borrar algo. Cuando coma…, se decía como una vaga amenaza, los labios secos, como ante un nuevo día. Se le ocurrió con una primera alegría emocionada que vería a Daniel, que él repetiría «tu tipo se vuelve cada vez más material…», y ella se ruborizaría por no tener hijos. Se sentía apaciguada, expectante; incluso en una vida poco feliz y comprensible, la continuidad de los momentos es algo fluctuante y sin embargo estable, lo que después de todo significa una vida equilibrada. Una niña pequeña con una servilleta atada al cuello, los dientes rotos y los ojos marrones en un rostro redondo, serio y pálido, estaba de pie junto a ella. Mirándola. Virgínia le dedicó una rápida sonrisa. Su última experiencia con niños había sido trágica.

—¿Tú quedas? —preguntó la niña.

Sorprendida, casi asustada, Virgínia la miró con más atención.

—¿Tú quedas? —repitió con paciencia y delicadeza.

—¿Cómo…?

—¿Tú quedas? —indagó la niña gritando.

—Sí, me quedo, me quedo —se apresuró Virgínia alarmada mirándola aturdida. La niña seguía de pie observando. Su madre, sentada de espaldas, al notar que pasaba algo, se volvió, miró rápidamente con sus ojos amarillentos, preguntó:

—¿Estaban conversando? —Virgínia asintió—. No tiene claras las palabras todavía —dijo la mujer en un extraño lenguaje, sonriendo y volviéndose hacia delante. Parecía contenta de ver a la niña ocupada. La niña las miraba a las dos y esperaba con tranquilidad.

—¿Tú quedas? —preguntó después de una pausa.

—Sí. ¿Y tú?

Ella pareció caer en una gran perplejidad ante esa pregunta; retrocedió asustada sin apartar los ojos de Virgínia. De repente caminó hasta su madre:

—Sí, sí —dijo la mujer siempre de espaldas, la expresión imposible de adivinar.

Caminó hasta Virgínia, se paró a poca distancia.

—Yo quedo.

—Ah, sí, muy bien, muy bien.

—¿Y tú quedas?

—¿Quedarme dónde?

De nuevo la pregunta aterrorizó a la niña, miró angustiada, el rostro claro y redondo. ¿Sería idiota? La nariz mocosa brillaba húmeda al sol, suave y corta. Virgínia aprovechó su retirada para desaparecer. Cuando ya había llegado al final del vagón, con horror fue alcanzada por la niña.

—Esta es Conceição —dijo mostrando una muñeca de trapo. Alzaba la carita con ansia y con delicadeza, la nariz sucia parecía esperar, como si ella fuese ciega. Virgínia apretó los labios, los ojos súbitamente difíciles de esconder: Dios mío, ¿qué quería aquel animalito?

—Ah, es bonita, es bonita tu Conceição —le dijo casi en un sollozo.

—¿Tú quedas?

Tal vez hubiese vuelto para quedarse pero nadie lo sabía y a su alrededor los instantes no se unían al futuro, solo, provisionales y sueltos, le decían todas las cosas y ella las comprendía. Su abuela había muerto y su padre subía las escaleras erguido, los escalones crujían. Virgínia aplazaba hasta el día siguiente el cumplimiento de la promesa de saber si él sufría y ayudarlo. Su madre había tenido leves molestias, sus dientes empezaban a estar viejos y enfermos. Y cuando se levantara de la cama todo podría estar preparado para que Virgínia volviese. Aquel tiempo en Granja Quieta era tan plácido e inexpugnable que ella admitía sin sorpresa la posibilidad de no regresar sin recorrer el campo una vez más, sin permanecer tranquila un instante más junto al río.

Miraba. En vano buscaba indicios de su infancia, del vago aire de complicidad y temor que había respirado. Ahora el caserón parecía recibir más sol. La caliza suelta de las paredes roídas había perdido la triste dulzura y mostraba solo una vejez cansada y feliz. Su padre, a pesar de seguir siendo el mismo, se había convertido inexplicablemente en un personaje, su propio personaje. Y su madre se había transformado. Su piel se había secado, había adquirido un tono arisco, se había conservado joven desde la frente hasta el inicio de la boca, pero más allá la vejez se precipitaba como si le hubiese costado contenerse. Despertaba con el rostro reposado, relleno, comía bien, bordaba, el doble mentón firme, la cabeza medio erguida con satisfacción y dignidad, haciendo de su vida una historia perfecta. Los rasgos de su rostro y de su cuerpo se habían vuelto plenos y domésticos, una gordura pálida le torneaba la figura que ahora, ya tan envejecida y rígida, adquiría por primera vez una especie de belleza, una familiaridad y una simpatía, cierto aire de fidelidad y fuerza como el de un perrazo criado en casa. Parecía haber descubierto un nuevo secreto de vida, se interrumpía un momento, se pasaba la lengua por los dientes.

—Cuando iba a Brejo Alto… —decía.

Porque durante quince días su marido la había llevado cada día en la carreta al centro, hasta que estuviese lista la nueva dentadura. Había sido necesario incluso coser a toda prisa un vestido azul de lino con varias filas de botones. Mientras se pasaba la lengua por los dientes le volvía la pequeña y apacible ciudad, con una perturbación que la llevaba a parpadear, la lengua olvidada sobre los dientes superiores, el labio arremangado. Se había vuelto una costumbre buscarse los dientes para un rápido contacto. Y ahora la caricia se repetía inconsciente como un tic irresistible que ya no parecía devolverle el recuerdo nítido de Brejo Alto sino solo un cierto gusto rápido y angustiado, un gruñido de aprobación. Al mirarla, Virgínia se sentía envarada y asqueada pensando cómo podía vivir aún aquella mujer y cómo la forma de amor que su madre ahora sentía estaba hecha de gula, de total entrega, cansancio jadeante y esperanza, por Dios, de esperanza. Sus propios pensamientos la asustaban. Virgínia reprimía su cuerpo, volvía la cabeza hacia un lado como si la desviase de sí misma. Los miraba fijamente pero los seguía viendo como en el momento de bajar del tren: los rostros ligeramente torcidos y poco familiares, como si los viese en un espejo. En la Granja se respiraba ahora una verdad simple, casi saludable y aireada. ¿Se encendería en cada cuarto un color diferente cuando se cerraban las puertas? En las vidas limpias y claras, donde ningún ángel húmedo se insinuaría jamás, el milagro se había secado como un haz de hierbas quebradizas al viento. ¿Dónde estaba lo que ella había vivido? Granja Quieta había perdido lo que tuvo de claustro. Solo durante un instante ella captaba en el aire aquella vibración antigua, aquella vida trémula de las cosas del caserón que tanto había sabido oír de niña. La Granja había subido a la superficie durante su ausencia y brillaba al sol, sus habitantes parecían resucitados, pero, sin conciencia de su propia muerte, andaban tranquilos sobre un suelo plano. ¿Qué había pasado? Ella sentía allí que cada cosa estaba libre de su presencia y de su toque; en una rebelión la vida se negaba a repetirse y a ser subyugada. Ahora la casa servía bien a su cuerpo grande y tímido, observaba ella con ligera amargura y una sonrisa que deseaba significar experiencia vivida, pero que era solo triste y pensativa. Incluso en el parque de Brejo Alto —se paró apretando el chal que volvía a llevar—, la fuente se había parado bajo la pequeña estatua del niño desnudo y sin el brillo del agua se había desvanecido el dios infantil. Un niño vivo jugaba en el surtidor seco. El vestido amarillo. Dos hoteles nuevos se habían instalado en el centro, algunos chicos y chicas atravesaron las calles con látigos y ropa de montar, observando.

La ropa de Esmeralda tenía el mismo olor agradable de frescura y sal. Ella se adornaba, se cuidaba y quemaba perfumes en su cuarto y tan activa era su preparación que el tiempo se acumulaba mientras ella creía que vivía minutos. Usaba con voluptuosidad la ropa femenina, sus senos se escondían como joyas entre encajes y volantes, las gruesas piernas pálidas brotaban de anchas faldas. Ella miraba con sorpresa los vestidos simples, las sedas lisas y el pelo corto de Virgínia.

—Has aprendido poco en la ciudad, Virgínia —le decía.

Con la edad parecía haberse precipitado en su verdadero cuerpo y Virgínia adivinaba por qué los hombres podrían desearla. Vicente, sí, Vicente se volvería para mirarla con atención, sin saber que su rostro de repente se volvía masculino y duro… —Ella había visto tantas veces esa expresión suya en la calle—. ¿Por qué Esmeralda no se casa?, se encogía de hombros con indiferencia. Su rostro, redondo en la parte superior, se resolvía en una punta deliciosamente femenina, casi repugnante para otra mujer, de tan atractiva y tan destinada a los hombres como era. Y tenía todavía otras marcas. Una minúscula boca arqueada y dura, casi en el mentón, como un juguete desaprovechado, una boca pálida siempre viva, los ojos un poco saltones, negros. Algo en ella inspiraba el deseo de pisarla y de maltratarla incluso sin rabia. Alrededor de los ojos las finas arrugas, la piel de un color tímido a pesar de madura y casi pasada. Aquella fuerza latiendo con la altivez de ser la única mujer. Daniel no hacía nada, dejaba a su padre el cuidado de la tienda. Tostado por el sol, cazaba, nadaba en el río, tenía ahora unos músculos fuertes y brillantes, vivía con ferocidad y calma en su propio cuerpo. Ella lo miraba de lejos; ¿cómo acercarse? Con pereza y cansancio le decía pequeñas cosas inútiles, apenas se encontraban. Él no parecía sentir la falta de Rute, además nadie hablaba de ella. Sin embargo dentro de cuatro meses volvería para pasar un semestre con Daniel. Virgínia consiguió algunos momentos de su hermano; fueron al balcón, se apoyaron callados, distantes.

—Daniel —dijo ella.

Le gustaría hablar de Vicente.

—¿Eh? —preguntó él.

Él nunca había sabido preguntar ni escuchar, eso era verdad. Ella pensaba: no tenemos nada que ver el uno con el otro, nada. Y con una tranquila apatía miraba el aire transparente. Era casi el final de la tarde.

—¿Lo has pasado bien? —le preguntó finalmente.

Él la miró rápidamente y no respondió. Ella se llenó de un sentimiento difícil y frío, vio su traje blanco tan almidonado y estrecho de hombros, el pelo muy liso, insistió por pura brutalidad:

—¿Lo has pasado bien?

—Tú solo has sabido engordar, pero sigues siendo la misma Virgínia: de una vulgaridad y de una falta de comprensión que da pena. Vete al diablo, hija.

Se quedaron un momento pensativos. Al final él dijo:

—Me voy a andar.

Ella siguió asomada al balcón; lo vio salir, se encogió de hombros. Él andaba duro y claro. Andaba, andaba, los pasos se sucedían en el silencio del camino pisando hojas húmedas y espesas. Se metió por los senderos, avanzaba sin prisa. El caserón había desaparecido, él andaba. Atajó camino, cruzó la nueva carretera, entró en las primeras calles de Brejo Alto. En la calle estrecha cubierta de hierba algunas gallinas picoteaban en el crepúsculo. Él andaba pisando las piedras secas. La oscura calle en declive se abrió hacia un retal de río luminoso, incoloro y frío, toda la basura de Brejo Alto se amontonaba negra en sus orillas; se puso las manos en los bolsillos, frunció el ceño como ofendido por·la evidencia de las cosas. Estaba ahora en una plaza de muros altos, tranquila y llena de un aire claro como el patio de un convento. A aquella hora las ventanas se cerraban; alguna que otra, entreabierta, mostraba en el alféizar una almohada no recogida. Brejo Alto parecía construido de piedra pálida, hierro colado y madera húmeda. Las casas se inclinaban viejas y renegridas como después de un incendio, las hierbas crecían en manojos en los tejados inclinados. Él siguió, se atusó el pelo negro, fino y repeinado, entró en el centro comercial; de las tiendas aún abiertas venía un olor sofocante a lugar sombrío por donde andan cucarachas viejas, grises y perezosas, un olor a bodega. De los hilos del telégrafo colgaban trapos sucios y papeles. Vio la iglesia. Con un movimiento rápido se sacó las manos de los bolsillos; entró en la humedad penumbrosa pisando con pies cautelosos y tranquilos el pavimento de ladrillo. Una vela encendida ardía bajo el altar de san Luis, delgado y delicado. Leyó: No Tirar Papeles al Suelo, y entonces salió, las manos en los bolsillos; el aire aún era claro; él andaba. De repente los vio: eran cinco personas que se acercaban. Se paró, se arrimó a la pared. La mujer era flaca, el escote excesivamente ancho, un hombro asomaba por un desgarrón; llevaba unas zapatillas azules y la cabellera se encrespaba como un enorme dibujo alrededor de la cara morena y delgada. Llevaba de la mano a una cría pequeña que se arrastraba con un trozo de pan en el puño cerrado, lloriqueando. Frente a la madre iba una niña de unos doce años, alta y seria, metida en un vestido negro demasiado grande, con cara de viuda. Una chica delgadita y viva daba saltitos alrededor de su madre, cogía una piedra, roía un panecillo mientras se secaba los mocos con el brazo. Detrás de todos un niño de unos nueve años, con la gorra enterrada hasta la mitad de la frente, una mochila colgada del hombro. Cinco personas, dijo él a media voz. El grupo se paró delante de la hilera de casas iguales. La cría pequeña dejó de llorar, se lamió la mantequilla de los dedos. El niño se acercó, se quitó la gorra con cansancio. Él, la niña de negro y su madre miraban las casas con los rostros contraídos por el resto de neblinosa claridad. La madre, cogiendo la mano de la niña más pequeña que se había sentado en el suelo, titubeaba. Las casas pintadas de rosa. Dirigió los ojos hacia una terraza, la examinó. Una mujer gorda y blanca hacía ganchillo meciéndose. El niño de la gorra y la niña de negro miraban a su madre esperando. Esta paseó otra vez los ojos por las casas, por la mujer que se mecía. Después tiró de la pequeña por el brazo y dijo en voz baja, ronca:

—Aquí no.

Pero ¿por qué no?, se preguntó Daniel perturbado, casi encolerizado. La niña de negro volvió a andar. La madre arrastró a la pequeña que se frotaba los ojos soñolientos. El niño se enderezó la mochila en el hombro, se puso la gorra de un manotazo. La niña delgadita y viva daba saltitos adelantándose en una carrera, esperando roer el panecillo o retrasándose en algún portal. El grupo fue disminuyendo y desapareció. Él había visto, había visto. Suspiró profundamente como si despertase y sus ojos tenían realmente la ciega luminosidad de los ojos que vuelven del sueño. Una débil bombilla empezó a parpadear en el aire incoloro y afilado del crepúsculo. Antes de desviar la mirada oyó un rumor calle arriba. Se volvió y al principio no vio nada porque el otro grupo se acercaba a contraluz. Poco después se fue aclarando su visión y con una exclamación ahogada reconoció a dos soldados que conducían a un preso, empujándolo, parando a veces para golpearlo. El grupo se acercaba, él se pegó a la pared. Una sensación de náusea le llenó la boca de una saliva que parecía sangre. El preso iba entre los dos soldados con los ojos rojos y parpadeantes, la boca abierta, el rostro marcado por las manos de los guardias. Daniel se encogió: pasaban a su lado, el preso soltó un gemido y uno de los soldados lo empujó con un puñetazo en la espalda. Daniel cerró los ojos profundamente, apretó con palidez los dientes. Una deliciosa extrañeza se apoderaba de él dándole asco y fuerza, un extraordinario sentimiento de cercanía. Se le ocurrió derribar a los soldados y liberar al hombre, pero con los ojos inmóviles él se sentía más capaz de derribar al hombre y machacarlo con los pies, con los pies. Sonrió de repente acariciándose el labio superior como si retorciese un imaginario bigote. El prisionero y los soldados desaparecieron tras una esquina... Con un sobresalto observó la calle otra vez vacía y conteniendo un juramento se dirigió casi corriendo por donde había visto desaparecer a la mujer y a sus cuatro hijos. Avanzaba arrimado a las paredes... Dobló la esquina, sí, allí estaban, alejándose al fondo de la calle... Él se apresuraba, sus pasos resonaban, y el miedo de no alcanzarlos lo hizo gritar llamándolos. La mujer se volvió, vaciló un instante en la calle desierta, el grupo se paró. Daniel se acercaba, los alcanzó poco después con la respiración jadeante, los ojos brillantes. Ahora veía de cerca a la mujer, observaba su piel oscura y sucia, aquellos ojos inquietos, cansados. Asustado, se metió la mano en el bolsillo, sacó una moneda... Se la tendió a la mujer con brusquedad. Sin despegar los labios ella lo miró con asombro, iba a coger la limosna pero con una repentina desconfianza se paró, le respondió:

—No, gracias.

Un sentimiento de ira y de sorpresa le asaltó. Los dos se miraron silenciosos; él la maltrataba arduamente con su mirada dura. Un momento después, Daniel dijo casi con delicadeza porque sabía que la había sometido:

—Tome.

La mujer titubeó. De repente extendió la mano, cogió la moneda, le lanzó una mirada oscura y difícil sin murmurar una palabra. Él la vio alejarse, mirándola con decisión y placer, con fuerza penetrante y una profunda risa interna; lanzaba un grito de triunfo batiendo las alas sobre su víctima. La noche caía lentamente. En la puerta estrecha y cerrada brillaba una placa: Sete & Snabb - Agentes de Aduanas. Una niña delgadita surgió de una esquina y como un rayo desapareció en el interior negro de una casa. Miró indeciso la calle desierta. Rute, Rute, murmuró con un sollozo seco. Las sombras de los almacenes cerrados atravesaban el suelo pálido, se extendían por la calle, alcanzaban la otra acera. Él dudaba. Y después siguió andando moviéndose en la penumbra como un vampiro.

No era solo de Daniel de quien ella se sentía apartada. En su ausencia los pequeños hechos diarios que ignoraba se levantaban como una barrera y ella se sentía excluida del misterio de la familia. Entre las conversaciones, los instantes de silencio se llenaban de reserva y de una vaga desaprobación. Parecían culparla de no seguir ausente, de haber vivido con ellos la infancia y la juventud. Se defendían de una acusación que en realidad ella no sabría hacer.

—¿Qué ha pasado de bueno? —preguntaba sonriendo falsamente.

Era tan difícil contar lo que había sucedido durante la separación…, todo escapaba a las palabras.

—Bueno, todo ha sido como siempre —decían al final, molestos.

Se sentían presos unos a otros y sus ojos brillaban irritados cuando se hablaban. En realidad lo que había pasado era que habían sentido un cierto placer diario y tranquilo en comer y cenar juntos, se encontraban por los pasillos cruzándose, se comunicaban con pequeñas palabras sueltas. Vivían juntos para estar todavía juntos en el momento de su muerte; al estar juntos, si alguno de ellos muriese, todos tendrían menos miedo de morir. La fricción constante, la respiración del mismo aire había provocado en ellos lo que había en ellos de más sucinto, e intercambiaban palabras cortas. La conversación iluminaba objetos, cuestiones del gobierno de la casa y de la papelería. La costumbre les permitía intercambiar impresiones con una mirada veloz, con una media sonrisa que nunca penetraba hasta el fondo del día. Tal vez cada uno de ellos supiese que solo a través de la soledad podría liberarse, creando sus propios pensamientos íntimos y renovados; pero esta salvación individual sería la pérdida de todos. Ahora ya evitaban cualquier sensación más aguda porque no la podrían transmitir. Y para seguir poseyendo aquella seguridad asustada, de la que ignoraban que podían prescindir, se reunían sombríos, inconscientes.

Virgínia intentaba hablar con Esmeralda; quiso contarle lo que Vicente —un chico— le había dicho. Qué difícil era repetir un elogio, y como se avergonzaba ante la mirada ávida y dura de su hermana añadió deprisa, con disgusto: bueno, solo repito lo que dijo… Esmeralda estuvo de acuerdo inmediatamente, impaciente y curiosa: claro, solo eres sincera… A pesar de la conciencia aguda de sus propios movimientos, Virgínia asintió con un humilde gesto de modestia que enseguida oprimió con dedos fríos de ironía su corazón sorprendido. Después ya no fue posible seguir hablando porque mientras sus palabras tropezaban ella seguía siendo mala consigo misma, apegada aún al ridículo de aquel movimiento íntimo y servil. Como si Esmeralda fuese la culpable, la evitó el resto del día con repugnancia y malestar. Por la noche la despertaron unos ruidos extraños procedentes de la cocina. Se levantó, bajó las escaleras. Esmeralda calentaba agua con una bolsa de caucho en la mano.

—¿Mamá? —preguntó Virgínia abrochándose el batín.

—No.

—Entonces ¿te encuentras mal tú?

Esmeralda no respondió enseguida, contrajo la boca en un impulso reprimido de irritación, como si Virgínia la estuviese obligando a responder.

—No es nada, un dolor vago —dijo de mala gana, seca.

Virgínia la miraba con frialdad. Quería insistir pero sentía algún recelo. A Esmeralda siempre le había gustado ser empujada por los demás. Ya se iba cuando vio a su hermana, casi pidiendo socorro, apretar los labios y desviar los ojos; así daba a Virgínia la oportunidad de ver cómo sufría.

—Pero ¿qué te pasa? —indagó Virgínia.

Esmeralda abrió los ojos, la miró con una rabia sombría:

—No es nada, vete al infierno.

Así, Virgínia sintió que había vuelto a entrar en la familia. Suspiró.

—Pero si estás ahí casi llorando… —dijo.

—¿Y qué quieres?, ¿que me ría? Bonita vida la mía, ¿no?, hasta dan ganas de reír. —Con una sonrisa dura añadió—: ¿O quieres que escuche cosas de Vicentitos idiotas? Bonita vida tengo…

Virgínia se ruborizó sorprendida, titubeó un momento.

—¿Y quién tiene una vida mejor? —dijo con malestar, ligeramente molesta y de repente llena de sueño.

—El obispo. Déjame. Vete al cuerno.

—Vete tú también. Vives concomiéndote viva, ¿crees que no lo sé?, ¿que soy ciega?, martirizando a la pobre mamá, a los otros, acusando, royéndote como un gusano… Déjame a mí también. Nunca he tenido nada que ver con tu vida. Ni tú con la mía.

—La pobre mamá… Te da pena, ¿eh?

Intercambiaron una mirada sin palabras, sin sentido traducible. De fría curiosidad, de odio inminente, de mutuo apoyo y placer.

—Tanto como me he sacrificado… y este es el pago —dijo Esmeralda.

—Te has sacrificado porque está en tu naturaleza sacrificarte, así como en la mía y en la de Daniel está no sufrir. Nunca he sufrido porque no quiero. Pero tú quieres tener una disculpa para tu miedo, eso es lo que pasa…

—¿Y qué culpa tengo yo? —soltó la voz de Esmeralda, violenta y sofocada.

—Haz el favor de no gritar, vas a despertar a los demás —dijo Virgínia.

Salió de la cocina; el reloj del estrecho pasillo oscuro daba las dos. Sí, ¿qué culpa? Un sentimiento lento y meditativo parecía apoderarse de ella para siempre. ¿Cómo no había presentido lo que había de rastrero en el caserón? ¿Cómo había podido dejar la ciudad? La débil luz de la cocina seguía encendida y Daniel aún no había vuelto. Subía lentamente la escalera sujetándose la falda del batín, pisando descalza el terciopelo dormido y silencioso. Al llegar a lo alto de la escalera se paró y miró abajo la oscuridad de la sala. Esperó un momento. Entonces se acordó: solía atravesar el pasillo en tinieblas sintiendo la alfombra en los pies descalzos, el cuello rígido de miedo… A cada paso una mano la agarraría de la ropa, del pelo; cuando miraba desde lo alto de la escalera veía cómo la claridad amortiguada de la sala se precipitaba incontrolable por los escalones negros, los ojos rasgados y secos; a la luz vacilante y recogida del candil ella respiraba sin ruido, el corazón latía amplio, hueco, lívido; tocaba los objetos con las manos leves, buscaba profundamente su intimidad; la madre bordaba, su padre leía, Esmeralda, entonces más dulce, miraba por la ventana la media claridad del patio, Daniel escribía en un cuaderno; la sala no estaba como oprimida; nadie la miraba y esa era la protección que le podían dar; desapercibida, andaba despacio entre ellos, aspiraba de nuevo el fluido familiar y extraño, sentía que estaba salvada del campo vacío, negro y susurrante, del pasillo con su oscuridad cerrada; detrás de la ventana las luciérnagas violáceas se encendían y no dejaban vestigios.

Por un deseo inexplicable quiso volver a bajar la escalera. Extendió la mano en la oscuridad y en contacto con el frío pasamanos casi se alejó de lo que había de natural en su decisión; vaciló un instante como despertada por el mármol helado; al final bajo su mano caliente el pasamanos parecía animarse, se recogió con la otra mano la falda del batín largo; mientras bajaba los escalones, inconsciente enderezaba el busto abundante en una actitud majestuosa y lenta, sintiéndose inexplicablemente otra persona, alguien indefinible pero muy familiar, como un viejo deseo que ya no necesita palabras para renovarse. Un recuerdo difuso y vívido. Se paró un momento. Después se apretó el batín, caminó hasta su cuarto.

Al día siguiente, muy temprano, abrió con seriedad y calma el álbum de fotografías. Allí estaban el sombrero enterrado hasta la frente, los ojos profundos y oscuros, las poses afectadas, tan difíciles. Y de nuevo el ridículo la enternecía, la hacía caer en un sentimiento confuso y dulce que había sido tal vez el más fuerte de su vida. Es necesario no tener vergüenza de querer a la familia, esa era la sensación inexplicable. Le parecía estar viendo fotos de muertos y sin embargo veía a su madre de joven, a su padre con bigotes tensos y rostro de hombre, a sus tías que todavía estaban vivas; se le encogió el corazón con una nostalgia ansiada y triste. Amores míos, pensaba con los ojos húmedos, consciente de la falsedad de la expresión, hundiéndose más con placer. Un amor real, doloroso y amplio escapaba de su pecho y ella sonreía emocionada y benevolente con la fuerza de sus propios sentimientos. Al fin la vida, pensó en un impulso alegre y tímido, con un suspiro. Ahora contemplaba con atención las fotos donde su madre con ropa antigua y elegante mostraba las ojeras oscuras; se sentía confusa y llena de esperanza, el corazón tan alborozado y tierno como si hubiese cambiado la estación, como si de repente empezase a amar por primera vez a un hombre.

Cuando se sentó para almorzar con todos, ella que aún no había perdido la costumbre de comer sola, de forma cuidadosa con Vicente o con extraños bien educados en los restaurantes, vio con un asombro reprimido, recuperando la impresión que tuvo durante la primera comida después del viaje, su forma de comer, masticando con la boca abierta, con un aire de placer no disimulado; tragaban con gula, apartaban el plato vacío con indiferencia y saciedad. Esmeralda apoyaba los brazos hasta el centro de la mesa; cuando algo del plato de su madre le gustaba se acercaba sin una palabra con el tenedor; la madre lo aprobaba con un gruñido rápido. Con una cierta repulsión se conmovió intensamente, no conseguía tragar la comida, con lágrimas en los ojos, tan débil y envejecida estaba por sus últimos tiempos en la ciudad, tan horrible era ver a la familia reunida comiendo silenciosa y voraz. Esa noche ella también se abandonó y en la mesa de la cena todos se parecían. Los miraba y se sentía ahora unida a ellos, sabía cómo amarlos, tan fuerte era el espíritu de la casa. Había momentos en que la sala y los cuerpos inclinados sobre los platos, aquel silencio que venía del campo, el ambiente que ningún sentimiento particular podría señalar, era comprendido intensamente por ella; se paraba con el tenedor en el aire, mirándolos contrita y feliz. Sentía una especie de renuncia que era como un paso lánguido hacia delante, notaba con una sorpresa mansa que se podría casar, quedarse embarazada, ocuparse de sus hijos, hablar alegremente, moverse dentro de una casa bordando manteles de lino, repetir, sí, repetir el destino de su madre.

Y como si todos comprendiesen que ella por fin había vuelto, las cenas se volvieron tranquilas y alegres; se quedaban a la mesa conversando, riendo, se despedían tarde andando despacio hacia los cuartos, los rostros aún sonrientes y pensativos. Solo Daniel se iba antes o incluso dejaba de aparecer en las comidas. Al día siguiente todos se encontraban, reían, vivían como en un barco. Le preguntaban qué había visto en la ciudad; Esmeralda y ella hablaban cruzando palabras que no se contradecían. Esmeralda descansaba sus grandes senos sobre la mesa y sonreía sacudiéndolos con gentileza y vivacidad; el padre masticaba sin mirarlas y sin embargo escuchaba. La comida era más abundante que en el pasado, se hablaba de cerrar la papelería, de aprovechar la Granja como hacienda para huéspedes. La madre escuchaba comiendo con gusto, los ojos pensando en la idea; Daniel cortaba la carne con precisión e indiferencia, Virgínia escuchaba a su padre con silencioso desagrado. Una vez miró a Esmeralda. Sin saberse observada paró de comer, los dientes apretados, el mentón brutalmente hacia delante con una sonrisa fuerte mientras los ojos entreabiertos observaban algo, rígida de esperanza, casi de venganza. Sí, huéspedes, huéspedes, huéspedes, parecía decir ávido su busto lleno y emocionado. ¿Qué cuentas de la ciudad?, seguía preguntando. Las dos se quedaban a la mesa cuando todos se retiraban; se parecían ligeramente, las dos eran bastante altas y grandes. ¿Qué contar? Virgínia apoyaba el rostro en el respaldo de otra silla, se acordaba de cuando sentía fiebre y mareos, el cuarto parecía áspero y su soledad crecía con dolor mientras ella se inclinaba desde la cama sobre el suelo mirando vagamente las rayas y el polvo de las tablas de madera, pidiendo a Dios poder vomitar por fin. Y si hablase del amor ¿qué decir?, su sensación era la de haber sido abandonada mientras dormía; miró a su lado, Vicente no estaba y todavía ahora su corazón se encogía de miedo, arrepentimiento y perplejidad: había dormido demasiado. Sí, podría hablarle de una mujer que vio un día; describió a Esmeralda su ropa, solo eso, lo lujosa que era. Pero nunca podría olvidar a esa mujer encontrada en un autobús —una verdadera señora, Esmeralda—, casi la cosa más fuerte de la ciudad. Qué bonita era —Esmeralda escuchaba con la cara amargada, la juventud perdida—, qué bonita era. Pero no sabía decir más.

Cómo hablarle sobre sus ojos vivos y preocupados, la boca ávida, el cuello inclinado hacia delante mostrando un rostro terriblemente egoísta y distraído de los demás. Ella venía de la calle —eso se veía—, cogía el autobús para volver a casa, los labios duros de desilusión, pero no quería auxilio, nadie podría ayudarla, despreciaba a los otros con asombro. Venía claramente de un lugar importante para su vida. El sombrero forrado de pequeñas plumas negras y suaves era ridículamente elegante. En las orejas grandes y finas, de un color moreno muy lavado, unos pendientes muy lujosos se rodeaban de instantáneas flechas de brillo dando a todo el rostro una vida áspera y amenazadora. En los dedos los ricos anillos y la alianza; ella se sentaba en el autobús, se movía con él, la mano fija en el respaldo del asiento de enfrente, la memoria lejos, el rostro orgulloso, serio, duro y ardiente pero que sería brutalmente humilde, violento y descompuesto para alguien, para alguien a quien ella aún ahora buscaba. Extendía la mano con la alianza y los anillos pensando con su rostro que tanto sabía humillar y que amaba; estaba casada y herida, eso se veía, eso se veía. Esmeralda escuchaba, sus ojos se perdían imaginando, una envidia acre e insoportable le secaba los labios. Virgínia la observaba, con sorpresa adivinaba hasta qué punto ambas estaban hechas de algo insinuante, medroso y vil, hasta qué punto eran hermanas. Con desagrado y desánimo cambiaba de tema, contaba que su pequeño apartamento tenía una escalera particular, que por su puerta pasaba también la escalera general, que todo el día oía los pasos de los que subían y bajaban. Contó que un día, volviendo de algún lugar a la hora en que se apagan las luces de la ciudad… Esmeralda la interrumpió:

—¿Cómo?

Virgínia no entendió:

—¿Cómo, qué?

Esmeralda decía casi perturbada y tímida como si tuviese miedo de tocar:

—Lo que acabas de decir.

A Virgínia le costó comprender y finalmente disimulando la sorpresa repitió:

—Las luces de la ciudad se apagan…

—Sí, sí —dijo Esmeralda con frialdad—. Continúa. ¿No fuiste a teatros? —le preguntó también.

—A ninguno —decía Virgínia.

Una noche fue a un concierto con Vicente y Adriano; habían cenado ligeramente en un pequeño restaurante y ella se sentía cómoda, simple y alegre. En el vestíbulo del teatro se paró delante de las cálidas pieles, narices suaves y empolvadas, un frío de luz, movimientos limpios y helados. Las mujeres centelleaban tranquilas entre susurros. Ella se sentía grotescamente humana con su vestido azul de lana y los zapatos crema, el pelo suelto, la raya al lado. En un pequeño espejo de bolso observaba furtivamente su rostro serio, largo, pálido y grande, una monja fracasada con los ojos duros y martirizados. La sala de conciertos jadeaba sofocada y las notas del piano caían solitarias entre los abanicos. No conseguía obtener placer de la música pero se refugiaba en el sonido con cierta angustia, la cara blanca inclinada hacia el escenario distante, el cuerpo contenido e inmovilizado. Mientras Adriano se perdía en el fondo del palco, mientras Vicente recorría con ojos naturales aquel mundo superior; en el que nadie sabía que Esmeralda y ella podrían ser criadas, con alegría y curiosidad.

—No, a casi ninguno.

—¿De qué hablabas con la gente?

—Ah, no sé… Naturalmente no hablaba con ellos como contigo… Se intenta decir cosas agradables, mostrar que se tiene instrucción, que se sabe lo que está de moda, las costumbres de otras tierras… Mostrar que no se es hija de un cualquiera. —Se animaba moviendo los ojos, la espuma de la saliva aparecía en las comisuras de los labios—. En la ciudad si no te defiendes te quedas atrás… ¿Crees que entre aquella gente yo hablaba como ahora? ¡No! Intentaba no equivocarme, decir cosas…

Esmeralda asentía. Mientras ella, con los ojos aún fijos, se recordaba a sí misma amenazando con el dedo: si te pido un cigarrillo no me lo des, ¿eh? Y después lo pedía, la persona se lo negaba, ella lo pedía, la persona se lo negaba, así, así. Miró a su alrededor ligeramente oprimida. Poco a poco, sin embargo, recuperó una fuerza sonriente. Esmeralda asentía examinándola con más interés.

—¿Tenías novio?

—No —dijo Virgínia. Las dos mujeres se miraron firmemente a los ojos.

—¿Paseabas cerca del mar?

Le habló del mar, pensando en realidad en Vicente, en su apartamento. Quizá ella era fría para los hombres, pero qué sensible era al mar. Las olas se formaban en la superficie del agua sin alterar la masa quieta y gruesa, y eso creaba en ella un impulso serio, peligroso. Las olas más grandes lanzaban aromas salados de espuma al aire. Cuando el agua batía contra las rocas y volvía en un rápido reflujo quedaba en los oídos un eco de desierto, un silencio hecho de pequeñas palabras arañadas y cortas, de arenas.

—¿Y te bañabas?

Vicente la había invitado muchas veces pero a ella le daba vergüenza. Vacilante, titubeando, parecía temer el placer que sentiría. La idea de que el mar pudiese rodearla le nublaba la vista, mientras con un profundo suspiro comprobaba cuánto le gustaría sentirlo y Esmeralda se quedaba pensativa, escuchando su silencio sin comprender. Finalmente no aceptó porque le daba miedo el mar, miedo de ahogarse. Y eso fue lo que le dijo a Esmeralda y eso era lo único que ella misma sabía.

—No, no me bañé. Da miedo.

—Ya lo sé —dijo Esmeralda.

Volvía a preguntar y a preguntar como quien palpa angustiada sin encontrar nunca la pregunta que realmente desearía hacer. Virgínia la comprendía sin palabras mientras se miraban sinceramente profundas y hablaban de cosas diversas. Sabía que a Esmeralda le gustaría oír que un día estaba sentada en un autobús distraída y cansada; de repente los rostros inmóviles sobre los cuerpos, el calor de las ruedas, el polvo brillando seco contra el sol, súbitamente un movimiento de su propio brazo rozando en el asiento o en su seno le despertó la comprensión de la lujuria que vibraba en el aire en suaves sonidos continuos y unía con hilos frágiles y trémulos a las criaturas. Allí estaba trémula la boca de una mujer, casi llorando o tal vez casi riendo; y el cuello de otra, liso y grueso, inmovilizado por movimientos reprimidos y cerrados; y la mano de aquel hombre blanco apoyándose con alivio sobre la barra del asiento, llena de anillos que aprisionaban los dedos anchos y viejos... Un instante más y el momento se resolvería en un grito sofocado, en furia, furia y lodo. Pero poco después el autobús volvía a andar, todos entraron con él en una calle sombría y silenciosa, las ramas de los árboles se balanceaban serenas. Virgínia sabía vagamente que era eso lo que Esmeralda esperaba oír, sabía que debería contarle lo que había pasado en el autobús; pero lo veía otra vez sin entender los rostros de los viajeros y solo podría pensar y decir: ¡hacía un calor!, todos estaban tan cansados, eran las dos de la tarde; solo eso. Y Esmeralda no lo comprendería.

—¿Hay muchas mujeres de mala vida? —preguntaba Esmeralda sombría, acercándose a la pregunta.

—Sí.

—Ah...

Las dos se quedaban pensativas, esperando.

—¿Y qué hacen? —volvió a preguntar la otra.

—Un día estaba yo sentada en un café y una de ellas tomaba un refresco mirando hacia los lados. Era delgada, bajita, con los ojos pintados, le faltaba un diente. Un hombre enorme estaba sentado en una de las mesas cerca de ella, se rio, le preguntó en voz baja pero yo lo oí: ¿de qué es el refresco? Ella dijo: de naranja y está ácido.

—¿Solo eso? —interrumpió Esmeralda.

—Solo eso: de naranja y está ácido. Se pararon un momento mirándose. Se miraban uno al otro, después ella dijo: ¡Está gordo! Él se rio cerrando los ojos, no dijo nada, pero después dijo: Sí, sí... Los dos entonces empezaron a reírse. Tuve miedo de que me viesen y salí.

—Ah... —Esmeralda la observaba y añadía una sonrisa donde había algún placer—. Yo me habría quedado.

Virgínia se encogió de hombros, cansada y distraída. La pensión en la que había vivido estaba cerca de una calle donde había unas casas vagamente sospechosas. Una tarde de domingo algunas mujeres, dos delgadas y con ojeras y dos más o menos gordas, coloradas, de ojos intensos, pasaron por la calle buena, pasaron por delante de la pensión, donde, en las sillas de la acera, algunas esposas se indignaron: ¡mira que venir a buscar hombre aquí!... No decían «buscar un hombre» o «buscar hombres», sino «buscar hombre». Pero no, entendía confusamente Virgínia, no era para buscar hombre. Tenían el pelo mojado, recién lavado, llevaban vestidos claros y tranquilos, y, cogidas del brazo, iban a la calle correcta a pasear en el domingo de los otros. Si un hombre las reconociese y se dirigiese a ellas cederían porque ya no admitían su propio deseo, cederían tal vez inmediatamente, sorprendidas y pensativas, con melancolía y brutalidad, riendo y divirtiéndose. Virgínia las comprendía tanto que se asustaba, súbitamente reservada y severa; se desviaba de las preguntas de Esmeralda con irritación y censura. Esmeralda la miraba atenta, los ojos concentrados. Admitía lentamente y con dificultad la existencia de Virgínia y no conseguía aceptar que su hermana fuese realmente otra mujer. Se inclinaba hacia ella, escuchaba con un cierto desprecio y un poco de ironía, a pesar de su interés. En cuanto a Virgínia, tenía por primera vez una conversación entre mujeres. Incluso sin amor ni comprensión era bueno conversar con Esmeralda. Entre mujeres no había necesidad de hablar de ciertas cosas, lo principal ya estaba dicho desde antes de nacer y solo quedaban mansas y frescas nociones íntimas que narrar, pequeñas variaciones y coincidencias. Era una conversación familiar y tonta, de alguna manera un lamento, de alguna manera una defensa; una esperanza mezclada con consejos llenos de una larga experiencia mientras los ojos se sumergían en los ojos con profundidad, absortos y casi distraídos, pesados de pensamientos lejanos; la voz disminuía, más lenta y más baja. Virgínia terminaba apoyada en la silla con los ojos vagos, en silencio, mientras la otra apoyaba la cara en la mano con el codo apoyado en la mesa. No entre las mujeres del grupo de Vicente; estas parecían especializarse en hombres, se sentían superiores y alegres de relacionarse con ellos solo como amigos, formando un grupo heroico y vagamente pervertido, sorprendido de sí mismo.

—¿Hay mucho ruido para dormir? —preguntaba Esmeralda—. ¿Y los cines? Y ese chico, ese Vicente, ¿dónde lo conociste? ¿Cómo es?

—Daniel me llevó un día y me lo presentó en una fiesta... Él... él... es solo una persona normal. No sé, no tiene nada de particular. Lleva gafas.

No sabría decirle a nadie, ni a sí misma, cómo era. Sin embargo, cómo lo conocía en sí misma, grabado en las reacciones de su cuerpo. Lo sentía renovando con un esfuerzo de voluntad y de memoria la ligera aversión que su carne experimentaba en su presencia; como la rápida e inmediatamente fugitiva percepción de un perfume: una leve contracción bajo la piel; menos que repulsión, una profunda certidumbre del hombre en su sangre, como si estuviese ligado a ella de una manera excesivamente íntima, casi vil. A través de Esmeralda, que no sabía nada, adquirió un gusto diferente y más intenso por la ciudad. Y mirando a aquella mujer bella que nunca había conocido a un hombre se sintió ofensivamente rica, enderezaba el cuerpo con orgullo, sorpresa y desencanto. Se acordaba entonces nítidamente de Vicente..., lo veía andando como dentro de sí. Y su sensación era tan verdadera que ella lo divisaba caminando a través de una atmósfera penumbrosa y suave porque su propio interior debía de ser penumbroso y suave, este había sido siempre el ambiente de sus pensamientos y de sus sueños. Pero si deliberadamente quería recordar su rostro, veía surgir sorprendida ante sus ojos un esbozo de Adriano. Y una noche soñó con Adriano, un sueño que la llenó de sorpresas, vergüenza y misterio; se prohibió profundamente cualquier alegría y no soñó nada más. No podía sin embargo negarse, con desprecio, confusa: sí, seguro que Adriano era una persona, sí; el hombrecito; después de estar con él quería llenar a veces el vago ímpetu de fuerza que nacía con una exclamación clara y viva: ¡sí!, aunque no. Lo apartó con un movimiento de cabeza; pero el pensamiento seguía allí, apenas contenido. Forzaba algún recuerdo que al brotar trajese a Vicente ante ella. Lo que más recordaba de él era algo que no se podía decir ni pensar, cierta condición que se establecía entre ambos cuando pensaba en él, creando el contacto…, y que se concretaba en la visión de sí misma viendo el placer serio de Vicente al andar por la habitación sabiendo que ella estaba presente, en algo que llenaba el aire de los dos, una reserva atenta en ambos —una atmósfera de ligera diferencia de sexos como un olor sofocado de polvo de arroz— mientras él con pequeños gestos de los párpados, de los dientes, de los labios afirmaba su libre masculinidad discreta que, aunque existiese verdaderamente, tenía algo de falso y de excedente; Virgínia y las paredes lo contemplaban. Recordaba en un segundo cómo se cambiaba de ropa frente a ella. Era uno de los acontecimientos interiores de su vida en común. Cuando se cambiaba de ropa, como si alguien apretase un botón, la vida caía en una escena conocida y ellos se repetían cuidadosamente en todos los detalles: ella se paraba con los ojos muy abiertos como en una clase, los labios muy apretados, en una atención inocente porque en realidad le interesaba; él parecía interrumpir sus pensamientos mientras se cambiaba de ropa, los ojos se fijaban en un punto del techo o de la pared conforme imponían los movimientos. En el momento de transición entre una prenda y otra, el cuerpo desenvuelto en el aire fresco de la habitación, ella lo miraba rápidamente pero sin brusquedad, le sonreía con los ojos apretando levemente la boca. En el mismo instante en que una nueva prenda lo vestía, el acontecimiento terminaba y los momentos seguían cicatrizados a su alrededor. El hecho era tan tenue que se acordaba de él en un ligero segundo, en un parpadeo, el recuerdo en realidad se reducía a tirar una camisa sobre una silla mientras al volver a ver ese movimiento ella se mantenía un instante en el aire a la escucha, el cuerpo viviendo en su propio interior como en el interior aterciopelado, sombrío y fresco de un fruto. Él estaba de muy buen humor en los últimos tiempos; con una salud tan límpida que la deprimía; cómo chocaba la naturalidad; solo se sentía bien entre personas tímidas y nada la perturbaba tanto como la desenvoltura. Viendo ahora la vida de Esmeralda le parecía tan terrible y vasto tener un hombre como si esa posesión hubiese nacido de su deseo. Y a veces incluso ese deseo parecía extraordinariamente equivocado. Tener un hombre que podía morir de un momento a otro pero que profundamente, en una tensión de equilibrio, parecía vivir eternamente. Ella se apoyaba en la columna del balcón, miraba las estrellas colmadas, tan brillantes y sin parpadear, envueltas por una sábana vaga de niebla, ¡la vía láctea!, miraba como si Vicente y ella las estuviesen mirando juntos. Sin acordarse de que cuando estaban reunidos ella quería casi colérica quedarse sola para poder mirar mejor. Veía las estrellas duras y calmadas, pensativa antes de dormir, pensaba en cosas tan profundas que ni viviendo todas las vidas podría realizar su pensamiento: Vicente era un hombre, estaba viviendo lejos. Yo te siento en alguna parte y no sé dónde estás, conseguía pensar en palabras. Su amor era tan delicado que sonrió afligida, atravesada por una fría sensación de existir. Le parecía extremadamente extraño que esa misma noche él estuviese viviendo en ese mismo mundo, que no estuviesen juntos y que ella no viese lo que él hacía, porque más fuerte que la distancia era su pensamiento de amor. El amor era así, no se comprendía la separación, concluía con docilidad. Pero no sabía tampoco si quería tener a su lado esa noche a aquel médico pálido y con barba, el único hombre de quien ella sentía la inexplicable, ansiada y voluptuosa necesidad de tener un hijo; sintió que su vida se contraía de amor por él, su corazón pensaba con fuerza, con timidez y sangre: ven a mí, ven a mí, durante un instante veloz. Cómo había pasado por lo que hubiera podido ser sin conseguir tocarlo... Lo que amaba en él no se podría realizar como una estrella en el pecho; había sentido tantas veces su propio corazón como una dura burbuja de aire, como un cristal intraducible. Lo que amaba en él, tan pálido y malicioso, era de una calidad imposible, punzante como un agudo deseo ridículo; ella se sentía dulcemente capaz de ser de los dos. Y Vicente era perfecto, era un hombre tranquilo. Pensó con sorprendente claridad, casi usando palabras: yo lo amo como a lo que nos hace bien, a lo que nos da bienestar, pero no como a lo que está fuera del cuerpo y que jamás lo apaciguará y que queremos alcanzar incluso con la desilusión; mi corazón no se inflama en ese amor, mi ternura más íntima no se usa, su amor era casi una dedicación conyugal. Le dolía sin embargo pensar así, porque era tierno, apresurado y lleno de vida alborozada, que él existiese en ella, respirar, comer, dormir y no saber que ella podría pensar así de él. Se obligaba severa a una fidelidad de cuya especie secreta solo ella sabía. Mi amor, mi amor, decía, y con un cierto esfuerzo el amor al final se estremecía tanto en su interior que por primera vez ascendía a una irrealidad y a una derrota, parecía no existir confundiéndose con lo más arrebatado que había en su sueño. Y para acercarse más a Vicente pensaba que el médico, con Arlete y el guardia del zoológico, estaba todavía esperándola y que ella, por impaciencia y falta de tiempo, no lo había cautivado. También se sentía infeliz, apoyada en el balcón, atenta al ruido de una carreta lejana, y de repente, por pura volubilidad, deseaba algo perfecto, algo como que la matase. Un cierto anhelo se apoderó de ella; Vicente, él no sabía que era casi perfecto, él no sabía cómo tenía hambre y pedía ir a un restaurante y dudaba entre los platos a elegir y llamaba de repente al camarero con un gesto libre para impresionarla e impresionarse a sí mismo. Y al mismo tiempo el mundo existía alrededor de nosotros sin amenaza. Pero todos esos pensamientos eran también la mentira. Apoyada en el balcón, ella quería algo con más vehemencia de la que siempre había tenido; pero no tenía valor; es solo tener valor, es eso. Pero también era dulce fracasar; se inclinó hacia delante, apoyó la cara en la columna, sonrió porque era extraño y excitante sonreír sola en la oscuridad, en el fondo confundía la vanidad de sentir nuevos deseos con el placer de poseer las cosas que representaban y lo mezclaba todo con la lejana desesperación de la ignorancia. Sin embargo era perfecto vivir junto a aquel instante como si ambos formasen algo que debería ser mirado por alguien extraño al momento y a ella; tomaba por un momento la forma del extraño y le parecía perfecto vivir en aquel momento. Se fue a dormir, hacía un frío protector. Continuaba sintiendo lo mejor en sus sueños. Le gustaba sobre todo cuando llovía y sentía el calor de la cama y los cristales brillaban, intentaba no dormirse para vivir esperando el sueño mientras parpadeaba consolada, con una malicia dulce y jadeante; era tan bueno, mucho más sensual que moverse, que respirar, incluso que respirar, que amar a un hombre. Tenía una gran esperanza en lo que podría soñar. No era ni siquiera necesario pensar sobre ello, irse a dormir pasaba solo, suave como una caída suave, como el interior del cuerpo viviendo sin conciencia, sin finalidad.

—Con un trabajo constante, una mujer que tiene cabeza consigue apartar a su marido, no vivir todo el tiempo con él, ah, vaya si lo consigue —decía la madre acercándose a bordar junto a las dos.

—¿Cómo «apartar»? —preguntaba Virgínia confusa.

—Ah, hija mía, todas las mujeres saben que un hombre incomoda mucho.

Virgínia se sorprendía mudamente.

—No me parece bien meterme en la vida de mis hijas. Parece que solo Daniel se ha querido casar. La chica es muy buena, un poco callada, pero en eso se parece a él, por lo menos esta es mi impresión, y ya sabéis, cualquiera puede equivocarse. Tenemos que estar conformes con lo que sucede. Incluso creo que hacéis bien en no casaros. —Dejaba el bordado, se quedaba mirando al frente con los párpados cerrados—. En el fondo esas cosas son inconvenientes —decía con astucia, guiñaba un poco el ojo y sentía confusamente que ese era el punto más alto que había alcanzado en la comprensión de lo que la rodeaba.

Al escucharla, los ojos de Esmeralda centelleaban en el rostro endurecido. Debía de culpar a la madre; Virgínia le preguntó, con la media intimidad que había entre ellas:

—Cuando era pequeña oía insinuaciones sobre algo que te pasó…, un chico, no lo sé… Papá habló de eso otra vez cuando hice esa tontería de contar tus citas en el jardín.

Esmeralda se ruborizaba, el rostro parecía perturbado, con una sonrisa delicada.

—Una tontería —procuraba parecer despreocupada—. Ya sabes cómo es, de una tontería hace una montaña y clama al cielo. Yo quisiera que no hubiese sido una tontería, que se tratase de un pecado serio, ahora por lo menos estaría libre —dijo con una violencia amortiguada como si este fuese un pensamiento viejo que decidiese entregar por cansancio.

—Pero puedes empezar a ser libre ahora o cuando quieras.

—No lo sé —dijo con el rostro cerrado y rojo.

—¿Por qué no?

—¿Por qué sí? —arremetió con rabia—. ¿Crees que es simple acabar con todo lo que se tiene, quedarse sin casa, sin nada... solo para ser libre? —se paró un momento, el rostro en suspenso, comprendiendo vagamente que se equivocaba contra sí misma—, ¿... solo para ser libre? —repitió escuchando con creciente desesperación el sonido de su voz—. ¿Para qué hablar de eso? ¡Vete al diablo! —gritó airada. Con un fino placer un poco sorprendido sintió su propio corazón pleno de vida, el cuerpo renacido respirando con una vibrante tibieza, en legítima cólera; un impulso agudo de movimiento le subió por las piernas, se esparció cálido y doloroso por su pecho, equilibró su rostro, se contuvo y después se liberó a través de los ojos súbitamente brillantes y tiernos. Su figura se apagó levemente en una sombra de incertidumbre y melancolía. Ella vivía solo de sí misma, de sí misma..., de su propia soledad..., de su rabia..., así... No, ¿qué ha pasado?, estaba confundida.

Virgínia se encogió de hombros.

—O vale la pena o no la vale —dijo sin placer. Pero también sentía que no podría luchar, aunque se decidiese en la lucha su camino. Algo por encima de la idea de lucha se encauzaba lentamente y alcanzaba un fin. Ella lo sentía, eran solo dos mujeres. Se quedó quieta un momento mirando por la ventana el aire claro y exasperado de las dos de la tarde. Cuando volvió la cabeza, Esmeralda la observaba. La miró también, pensó en lo bonita y tranquila que estaba con sus ojos pensativos, amplios, todo el cuerpo abandonado y pálido, aquella fuerza cansada.

—Has aprendido poco en la ciudad, Virgínia —le dijo Esmeralda otra vez.

—Sí...

De nuevo se callaron sin esperar un plazo, sin miedo. La sala era grande y profunda, la mesa oscura se alargaba con un pequeño bordado de la madre en el centro.

—Lo he encontrado todo tan cambiado... —dijo Virgínia como en un suspiro.

Esmeralda miró lentamente a su alrededor. Virgínia se levantó, fue hasta la ventana.

—Me voy a dormir —dijo Esmeralda, y Virgínia no se volvió.

Esmeralda empujó la puerta del cuarto, aspiró distraída su perfume sofocado. En la habitación sombría la sábana blanca de la cama surgía fresca, bordada, sorprendente. Se sentó con cuidado y levedad en el borde mirando en la penumbra. Un largo chal de lana le envolvía los hombros redondos y el busto, le daba un aspecto friolero. Se levantó de repente, fue hasta la ventana, la abrió, la claridad entró. No, para ella Granja Quieta no había cambiado. Podría cerrar los ojos y vislumbrar la dura violencia de los troncos desnudos, la dulzura de las leves ramas de acacia al viento; tantas veces había buscado en el aire aquel mismo paraje recortado por los cristales de la ventana, limpiados por ella misma, por ella misma —como golpes de confesión y de redención en el pecho, ¡por ella misma!—, tantas veces había divisado el paisaje ampliado hasta el infinito cuando la mirada se liberaba más allá de las cortinas pesadas que ella misma, ella misma, había bordado. Se inclinó un instante como para probarse una vez más la realidad; sí, más allá del jardín se desvelaba el campo. Apretando con una mano el grueso cordón de la cortina se concentraba con altivez, y de espaldas en el interior del caserón, lo vigilaba atenta, fríamente. En la cocina lejana, el gato salvaje que ella misma, ella misma, había domesticado comía carne picada mientras la negra hablaba sola y lavaba los platos. El día anterior, había recorrido los cuartos vacíos de huéspedes con atención, verificando que todo estaba silencioso y en orden. El pasillo se alargaba lleno de sombras, la escalera profunda, las alfombras extendiéndose hasta las habitaciones. Suspiró. No, ella lo veía todo como lo había visto durante largos años. En el jardín se movía la figura de Virgínia; Esmeralda se asomó ligeramente, la siguió con la mirada. Era un cuerpo simple, alto y bien nutrido el de Virgínia; se agachaba para recoger algo del suelo y la miraba de cerca, con el pelo cayéndole sobre los ojos, mientras incluso de lejos se notaba aquel extraño defecto en el rostro, una inconsistencia atenta, un poco bizca. Con interés, Esmeralda la observaba, con cierta benevolencia que nunca había podido sentir por Daniel. Pero Virgínia no había traído nada de la ciudad. Ella, Esmeralda, podría vivir mejor y más profundamente que Daniel, Virgínia, su padre y su madre; ella, ella que tenía una fuerza excepcional y amarga, una concentración de vida que le había dado aquella paciencia inaccesible a través de los años. Ella era realmente más grande que todos ellos y no se había precipitado hacia la vida y hacia la ciudad porque había tenido miedo. Su miedo era tan orgulloso como su fuerza. Se movió casi rápida, se inmovilizó. Virgínia, allá afuera, se había sentado sobre la piedra del jardín mirándose las piernas claras con insistencia. Esmeralda hizo un movimiento brusco y firme con la mano y el cordón de la cortina se rompió, cayó con un pequeño ruido alegre en el suelo oscuro. Lo miró un poco, perpleja, dura, mala. De repente suspiró cerrando rápidamente los ojos; más tranquila, cogió el cordón a rayas, abrió el cajón de los hilos y agujas y se sentó para coserlo.

Se contenía, sin embargo, en su último grado de fuerza. Y esa noche se perdió. Se miraba al espejo; todavía era bonita con sus virginales arrugas de esperanza. En el rostro inmóvil el tono amarillento era dulce como el de un fruto a punto de descomponerse; sus movimientos todavía eran vivos, con una profundidad tensa que solo una desesperación y una amenaza diarias podían haber creado. La llegada de Virgínia había introducido en el caserón un poco de la vida invisible de la ciudad; sin darse cuenta, Esmeralda brillaba con más aspereza en su cuarto; esperaba con nuevas reservas. Y como si se hubiese excedido en ese nuevo sorbo de peligro, no pudo impedir el ímpetu de su propio cuerpo y saltó al abismo, envejeció como si ya hubiese amado. Esa misma noche había cenado con un apetito aprensivo y se había reído agitada, enseñando los dientes blancos y puntiagudos. Virgínia la había aprobado. Daniel inesperadamente también había sido amable, su madre se reclinaba en el respaldo de la silla con bienestar, mientras ella les explicaba con un espíritu penetrante e irónico pequeños hechos sin importancia. Ellos reían benevolentes, bebían pequeños sorbos de un vino añejo que el padre había traído de Brejo Alto. Y aunque no fuese eso lo que ella podría esperar —¡no, por Dios!—, ganó en vida casi violenta, vivió horas de gloria sombría, densa de promesas. Los ojos radiantes brillaban húmedamente sobre su propio cuerpo, tan para sí misma, los movimientos fáciles y ásperos, ¿qué le pasaba?: ella se entregaba. Se despidieron, se fue a dormir tan cansada que el cuerpo cayó como muerto sobre la gran cama blanda. Se preguntaba lentamente casi sin motivo: ¿por qué después de todo? ¿Por qué? Se sentía sofocada, el rostro febril, se quitó la ropa y por primera vez se acostó desnuda. Se durmió con un placer de niño, despertando en rápidos y vagos momentos, casi asustada, el corazón latiendo sin ritmo, el ser entumecido. Se encogía entonces bajo las sábanas con un frío que parecía venir de sus propias entrañas, bajo el tintineo furioso de un recuerdo indescifrable. Al sonido de los seres y de las cosas le pedía que Dios abriese su corazón, que le permitiese vislumbrar dentro de sí y, expulsado el miedo, pudiese por fin decir a la muerte: he vivido. Ah, ah, gemía casi despierta. La luz de luna blanqueaba los cristales cerrados, cortaba la habitación en una sombra profunda y azul claridad. Casi inconsciente, ella pasaba los dedos por el dibujo fino de la funda de almohada que ella misma, ella misma, había bordado. Ah, ah, gemía mirando como una loca el aire helado e inmóvil del cuarto. Se dormía dolorosa, profundizaba en el placer de dormir con la boca seca de sueño. Despertó más tarde, a la mañana siguiente, ya una mujer vieja y tranquila. Se auscultaba mientras se vestía, hiriéndose por costumbre con las mismas palabras de la víspera pero sin dolor. Se había deslizado hacia una oscura calma hecha de soledad y de ausencia de martirio. Bajó a desayunar. Sus senos parecían modestos bajo la blusa que aún ayer los comprimía con angustia. Sus piernas andaban tranquilas, su corazón se había distendido. ¿Habría dormido demasiado?, se preguntaba sin comprender. Intentaba en vano abrir más los ojos de párpados hinchados y mortecinos. Con horror ya había vivido su vida.

Se sentó aterida a desayunar en la mesa desierta. Ya se habían ido todos. Se concentró con dificultad, la cancela chirriaba, alguien atravesaba el jardín. Virgínia entró en la sala con el rostro claro y brillante. Traía en los brazos enormes ramas secas para el fuego.

—Lo he roto todo…, me he arañado, ¡mira! —casi gritó riendo, hiriendo el cansancio de la otra.

—Estás contenta —dijo Esmeralda.

Sí, estaba alegre. Rio suspirando; la alegría daba un aire poco habitual y sin gracia a su rostro largo. Mientras depositaba las ramas en un rincón de la sala le parecía que esa noche había dormido verdaderamente en la Granja. Se habían reído tanto; Esmeralda, incluso Daniel escuchaba sonriendo, su madre masticaba parpadeando de amor por Esmeralda. Y después, el vino…, lo tomaba y se acordaba de la cena de Irene, qué feliz había sido entonces, pensaba un poco mareada. Se había despedido al pie de la escalera pero su deseo era salir y empezar a andar hasta agotar el poder del vino. Se había acostado insomne, clara y leve sobre la cama como si nunca hubiese dormido, como si nunca fuese a dormir. ¡Nuestra familia puede ser tan feliz!, pensaba. El mundo rodaba dentro de su pecho suavemente y ella no sabría decir si era dulce alegría o tristeza suave lo que ya ahora, con el vino, circulaba en su sangre. Se habían reído tanto…, incluso Daniel escuchaba sonriendo…, repetía la escena, una, dos, múltiples veces. Incluso Daniel sonreía, incluso él sonreía. Se revolvía en la cama. Ah, cuánto había vivido ya…, enterraba la cabeza en la almohada con un absurdo sentimiento de felicidad y perturbación, sonriendo sin sorpresa. Un momento más, sin embargo, y la sensación se deshacía, en su lugar permanecía una oscuridad expectante dentro de la almohada como si ella esperase recordar de un momento a otro algo insólito y fugitivo. Levantó la frente, el gran cuerpo apoyado en los codos, atenta como un perro que presintiese a un extraño. Recostó de nuevo la cabeza cansada sin pensar en nada por un largo tiempo. Cuando reabrió los ojos percibió que en realidad había estado pensando, pensando y repensando con obstinación, levemente y sin ruido, en esta escena extraña: un hombre caminando y encontrándose con otro hombre, ambos parando en la oscuridad, mirándose tranquilos y despidiéndose junto al muro blanco y alto; los hombres encontrándose, intercambiando una mirada, despidiéndose junto al muro blanco; los hombres encontrándose... Un tono la recorría y con él ella acentuaba pequeños sentidos sin palabras, subrayándolos con énfasis o con duda, y eso después de todo era su actitud y «su manera de ser». Se sentía casi siempre bien. El agua corría trémula en el interior de la casa, vibrando en el aire. Poco después, lejana y seca, la desesperación surgió de su propio bienestar inmóvil y del vacío de la noche sin futuro, le parecía sentir que nunca podría mezclarla con los días siguientes, incluso con los nuevos insomnios. Se abría un claro inútil, ella se paraba en medio del viaje sin querer, tal vez para siempre. Pero la noche era larga como una vida que vacila. Se durmió porque nada obtendría con los ojos abiertos. Soñó que estaba echada en el campo, la piel bajo el viento sintiendo un placer prolongado, rosado, profundamente difuso, un placer lánguido en el cuerpo sin fuerza como si viviese exactamente el instante que se formaba..., fallecía, que se formaba..., fallecía, inspirando y espirando, marcando el tiempo con el latido claro, pleno y fresco del corazón. En el sueño poseía con abundancia lo que, estando despierta, sería una sensación desgarrada e imponderable, tendría que vencer tantas imposibilidades que surgiría solo como un presentimiento, un olvido, un silencio, casi el aire a su alrededor. Lo que ella soñaba tan grande en la noche sería durante el día solo el palpitar de una hormiga en el campo. Dormía, la cabeza hundida en la almohada; y de su abandono de labios pálidos emergía un rostro de niña, los rasgos vagos y agudos como el sonido de un pequeño clarín en la distancia límpida.

De madrugada abrió los ojos como si el despertar se estuviese formando lentamente dentro de ella sin su conocimiento, y entonces se abriese maduro, perfecto e incomprensible. Vio a su alrededor el cuarto que nacía de las tinieblas en silencio. Soplaba una fría brisa. Apartó las sábanas con las piernas, sin impaciencia, en un movimiento tan pleno y equilibrado que agotaba la razón de ser de los miembros. La habitación flotaba a media luz y las sombras heladas delimitaban sus contornos, distanciaban las paredes blancas velándolas en una confusión que prometía un neblinoso abismo tras de sí. Caminó descalza hasta la ventana, abrió la guillotina y una frescura reposada tocó todo su cuerpo como si no existiese la corta y gruesa camisa. Abajo, en el vago y adormecido jardín, cada tallo emergía de un halo de humo frío y blanquecino. Ella observaba el silencio de la mañana como si escuchase dentro de sí la resurrección de un símbolo.

—Has salido pronto —murmuró Esmeralda, acercándole la cafetera con un suspiro.

—¡Ni siquiera he desayunado! —decía Virgínia con una voz penetrante y desagradable.

—¡Habla más bajo, por amor de Dios! —Esmeralda fruncía el ceño y el rostro como si la hubiesen arañado. Poco después fue deshaciendo las arrugas, se acarició la mejilla con una expresión cansada, reabrió los ojos lentamente—. Pues yo ya he perdido el valor de pasear por esos pantanos —dijo derramando absorta el café en la taza de Virgínia.

Y después todo fue más fácil. Daniel estaba echado en el suelo y el árbol era el ser más próximo, dominando el cielo. Virgínia se había sentado sobre una piedra y con una rama seca perseguía a las hormigas. Él estornudó y el estornudo cortó el aire en todas direcciones como pequeñas flechas que brillaron bajo el sol y se rompieron con un ruido delicado. Virgínia buscó con los ojos lo que sentía fulgurar sin interrupción a su alrededor, cantando en algún punto. Era un hilo trémulo de agua del lavadero corriendo hacia la tierra. Se volvió de espaldas, intentó olvidar. Pero sabía que el fulgor seguía y la certeza incómoda y viva parecía herir sus ojos. Se levantó para cerrar el grifo. Cuando volvió, Daniel tenía el rostro quieto en la sombra, los músculos distendidos, tal vez pensando profundamente. Pero él no decía nada y ella también se calló apretando los labios porque ambos habían acordado en su infancia no precipitarse nunca. Después, tras largos momentos vacíos, casi llegó el instante en que no estaría mal empezar a hablar. Escogió y murmuró pequeñas cosas fáciles, preguntas rápidas, con el ceño fruncido y el aire indiferente; la respuesta llegaba seca y pensada. Y de repente casi se equivocó porque se apartó excesivamente de la playa adentrándose en el mar preguntándole:

—¿Y la vieja Cecília? ¿La has visto?

Él la miró rápidamente con una sorpresa casi áspera, con una sonrisa angustiada; ella lo miró para que comprendiese que el recuerdo era posible, Daniel; era posible, era de ellos mismos, la pregunta no significaba solo «¿cómo va la vieja Cecília?», piénsalo bien, Daniel... Él titubeó un instante, balanceó la cabeza comprendiendo, casi sonriendo. Virgínia respiró con esperanza, se acordó ella también de la visita que habían hecho a Cecília una tarde que se perdía en la memoria. ¡Mi casa!, ¡esta es la casa!..., decía la mujer con voz estridente, la persiana veneciana golpeaba seca tres veces rápidas y el aire quedaba tan fresco, era tan bueno y animado vivir-de-repente, el aire tenía un extraño filo helado y puro, ellos se sentían fríos y estimulantes, curiosos, capaces de hacer con ironía y finísima inteligencia que alguien notase pequeños asuntos excéntricos y desapercibidos por todos, apenas refrenaban algo con equilibrio, fulgor y risa. Ella misma llevaba una blusa gruesa y oscura de lana. Querían llevarse bien con la vieja, buscaban puntos de encuentro, hablaban solo de cosas que les gustaban a los tres y la mujer con un placer excitado balanceaba muchas veces la cabeza, escuchando, asintiendo mientras ellos hablaban —se reía, dejando ver los dientes mellados; pero, por Dios, deprisa, deprisa—, de una madre, de una hija, de una hermana, de alguien que había nacido y que iba a morir. La cortina volaba hasta el centro de la casa pobre, aceleraba la vida con un ritmo de abundancia y placer, Virgínia sintió el deseo de viajar, un deseo agudo, casi alegre y penetrante, ya desesperada. Pero oscuramente necesitaba no apartarse de Daniel en un sueño solitario y eso la llevó a pensar que el viaje era algo con estancias y días, con tiempo, con muchas observaciones y no una sola sensación, un solo vuelo y una sola satisfacción en respuesta a un solo deseo.

—La pobre Cecília debe de estar bien —dijo Daniel con una vaga sonrisa.

—¿Y Rute? —preguntó Virgínia de repente, sin mirar, torciendo los labios con indiferencia.

—Está con su madre —dijo Daniel con simplicidad.

—¿No quiere tener hijos? —preguntó Virgínia atrapando una hormiga infeliz y alucinada bajo la rama seca.

Él estaba silencioso y ella sin mirarlo sintió que se había vuelto todavía más mudo. Se ruborizó, no insistió, pensaba: pero si yo no quería entrar en tu intimidad…, horrorizada, herida, con una punta de odio ardiendo. Pero él dijo de repente:

—Cuando se lo pregunto, ella se ríe y solo me dice esto: tú todavía no quieres —él esperó un poco y después continuó con una cierta sorpresa que parecía renovarse en aquel momento—; solo me responde esto, no consigo sacarle nada más.

Virgínia asintió varias veces con la cabeza:

—Ya lo sé, ya lo sé.

Daniel la miró con interés:

—¿Qué es lo que sabes?

Pero lo que ella había comprendido exactamente se perdió en un instante, ella buscó con atención, solo supo decir encogiéndose de hombros:

—No sé, creo que las mujeres se comprenden cuando no son rivales.

El amor no es solo lo que produce hijos, le dijo un día Vicente con brutalidad al principio de una discusión de la que ya había olvidado el motivo, a pesar de lo que la entristecía olvidarlo. Pero ¿por qué Rute no quería hijos?, se le escapó por completo el motivo que momentos antes había comprendido. Se acordó de Rute, ella sabía guardar un secreto. No parecía tener ninguna necesidad de contar su vida. Y eso ofendía a la gente. Era lisa y fresca y se parecería mucho a una imagen de santa si no fuese por la inteligencia de sus ojos imperceptiblemente atentos, guardándose para sí sus impresiones. Daba los buenos días como una postal, sonriendo llena de una vida fría. ¿Era eso? Recordaba a Rute y pensó extrañamente que era tranquila y buena; sí, esa había sido su sensación en el Gran Hotel, en la ciudad, allí donde la novia de Daniel, sus padres y sus dos hermanas pasaban una temporada y donde Daniel la había conocido. Pero escondió su propia sensación y entonces pensaba mintiéndose: ella hará de la vida de Daniel algo con horarios de comida y cena, de sueño, de regularidad sexual, sana, limpia y casi noble, como en un sanatorio. Daniel había llevado a Virgínia para presentársela a los padres de la joven. En la vasta habitación del hotel se habían reunido para una gran visita perpleja, sin nada que decirse. Rute llevaba un vestido de seda gris-perla, la cara sin maquillaje, pálida y tranquila. Sí, desde entonces había algo en ella que Daniel no podría comprender y que ella jamás le manifestaría, sonriendo, mirándolo, amándolo, la cabeza erguida sin ningún apoyo. ¿Por qué no había confesado entonces lo que vio?, pensaba Virgínia; tal vez por avaricia. Había hablado con la futura suegra de Daniel, una mujercita baja, de cintura apretada, los senos levantados sofocando el cuello; el pelo gris peinado por un peluquero. Entre sonrisas y miradas asustadas y casi pensativas iban descubriendo a la familia. Rute siempre fue una niña limpia, cuidadosa y estudiosa, a la que uno casi no se atrevía a acariciar y agradar. ¡Y de repente había elegido a un chico y tendría que vivir lejos!, parecía ser eso lo que siempre había tramado contra la familia —la miraba de lejos su madre indefensa mientras la hija servía el té sonriendo a lo que el padre y Daniel decían—, pero al mismo tiempo ¿cómo lamentarse, decía la madre, si también parecía haber urdido una trama contra Daniel? Con sorpresa y casi desprecio por su decisión tan poco femenina —la madre parecía temer por su futuro como mujer—, con sorpresa y casi desprecio, con alegría y emoción la escucharon decidir que viviría seis meses en la Granja con su marido y seis meses con sus padres y con aquellas hermanas que ella parecía amar con dominio, severidad y ternura. Las hermanas, vestidas de muchachas ricas, se aburrían bajo su pelo rizado soportando con ojos casi cómicos la visita de Virgínia y del «novio»; de qué materia rápida estaban hechas. Miró a Daniel, la sombra fluctuante de la rama oscurecía y clareaba su rostro, ella adivinó sin sorpresa que él se había enamorado de Rute. ¡El amor no es solo lo que produce hijos! La frase volvió de nuevo sin sentido, inoportuna y fatigosa. Y no solo la frase sino su mismo movimiento, sus propios sentimientos, el silencio sonriente de Rute, la dificultad, la paz, todo mezclándose en la misma materia lenta y gruesa y ella respiró el aire, la existencia pura, con un suspiro vencido, casi colérico.

—¿Por qué no me detuviste? —dijo él.

—Pero... ¿cómo?... ¿Qué estaba diciendo? No había preguntado nada... —De repente lo entendió, no lo miró, conteniendo el rostro duro y tenso.

—¿Por qué no me detuviste?... Tú tenías que saber que era por una especie de desesperación. Estoy tan perdido —él cerraba los ojos, el rostro tranquilo, las manos bajo la nuca; los dientes opacos engarzados en las encías casi blancas, porque él parecía sonreír—, estoy tan perdido. ¿Por qué me dejaste equivocarme?...

La falta de pudor, esa brutalidad en confesarse. Le pareció truculento y voluptuoso, ese hombre a quien solo sucedía lo que podía comprender. Para eso he venido, para enfrentarme a un animal; ella casi lo odió, oh, aquella gente de Irene tenía razón en reírse de él, lo miró con dureza sintiendo su propio rostro rojo de perturbación. ¡Qué viejo estaba, la cara quemada, las arrugas...! Lo miró desesperada, apretó los dientes: no, ¿si él envejece, qué es lo que yo hago?, él no puede envejecer, no puede, no puede.

—¿Por qué me dejaste equivocarme? —repitió él de repente, su voz monótona la asustó.

¿Desesperación?, no, ella no lo sabía. Lo juro, Daniel, lo juro, cómo iba a adivinarlo esta tonta y egoísta que soy... Se recordó en el apartamento sin hacer nada, mirando por la ventana, deseando vilmente a algunos hombres, esperando; se odió profundamente sorprendida de haber olvidado que Daniel era lo más importante. Pero al mismo tiempo cómo olvidar que desde pequeños…, cuando ella quería llamarlo y no podía, cuando él no la escuchaba…, el sombrero… Él nunca sabría qué difícil había sido hablar con él para pedirle ayuda o para ayudarle, qué solitario era desde siempre. Con el corazón dolorido dijo:

—Te equivocas con una fuerza que no se puede detener… Me parece incluso que equivocarse con esa violencia es más bonito que acertar, Daniel, es como ser un héroe… Sí —dijo ella al final, y como si se escuchase a sí misma repitió con dulzura y tranquilidad—: Eres un héroe.

Él no dijo nada, él sabía, cerraba los ojos soportando su propia vida. Ella recordó cuando él decía: no quiero ser un niño. Lo miró con delicadeza. Él era un hombre. Los niños y las niñas deberían cambiar de nombre cuando crecen. Si alguien se llamaba Daniel ahora, tendría que haber sido Círil un día. Virgínia —se inclinó hacia su propio interior, pensativa, mientras Daniel parecía quedarse dormido bajo el árbol—, Virgínia era un nombre lleno de paz atenta como la de un rincón detrás del muro, allí donde crecían hierbas finas como cabellos y no había nadie para oír el viento. Pero después de perder aquella figura perfecta, delgada, tan pequeña y delicada como la maquinaria de un reloj, después de perder la transparencia y de ganar color, ella podría llamarse Maria Madalena o Hermínia o cualquier otro nombre menos Virgínia, de tan fresca y sombría antigüedad. Sí, y también podría haber sido con tranquilidad Sibila, Sibila, Sibila. Virgínia… Suspiró con un movimiento de cabeza. Como si no soportase el pasado de Virgínia y Daniel. Sentada sobre sus piernas lo miró, hubo un tiempo en el que a él le pareció esencial tener un imán. A ciertas personas parece haberles sido dado el destino de vivir otra vez la vida. Él se movió, adivinó la presencia de su hermana, ella movió las manos, los dos se parecían tanto en aquel momento, siempre habían sido iguales. Un largo camino los había llevado hasta aquel instante. Se sintieron tan sinceros que se miraron rápidamente con aprensión. Él cerró los ojos; ella miró el aire distante, tan dolorosa era la respiración tensa, tan hermanos se sentían, tan dispuestos a mirar el mundo juntos, con interés y bromas, como en un viaje, con pequeñas noticias y silencios absortos, sí, haciendo de todo una broma, de todo, tan imposible era el viaje, tan llenos de amor para siempre, para siempre..., y que sería sepultado en segundos bajo el transcurrir de los instantes, más grandes que la eternidad. Oh, ¡dadle un instante de verdadera vida al bello rostro ovalado con color y esperanza! Ella se apoyó en el árbol con los ojos abiertos de par en par. Urgía decir algo con cólera, con alegría, que la violencia estallase en el aire con fulgor, rebelarse, comprenderse, que surgiese un caballo corriendo por el campo, que un pájaro gritase. Como si una piedra empezase a hablar, él dijo y ella lo oyó con el corazón sorprendido —¿fue un presentimiento?— latiendo hueco ya con un principio de tranquilidad, él dijo calmado, siempre con los ojos cerrados, en un tono tan vulgar:

—¿Qué diablos hace que quiera parecerme a mí mismo?

Él nunca diría «nosotros». Ella se quedó mirando al suelo, la vara dura y quebradiza le dejaba en las manos pedazos grises de madera podrida. El sol se abría blanquecino sobre el jardín, las hormigas corrían sin ruido, casi sin tocar con las finas patas la tierra resistente. Un viento bajo e insinuante soplaba las hojas secas alrededor del árbol. Ella dijo, con la vara arañando levemente el suelo:

—Si supieses lo delicada que puede ser la vida.

Ambos seguían con el rostro inexpresivo y suspenso en una tranquilidad indecisa y atenta. Las leves patas de un pájaro pisaron alguna hoja que se movió, las sombras se amansaban y daban profundidad al viejo jardín. Ella penetró en un buen silencio hasta que Daniel preguntó, clavándole de repente un clavo helado en el corazón:

—¿Y tú?

—Yo soy la amante de Vicente —se oyó responder.

—¿Feliz?

—Ya lo sabes, siempre es lo mismo, no podría ser más feliz de lo que soy, no podría ser más infeliz de lo que soy.

Él balanceó la cabeza asintiendo. Y como ella no podía soportarlo ni un momento más, se levantó con un pequeño grito lacerante:

—¡¿Vamos a andar?!

Él dijo:

—No, yo voy a entrar. —Se levantó y se alejó de ella y, como el día del ahogado, de nuevo ella no supo cómo llamarlo, cómo gritar que no la dejase en ese momento sola. Se sentó en el pequeño espacio de hierba bajo el árbol con los ojos abiertos, el corazón latiendo calmado, seco, sin sangre. Sí, tal vez fuese mejor así. De la tierra sucia subía un olor a polvo, un aliento que no nacía de lo que estaba siempre vivo sino de lo que parecía constantemente morir. Había un silencio extremadamente agradable, gris y frío bajo el sol débil. Pero los árboles rumoreaban verdes, oscuros y cubiertos de hojas. Cerró los ojos dejándose mecer. El día largo como una flecha sin dirección. Poco después, bajo sus párpados cerrados, algo iba corriendo hacia delante como una liebre, pero perezosa, iba corriendo y perdiéndose como una liebre herida perdiendo sangre y corriendo hasta llegar débilmente al final de la sangre. Podría decir y reconocerlo, es esto, es esto, con seguridad. Qué dulce era ir corriendo y perderse con debilidad, pero dolía y asustaba; se podía temer de fuera a dentro el cuarto oscuro pero era horrible ser el cuarto oscuro y ella era su propio cuarto oscuro. Era tan dulce porque no se entendía; en medio de todo suspiró y ese suspiro fue la sensación de que los instantes seguían. Cuando tenía un reloj no suspiraba; lo miraba, pero se había roto. Pero ella se sentía cansada apoyada en el árbol; las mujeres se cansaban más fácilmente que los hombres, cansada como si de una herida invisible brotase sangre ininterrumpidamente, como el aire, como el pensamiento, como las cosas que existían sin tregua, la liebre que corría. Cómo perturbaba la levedad. Ella era tan feliz. Vivir una vez era siempre, siempre. Pero no se enorgullecía y eso valía tanto como estar sola, sin compartirse con el mundo; era necesario enorgullecerse, establecer la victoria y la piedad. ¡Qué incompleto era vivir!, se gritó agudamente, un clarín que se rompió de repente. Se deslizó por el árbol. Se echó sobre la hierba rala, se cubrió los ojos con el brazo desnudo. Qué incompleto era vivir. ¿Contra qué luchaba? Porque en lo más hondo de su ser, bajo el antebrazo que la oscurecía, sentía una leve tensión, los ojos abiertos vigilando. Era eso el destino —parecía notar— porque sin eso estaría libre para dejarse penetrar por tantas posibilidades... Ella, que se mantenía en el sentido común con una obstinación que extrañamente no parecía nacer de un deseo profundo sino como de un capricho nervioso, de un presentimiento. Los ojos abiertos vigilando y una leve tensión impidiendo... ¿qué?, detrás de esos ojos tal vez no hubiese nada preciado y vivo que proteger tan dedicadamente, tal vez solo el vacío uniéndose al infinito, sentía ella confusa, casi cabeceando, uniendo la profundidad propia al infinito sin ni siquiera conciencia, sin éxtasis, solo una cosa que vivía sin ser vista ni sentida, seca como una verdad ignorada. Qué horrible, puro e inapelable era vivir. Había algo silencioso e inexpresable bajo el antebrazo que filtraba la luz. Ella se equilibraba de puntillas sobre cada día, sobre cada frágil día que de un instante a otro podía romperse y caer en la oscuridad. Pero ella milagrosamente lo atravesaba y exhausta de alegría y cansancio llegaba a dormir para volver a empezar, sorprendida, al día siguiente. Esa era la realidad de su vida, pensaba tan lejanamente que la idea se perdía en su cuerpo como una sensación y ahora ella ya dormía. Ese era el acontecimiento secreto y diario, lo que permanecía bajo el antebrazo, aunque ella se encerrase en una celda y se quedase ahí todas sus horas, era esa la realidad de su vida: escapar diariamente. Y exhausta de vivir, regocijarse en la oscuridad.

Se levantó, se quitó los zapatos, los tiró detrás del árbol, salió andando, anduvo, anduvo, anduvo. Atravesó el campo más allá de la Granja, anduvo, anduvo. Entró en el camino estrecho y largo y su mirada se acostumbró a las sombras verdes, a la tierra surcada y enlodada. Caminaba ya distraída, los pies descalzos crujiendo en el polvo tibio del fin de la tarde. Anduvo, anduvo. Levantó una vez los ojos y entonces se abrieron y se llenaron de una dulce sorpresa húmeda... Porque de la penumbra en la que se hallaban salían al verde-agua de una enorme pradera con los brazos abiertos y de la confusión triste de las ramas entrelazadas en el camino, los ojos flotaban ahora en extensas líneas de luz, largas, tranquilas, casi frías…, alegres. Era un altiplano de tierra libre y verde, abierta más allá de lo que su mirada podría contener. Desde el camino bajo donde se encontraba, Virgínia veía al principio del barranco alguna hierba alta tremolar al viento al encuentro del cielo, casi confundiéndose con su luminosidad sin color. Y eran tan finos aquellos trazos verticales y pálidos y tan rápido y leve su ritmo bajo el viento, que durante un instante sus ojos cegados por la luz dejaban de verlos, sintiéndolos solo como un delicado temblor en el aire. Cómo podía haber olvidado el altiplano, cómo podía haberlo olvidado…, se reprochaba balanceando la cabeza. Abandonó la fina liana que sus dedos torturaban y esperó con los ojos vagos, ansiosos. Poco después se hizo el silencio sobre el rumor de sus últimos pasos y se levantó una quietud susurrada. No sabía qué hacía de pie esperando y titubeó. No conocía tampoco aquel blando quebranto del corazón, caídas suaves y sucesivas hasta un tranquilo desfallecimiento como el de la tarde. Por eso se quedó contando los segundos con extrañeza a través del suave pulsar de las arterias en algún punto del cuerpo. Hasta que lentamente, pero después de golpe, comprendió: debía subir. Se recogió un momento intimidada por el descubrimiento que no se relacionaba con el resto del día, que no se unía a deseos antiguos y que surgía libre como una inspiración. Vaciló, se hacía tan tarde. Pero con un impulso leve subió a la pradera y su cuerpo se adelantó a su pensamiento. Un solo color dorado y pálido cubría sin peso la hierba. Sí…, en alguna parte una corza abría y cerraba suavemente los ojos lamiendo a un recién nacido sonriente y aún cansado, sus cabellos se estremecían finamente como la hierba frágil mientras con los sentidos entreabiertos ella con dificultad y atención conquistaba la tierra. Ningún árbol, ninguna roca, la desnudez hasta el horizonte de montañas difuminadas; su corazón latía superficialmente y ella apenas respiraba como si para vivir le bastase con mirar.

Entonces experimentó hasta el fin aquello que como un presentimiento ya la había inquietado junto al altiplano. Con una alegría contenida, rutilante y fina sintió casi ignorante que, sí, sí, en cierto modo allí estaba ella en la pradera… ¿Comprendes?, se preguntaba confusa, el ojo oscuro observando, como pidiendo auxilio, las montañas blanquecinas. Con los labios entreabiertos, secos por el viento que soplaba sin cesar, continuó su dura y humilde gloria con pies más leves, el cuerpo agudizado en movimiento. Imaginó sonriendo que detrás de sí, mientras subía y no conseguía llegar, los ojos espantados de muchos hombres la seguían como a una visión escapada… Sí, sí, así se volvía cada vez más fácil hacer avanzar el gran cuerpo blanco… Sonrió astuta hacia atrás y entonces, como si hubiese realmente creído en lo que había imaginado, vio que estaba sola. Pero un hombre, un hombre, imploró asombrada…, que la comprendiese en aquel instante en la pradera, que la sorprendiese casi con dolor. Pero nadie la veía y el viento soplaba casi frío. Se sentía tan bonita, frunció el ceño, aprovechar, aprovechar para ser vista, amada, ¡amar! Sin embargo nada la utilizaría, la belleza parecía por sí misma tan perdida, quedaba en cierta manera íntegra y pensativa como una flor de naturaleza inexpugnable; nadie, nadie la veía; el silencio y la soledad le llegaban de lejos como un soplo límpido. El instante leve huiría sin tocar el recuerdo de ningún hombre de la tierra y ella nunca podría entregarlo a nadie porque escaparía a los gestos y a la mirada. Solo ella misma lo guardaría como un punto violento, una estrella cálida y blanca en el centro del cuerpo. Y serían inútiles otros ojos humanos porque solo ella misma podría comprender que en realidad, bajo el último sol, en la amplia pradera verde, en la realidad más profunda ella se movía hacia la luz distante, un ser finalmente desnudo, las piernas borrándose en la raíz del cuerpo, los senos avanzando altos, translúcidos, fríos; ese era el puro ímpetu y sin embargo era falso. Solo ella misma lo comprendería. Y porque creaba en sí misma, de ahí provenía la gracia con la que pisaba en aquel momento. Intentó reír sola pues deseaba oírse y en ese momento tal vez pudiese aún inventar una nueva risa. Su ligera carcajada la asustó con extraña malicia, tembló en el aire como botones de rosa que se entreabriesen en silencio, la rareza del aire frío sobre la carne del rostro. Se volvió hacia atrás, el viento le cubrió el rostro con el pelo áspero, ella vio que el camino se había alejado en un frío rojo para siempre perdido, el corazón se asustó atento, prudente. Las montañas a lo lejos eran aún irreales y ella nunca las alcanzaría. Libre en la pradera tuvo entonces un miedo cansado y serio mezclado con el acontecimiento alegre, miedo de cruzar la línea del placer y de hundirse de repente en algo largo, profundo, oscuro como el mar..., y encima de ese mar flotaba el frío placer, que se afilaba en agujas de hielo y que se rompería como un brillo que se apaga; entonces cerró los labios que no querían dejar de sonreír, secos y límpidos. Bajó los ojos un instante. Cuando los levantó, quiso mirar el prado con solemnidad y tristeza para impedir ese exceso de plenitud tan difícil de soportar y así lo miró porque estaba solemne y triste.

El regreso fue penoso, sin impulso y sin éxtasis. Tenía la impresión de que andaba a rastras sobre el polvo, la noche caía, ella se paraba con los pies doloridos, desesperada. Se sentaba un poco en el borde del camino, las nubes se oscurecían, las ramas se balanceaban en un apacible murmullo; cerraba fuertemente los ojos temiendo empezar a llorar. Sentía sed, vio un pequeño arroyo corriendo cerca, pero el líquido estaba cansado y tibio, dándole a la boca sedienta una impresión densa en vez de azuzarla con estremecimientos fríos. Todo empezaba a negarse, todo guardaba sus cualidades de ser, la noche se cerraba. Le parecía cada vez más imposible llegar a la Granja, alzaba el cuerpo pesado y sudado y solo veía el camino dando vueltas cerrándose como un fin que ella intentaba alcanzar esperanzada pero que no era un fin, que estaba abierto como un nuevo camino ya oscuro, lento y tambaleante como una pesadilla. La oscuridad descendía azulada sobre las montañas; en la península las luciérnagas existían en el instante incoloro del vuelo oblicuo a distancia. ¿Me habré equivocado de camino?, preguntaba extremadamente perturbada... Arrh, decía sordamente, avanzando inexpresable y libre, ¡arrh!

Sus pies descalzos ardían y el dedo pequeño sangraba negro de polvo. Tropezaba de desánimo y de miedo, se paraba a veces un momento, solo para escuchar; no se oía nada, los grillos sonaban trémulos, duros, incesantes; la penumbra, tan vaga, parecía un error de visión. Ella se frotaba los ojos con la mano pero de nuevo encontraba el aire gris y frío, lleno de los nuevos rumores del bosque, los árboles crujían. Íntimamente había sido ella quien había osado ir más allá de lo posible, otra vez había sido ella quien había creado el momento de dolor. Se temía, sorprendida por la frialdad con la que se guiaba hacia la vida y cómo se arrepentía, ¡cómo se arrepentía!, no osar, no osar, tener menos valor y menos fuerza aún de la que tenía, ¡eso, eso!, pensaba dándose ánimos, los ojos abiertos con dificultad en la media oscuridad de la noche, el cuerpo adelantándose torpe a una velocidad que fallaba a cada instante. Le parecía que a cada momento nacía una pausa en la que huía hacia atrás, hacia atrás, y tenía que recorrer otra vez el camino ya recorrido. Ramas invisibles se enganchaban en su ropa, los espinos desgarraban su tejido, arañaban su piel con aguda violencia y la sangre brotaba como gotas de sudor. Ella no gemía, no, ella no gemía, decía con cólera e ímpetu como a un animal de carga que vacila en sus pasos: ¡arre, arre!, su voz salía ronca e intensa, ella se animaba, casi corría; nunca, nunca su cuerpo había existido tanto, nunca le había pesado tanto vivir; el espíritu respiraba un soplo frágil y vacilante; arrebatada, ella aspiraba el frío con violencia pero no lo llevaba más allá de la superficie del ser, sofocada. ¡Prometo, prometo no ir más a casa de Vicente, Dios mío! Llevada por un velado presentimiento, gastando la sensación nueva como la memoria del pasado, ella pensaba en el pecado y se decía perturbada: más tarde, más tarde pensaré mejor, más tarde, prometo pararlo todo, no volver a la ciudad, sí, era eso lo que querían, ellos, «ellos» querían que ella no volviese a la ciudad, que se quedase aquí. Recordó que de niña pasaba por el cementerio de Brejo Alto, donde se erguían grandes árboles frutales, densos, apacibles, y ella se decía herida como un instrumento que libera un sonido, ella se decía: no comas esas frutas, ¡no las comas!, se decía como si algo la hubiese inspirado antes: come, roba, come; y ella solo sabía decir asustada: ¡no comas las frutas!, se distraía pensando, se distraía andando… ¡Allí! ¡Allí estaba el final del camino!, solo había que correr y llegar al campo, después la cancela…, el portón, su hogar. Empezó a murmurar palabras como en un rezo profundo, hablándose a sí misma, intensa, enloquecida, hiriéndose con palabras duras de purificación mientras con los ojos brillando con una extraordinaria fijeza llegaba poco después al campo… La cancela chirriaba. Estaba en los terrenos de la Granja, empezó a correr mientras lágrimas alucinadas brotaban de sus ojos y sollozaba sin ni siquiera intentar comprenderse, corriendo hacia delante, entregada al flujo de la vida.

Todavía llorando, a tientas, buscaba los zapatos detrás del árbol. Los cogió con tierra en las uñas, se sentó en la piedra grande del jardín, se levantó la falda y se sonó con la combinación de algodón. Miró la vieja construcción medio encubierta por el árbol junto al que se había sentado; una débil luz brillaba amarillenta y sombría en las altas ventanas, no se oía nada, los ruidos nacían e incluso se perdían dentro del caserón. Este le parecía tranquilo, sobrenatural, distante, como si ella hubiese muerto e intentase recordarlo, como si el caserón pudiese desvanecerse dentro de un instante y el suelo se quedase liso, vacío, oscuro. Quién sabía si en realidad no era la muerte, como si toda su vida hubiese sido una pesadilla y despertase por fin muerta. Pero por momentos venía un zumbido tranquilo del centro de la casa, como de ruidos, movimientos y conversaciones triturados en un mismo sonido. Era su casa, su casa; ella poseía un lugar que no era el bosque ni el camino oscuro, ni el cansancio y las lágrimas, que no era ni siquiera la alegría, que no era el miedo alucinado y sin rumbo, un lugar que le pertenecía sin que nadie se lo hubiese dicho jamás, un lugar donde las personas admitían sin sorpresa que ella entrase, durmiese y comiese, un lugar donde nadie le preguntaba si había tenido miedo pero donde la recibían sin dejar de comer bajo la lámpara de lágrimas, un lugar donde en los momentos más graves la gente podía despertar y tal vez también sufrir, un lugar a donde se corría asustada después del arrebato, a donde se volvía después de la experiencia de la risa, después de haber intentado sobrepasar el límite del mundo posible, era suya, su casa. Se secó los ojos, intentó con las manos trémulas y tan débiles limpiarse la tierra de los pies, se calzó los zapatos, se levantó. En pie sobre los altos tacones tuvo una sensación ligeramente familiar, sintió un poco de seguridad, se pasó las manos sucias por la cara intentando borrar la expresión de las lágrimas, se levantó la falda, sonándose otra vez la nariz entumecida. Al acercarse al caserón quería tener un pensamiento que agradeciese la vaga salvación que sentía en el pecho, se paró mirando las paredes blancas y viejas inmersas en la sombra y el silencio, las ventanas parpadeando iluminadas. Iba a vivir en la Granja, pensó entonces y le pareció que tal vez hubiese vivido toda su vida en busca de ese pensamiento, así como otros vivían inclinados a través de la confusión hacia el amor, hacia la gloria o hacia sí mimos. Sonrió mordiéndose los labios con vergüenza y orgullo de estar ya riendo —vivir toda la vida en la Granja—, por un momento temblando ella misma en su sonrisa con una alegría pura, por un rápido instante. Se dirigió deprisa hacia la escalera sin mirar a la familia ya sentada a la mesa:

—Vuelvo en un minuto…

Se lavó la cara, los pies, las manos, se pasó yodo por los arañazos del cuerpo. Se humedeció el pelo, lo peinó procurando alisarlo, todavía por momentos una especie de pequeño sollozo como reminiscencia. Se miró al espejo; bajo la luz oscura y aturdida, la cara parecía grande, fresca, abierta y brillante, sus ojos oscuros eran húmedos e intensos, parecía una monstruosa flor abierta en el agua. Bajó las escaleras sintiéndose extraordinariamente joven y trémula. Ellos comían, nadie le preguntó nada; después de todo apenas había caído la noche y ella había regresado a tiempo. Se sirvió alubias, guisantes, carne, arroz y pan de maíz, empezó a comer despacio, a comerlo minuciosamente todo, culpable y feliz, conteniendo algún sollozo. El campo negro le parecía impotente, recordaba el placer casi loco que había sentido en la pradera, pero lo recordaba con náusea y susto, con odio y fuga, como algo que le había hecho tanto, tanto mal, como un vicio, ella que había sido expulsada del placer, ella que había sido expulsada del paraíso. Su madre le dijo:

—¿Patatas?

Acercó el plato con docilidad y recibió patatas. La madre la miró con aprobación y aspereza:

—Cuando eras pequeña, tu padre te dio muchos tortazos muchas veces para que comieras patatas.

Virgínia se rio sintiendo que sus ojos brillaban húmedos y vacilantes frente a su propia visión.

—¿Estás resfriada? —preguntó la vieja.

—No lo sé, mamá.

—Tómate un jarabe antes de dormir… Esmeralda tiene en su cuarto. —Miró a Esmeralda con delicadeza y calma, esta sería siempre su hija preferida.

—Pasa por mi cuarto antes de acostarte —dijo Esmeralda.

Parecía cansada y débil.

—¿Y tú, qué tienes? —preguntó Virgínia.

—Nada… —respondió la otra—. Ya me desperté así. Pero he dormido bien.

—Pero ¿qué sientes?

—No lo sé, ¡ya te lo he dicho! —se irritó Esmeralda—. ¡Déjame en paz!

El padre comía, con las gafas en la cabeza, mirando el plato. Daniel cortaba la carne, se la ponía en la boca y se inclinaba sobre el periódico doblado.

—No sé cómo puedes leer con esta luz —dijo Virgínia; quería tocar a cada persona con una palabra.

Él levantó rápidamente la cabeza, molesto, distraído. Dijo: sí…, volvió a su lectura, el rostro bajo, masticando.

—Papá, ¿quieres maíz? —preguntó ella ruborizándose, porque se acordó en ese momento de que él no soportaba ser obligado, de que él era el jefe de la mesa, el que invitaba y obligaba a comer. El viejo no respondió nada, no acercó el plato. Sin saber cómo proseguir, ella dijo otra vez, ofreciéndose oscuramente como hija, perturbada por estar insistiendo pero sin saber qué rumbo seguir:

—¿Y arroz?

—Nadie tiene que ordenarme comer —dijo él al final—, yo ya sé lo que me conviene —concluyó resistente.

Sorprendida, sin embargo así era su padre. Miró tímidamente a su familia... Papá, papá, tal como eres no te mueras nunca... Qué tonta era, se dijo de repente, se enderezó y se puso a comer con decisión. Al final de la cena algo parecía decrecer como la niebla que se deshace y la realidad surgía casi parecida a la realidad anterior al paseo. La escena ya era conocida, era la de la cena diaria; se sintió más sosegada, más indiferente. Se acordaba de la caminata por la noche, la sentía dentro de sí como un punto aún dolorido y sensible, como un lugar inexplicable a donde se podía volver; apartaba inmediatamente el pensamiento con un gesto pero ya reflexionaba: quién sabe, tal vez he exagerado, tal vez estaba enferma. Pero de repente la fuerza de la electricidad empezó a disminuir rápidamente, la bombilla casi se apagó y en la media penumbra llena de viento se levantaron todos con el tenedor en la mano, los ojos atentos mirando hacia arriba. La cena interrumpida. Después, de repente, la luz volvió con fuerza, una claridad brillante se derramó sobre la larga mesa y sobre las caras... La realidad emergió entera, algo acababa, la familia volvía a cenar. Afligida, con rabia de sí misma, Virgínia no podía dejar de notar que estaba tranquila y sin emoción. Pero ¡se quedaría para siempre en la Granja!, pensó con ardor y dureza, hiriéndose. Era extraño que los amase tanto, que no soportase el dolor de imaginarlos muertos y que sin embargo quisiese, sí, ella quería irse. Después se levantaron, los viejos subieron, Daniel se fue, Esmeralda y ella se sentaron en las mecedoras de la salita sin hablar. Esa habitación que quedaba al fondo del comedor recibía un poco de su luz y se apagaba casi en sombras; era la habitación más cálida del caserón, la más pequeña y la más cómoda. Virgínia vio que Esmeralda cerraba los ojos y se encogía apretando los extremos del chal oscuro sobre su pecho. Ella misma empezó a balancearse dulcemente, las manos sobre los brazos curvos de la mecedora, los ojos fijos en el techo, inconscientemente atentos al vaivén. Amaba y comprendía cada vez más a las personas y cada vez más, sin embargo, comprendía que debía aislarse de ellas. Pero necesitaba quedarse, quedarse… Esmeralda le pareció tan vieja…, ¿cómo no se había dado cuenta antes?, los gruesos párpados cerrados en un abandono que perturbaba, las piernas encogidas sobre la silla, encogida como si tuviese frío y fiebre, tan marchita, mucho más pequeña de lo que realmente era. Pero si la llamase, oiría una exclamación irritada. Sí, quedarse, asistir al fin de aquellas vidas con las que había nacido, reconstruir su infancia olvidada con la ayuda de la memoria del lugar, vivir en la Granja donde había tenido sus momentos más importantes, reconquistar, reconquistar. Se mecía deprisa, deprisa, levemente. Pero con la obstinación de un mundo que avisa del peligro con los ojos impotentes, ella sentía sin comprender que el lugar donde se ha sido feliz es el lugar donde no se puede vivir. Cerraba los ojos mientras se mecía rápida y suave e íntimamente; era necesario continuar, ella se acunaba con ansia y dulzura, era necesario continuar con aquel inefable perfeccionamiento que nunca llegaría a un punto más alto pero que estaba en la misma continuación de los instantes. ¿Cuál sería la comprensión íntima de esa lenta sucesión sin esperanza? ¿Por qué no vivía de una sola vez…? Ella se acunaba buscando oscuramente lo que siempre se mantenía igual a sí mismo, a través de los instantes ya era imponderablemente otro de un modo confuso; de ahí provenía su más contenida esperanza. Profundamente escondida y discreta ella se mecía y aquel era el sentido de vivirse momento a momento inspirando y espirando; no se respiraba de una vez todo lo que se debía respirar, no se vivía de una sola vez, el tiempo era lento, extraño al cuerpo, se vivía del tiempo. Y sería un instante igual a ese instante perdido el que traería un fin. Eso era lo que ella, extraordinariamente confusa, sentía. Con los ojos abiertos y pensativos; sin sentir frío bajo la blusa rasgada por los espinos se decía sorprendida y mareada como antes de una náusea, bajo una inquieta alegría sofocada, en un cansancio con estremecimientos de intenso agotamiento: pero ¿qué me pasa?, Dios mío, ¡me voy, sí! También sufría y se preguntaba ya dulcemente, sumisa a sí misma: pero ¿por qué?, ¿por qué al final deseo irme? Qué uniforme era su historia, sentía ella ahora sin palabras. Sentía que vivía de acuerdo con alguna cosa; la dispersión era lo más serio que había sentido, crisantemos, crisantemos, los había deseado siempre. Le parecía haber recobrado un sentido perdido y se decía aprensiva y se mecía deprisa, engañándose levemente: ¿y ahora qué?, ¿y ahora qué? Irse, sufrir y estar sola; ¿cómo tocar todo lo demás? Esmeralda se había dormido, encogida, el rostro muerto; una lejana expresión inexplicable flotaba en algún rasgo indefinible de su rostro como en el fondo indistinto de un pozo. ¿Y ahora qué?, ¿y ahora qué? Toda la Granja dormida y oscura parecía mecerse sobre el campo.

Se sentó en el tren humeante con el sombrero marrón ahora adornado en rojo; buscó en el bolso el paquete de cigarrillos abandonado desde que entró en Brejo Alto. Se sentía alegre, como fría y fresca por dentro. De nuevo sola, empezaba a experimentar «las cosas», a permitirlas. Pensaba en Vicente, con un suspiro perturbado sacaba un cigarrillo y lo encendía. ¿Qué había pasado después de todo?, esa era la súbita pregunta de la que deseaba, secreta pero firmemente, obtener una cierta respuesta imposible de definir; ella suspiraba intolerante ante su importancia, que sin embargo le hacía sentir mejor el estado en el que se encontraba. ¿Qué había pasado?, ignoraba lo que buscaba saber con esa pregunta. Fumaba. La vaga noción de lo que siempre había querido parecía haberse debatido constantemente en su interior sin tomar nunca forma. Adivinaba, sin embargo, por un misterioso asentimiento a su propia mentira, que habiendo vivido continuamente, con paciencia y perseverancia, como en un trabajo diario, al final se le debía de haber escapado en medio de los gestos perdidos el verdadero, aunque nunca pudiese conocerlo. Y que ella se había decidido en algún minuto indeterminado de su vida, en alguna mirada o en una corta sensación, un movimiento de cuerpo o un pensamiento solo curioso y desapercibido, quién lo sabía. Una cadena de instantes confusos e indescifrables parecía haber servido de ritual para una consumación. Y —aunque eso sería demasiado delicado para cumplirse a través de la claridad de los hechos— había usado la densa defensa de toda una existencia diaria. Ella misma, contra sí misma, tal vez hubiese estado de acuerdo secretamente en sacrificar la masa de su vida, acumulando mentiras, falso amor, ambiciones y placeres, del mismo modo como protegería la fuga silenciosa de alguien atrayendo la atención de todos con tumulto y confusión. Se sentía plena y un poco cansada; fumaba, pero sus ojos brillaban tranquilos e inexpresivos. Antes de ese instante indeterminable ella había sido imperceptiblemente más fuerte, como si estuviese apoyada por un turbio impulso de rumbo ignorado; ahora era solo una mujer débil y atenta, sí, que iniciaba ocultamente una vejez que alguien llamaría madurez. Encontró alguna palabra más clara que casi la acercó a su verdadero pensamiento y entonces, sin comprenderse, se miró en el cristal de la ventanilla, examinándose. Su propio rostro había perdido la importancia. Se sentó mejor y se acomodó. Fumaba y pensaba inexplicable, sin alcanzarse. Y en realidad ¿cómo presentir sin interrupción lo que pasaba en el más profundo ser de su cuerpo?… Las sensaciones siempre la habían apoyado con una leve fuerza continua y así había llegado al momento presente. Incluso en este instante, si se detuviese, podría todavía descubrir primitivas impresiones fluyendo como ruidos delicados, puras palabras sonando, el mar arrojando espuma en la playa desierta, tal vez memoria, tal vez presentimiento; el propio ser, a través de la astucia de su distracción, murmurando esencial, desintegrándose, componiéndose, levantándose: lavar, poner al sol, lo húmedo pierde la humedad, la piel nueva brilla suave en la sombra, lavar, poner al sol, lo húmedo pierde la humedad, la piel nueva brilla suave en la sombra, lavar, poner al sol, lo húmedo pierde la humedad, la piel se aclara, lavar, poner al sol, dejar escurrir la humedad, lavar… Empañada por el cigarrillo se negaba a seguir adelante. Tal vez se refiriese a algo serio y profundo que la preocupaba; o que tal vez no la preocupaba, que simplemente seguía con su vida natural como el corazón que ahora late mientras continúa el momento pasado. El sentido de esa escoria de sensaciones era oscuro y se cumplía con un perfecto misterio; su desarrollo no le daba placer, no le daba cansancio, no la hacía ni feliz, ni infeliz, era su propio ser viviendo y ella miraba por la ventanilla del tren calculando cuánto tardaría en llegar la próxima estación, deseando levantarse por fin y mover un poco las piernas cansadas por la inmovilidad. Ah, la lámpara de lágrimas. Se había olvidado de mirar la lámpara. Le pareció que la habían guardado o tal vez no había tenido tiempo de buscarla con los ojos. Tampoco había visto muchas otras cosas. Pensó que la había perdido para siempre. Y sin entenderse, sintiendo un cierto vacío en el corazón, le pareció que en realidad había perdido una de «sus cosas». Qué pena, dijo sorprendida. Qué pena, se repitió con arrepentimiento. La lámpara de lágrimas… Miraba por la ventana y en el cristal de la ventanilla bajada y oscura veía, mezclada con el reflejo de los asientos y de las personas, la lámpara de lágrimas. Sonrió pesarosa y tímida. La lámpara implume. Como una gran copa de agua trémula. Atrapando en su interior la luminosa transparencia alucinada, la lámpara de lágrimas encendida por completo por primera vez en su pálida y fría orgía, inmóvil en la noche que corría junto con el tren detrás del cristal. La lámpara. La lámpara. Sin comprenderse, apagando minuciosamente el cigarrillo con el duro tacón del zapato, como si a través de él estuviese sintiendo el calor de la ceniza en el talón, la confusa impresión volvía. La impresión de que ella al final había vivido, incluso intacta por los acontecimientos, de que había tenido algún instante lleno de sentido; la pura sensación iba y venía con un punto de maravilla y en realidad ella nunca sabría pensar lo que sentía. Como sin motivo, recordó que de pequeña jugaba a intentar no moverse, como todos los niños que ya lo habían olvidado; se quedaba quieta, aguantando; los instantes latían en el cuerpo tenso, uno más, uno más, uno más. Y de repente el movimiento era irresistible, algo imposible de ser contenido, como un nacimiento, y ella lo ejecutaba eléctrico, brusco y corto. Confusamente había en todo lo que ella conocía ese mismo momento de realización indomable. Y, quién sabe, tal vez el gesto incontrolado escapaba secretamente en todas las vidas. Sin saber por qué pensó en su abuela muerta. Siempre había observado en los viejos algo que no se podía resumir, que no era exactamente ausencia de deseo, o satisfacción, tampoco experiencia, ah, experiencia nunca, algo que solo la vida imponderable de todos los instantes incomprensibles del sueño y de la vigilia parecía conceder. Tan extrañas e imperceptibles eran la fuerza y la fecundidad del ritmo. Nada parecía escapar a la sucesión continua, a un íntimo movimiento esférico, inspirando, espirando, inspirando, espirando, muerte y resurrección. Al final todo era como era, pensó casi con claridad, casi alegre, y eso significaba su más profunda sensación de la existencia, como si las cosas estuviesen hechas de la imposibilidad de no ser. De repente le pareció comprender, pero sin explicárselo, porque en los últimos tiempos su inquietud había crecido como un cuerpo de niña que presiente sofocada la pubertad.

Se levantó, caminó con el ruido de las ruedas, los movimientos inclinados contra la dirección del tren; de algún modo le parecía divertido el esfuerzo que hacía y tal vez por eso sonrió como si completase algún designio; entró en el vagón restaurante, pidió café arreglándose el sombrero polvoriento, asumiendo vagamente una actitud de persona importante, grande y de buen humor. Sentía una clara paz abierta como un campo ignorado y tranquilo; poco a poco se olvidó de sí misma y pasó a observar con dócil interés las cosas del tren, una mujer masticando. Algunas chispas cruzaban con rápida violencia las ventanillas, aquel ras-ras-ras de las ruedas que parecía un rumor interno. Atardecía, el tren corría por los campos ya sin color. El restaurante estaba casi vacío, sobre los manteles manchados se posaban las moscas, todo era áspero y estaba reseco del polvo. Con un sobresalto notó su propio abandono. Se escrutó con una ligera ansiedad. Mientras tanto algo imperceptible ya se había transformado. Con algo de inquietud se escuchaba, el ser despierto, profundamente intranquilo. Observaba levemente; se había desvanecido la naturalidad de las cosas a su alrededor; como el último resto de tibio placer soñoliento al lavarse la cara, ahora su propia existencia se tambaleaba, dura y varias veces rota. Se sentía íntimamente incómoda, las entrañas despiertas como si tuviese los zapatos mojados o la ropa sudada pegada a la espalda, con un pesar desasosegado se apartó del respaldo del asiento. Comprendía con una decepción sin fuerza y estupefacta, ya un profundo cansancio fulgurando en sus ojos, comprendía que no había llegado a poseer nada, que la partida a la ciudad no era simbólica. ¿Y la sensación que había experimentado hacía pocos minutos?, buscaba esperanzada. Pero no, no —y ella no estaba a la altura de comprender sus pensamientos—, en realidad lo que había de intacto, despierto y confuso en ella misma todavía tenía fuerzas para hacer nacer un tiempo de espera más largo que el de la infancia hasta el presente, de tal modo no había llegado a ningún punto, disuelta en la vida; eso la asustaba, cansada y desesperada del propio fluir inestable y eso era horriblemente innegable, y eso sin embargo la aliviaba de un modo extraño, como la sensación de cada mañana de no haber muerto por la noche. Con un desapercibido movimiento de desánimo se preguntaba confusamente si olvidaría para siempre lo que había sentido, tan firme y sereno, y cuya singularidad ahora ya no podía precisar con nitidez, en un comienzo de olvido. No, no olvidaría, se agarraba a sí misma sin saber cómo utilizarlo, ¿cómo vivir de eso? Nunca podría apurarlo y eso era también algo innegable, el tren avanzaba como obligándola a perderse a sí misma, las ruedas resoplaban, el camarero del restaurante inclinaba el cuerpo según el movimiento del vagón, equilibrándose, desequilibrándose; el café estaba caliente, sí, seguro que era la primera vez en el mundo que en un vagón restaurante alguien conseguía tomar café caliente, lo que era una cosa como para balancear la cabeza levemente, sorprendida, como ella hacía ahora al agitar la cinta roja del sombrero marrón.

Con la maleta posada en el suelo esperó un momento en la esquina. Sí, ahora tomar un taxi, buscar a Miguel, pedirle el dinero de la venta de los muebles, sí, sí. Pero suspiró inmóvil y atenta. El rostro lleno de polvo bajo el sombrero ligeramente torcido en la cabeza parecía oscuro y oprimido por un vago temor. ¿Qué le pasaba? ¿Por qué desfallecía todo su pasado y empezaba horriblemente un tiempo nuevo? De repente empezó a sudar, el estómago se le encogió en una oleada de náuseas, respiraba terriblemente oprimida y jadeante, ¿qué le pasaba?, o ¿qué le iba a pasar? Con un esfuerzo que el pecho parecía soportar como un viscoso peso, con un malestar que no se podía sobrepasar, cruzó pálida la calle y el coche dobló la esquina, ella retrocedió un paso, el coche vaciló, ella avanzó y el coche vino como un rayo; ella lo sintió como un choque de calor sobre el cuerpo y una caída sin dolor mientras su corazón miraba sorprendido hacia ninguna parte y un grito de hombre venía de alguna dirección. Era velozmente el mismo día de hacía tres años cuando se paró en seco evitando por muy poco pisar un gatito rígido y muerto y su corazón había retrocedido mientras, con los ojos por un momento profundamente cerrados de asco, todo su cuerpo se decía en un oscuro y cavernoso instante, como en el vacío sonoro de una iglesia silenciosa: ¡arrh!, en una honda náusea vivificadora su corazón retrocedía blanco y sólido en una caída seca, ¡arrh! Y cuando pensaba oscuramente en Vicente, vio a Adriano, a Vicente, a Miguel, a Daniel; ¡Daniel, Daniel!, en una carrera clara y vertiginosa por las calles de la ciudad, como un viento con el pelo suelto, entró un instante en la Granja, se balanceó rápido, rápido en la mecedora y con absoluta extrañeza se vio blanca y de ojos oscuros en un espejo; largos corredores se formaban en su interior, largos corredores cansados, difíciles y oscuros, puertas sucesivas se cerraban sin ruido con asombro y cuidado mientras recordaba los momentos de cólera de Daniel y los instantes se sucedían claramente. Daniel y ella habían masticado el final de la fruta que se deslizaba por el mentón y se miraban con los ojos brillantes e inteligentes, a cada uno le gustaba lo que el otro comía, hacía frío, la nariz roja y lastimada en el patio de la Granja; dirigió un estremecimiento a Daniel. Ella que nunca había perdido el tiempo, confuso, sordo, rápido, claro, disonante, el ruido que produce una orquesta afinando sus instrumentos para el concierto y un movimiento de bienestar buscando consuelo, el corazón insólito. Lo que sucedía era tan simple que no sabía dónde entender. En la helada penumbra corredores negros, estrechos, vacíos y húmedos, una sustancia durmiente y silenciosa; y ¡de repente!, ¡de repente!, ¡de repente!, la mariposa blanca revoloteando por los corredores sombríos, perdiéndose en el final de la oscuridad. Ella deseaba oscuramente pararse, ella deseaba oscuramente pararse. La calle humeaba, fría y soñolienta, su propio corazón se sorprendía, la cabeza pesada, pesada de gracia aturdidora mientras las calles de Brejo Alto se acercaban veloces y vacilantes con su olor de manzana, serrín, importación y exportación, aquella falta de mar. De repente arrebatada por su propio espíritu. Era un momento extremadamente íntimo y extraño; ella lo reconocía todo, cuántas veces, cuántas veces lo había ensayado sin saberlo; y ahora, extraordinariamente quieta, purificada de las propias fuentes de energía, entregando incluso las posibilidades futuras… Ah, no haber reconocido entonces aquella especie de gesto, casi una posición del pensamiento, la cabeza inclinada hacia un lado, así, así…, no haberle dado importancia entonces…, cómo se asustaría si lo hubiese comprendido. Pero ahora no estaba asustada, el impulso era inferior a la cualidad más secreta del ser; en la helada penumbra nacía una nueva exactitud; ¡no!, ¡no!, ¡no era una sensación decadente!, pero deseaba oscuramente, oscuramente pararse, la dificultad, la dificultad que venía del cielo, que venía. El primer acontecimiento real, el único hecho que serviría de comienzo a su vida, libre como tirar una copa de cristal por la ventana, el movimiento irresistible que no se podría refrenar. También había ensayado cuando buscaba percibir el olor en los edificios en construcción, había ensayado el olor de la media penumbra, cal, madera, hierro frío, polvo posado al acecho…, cómo podía haberlo olvidado, sí… El campo vacío, con la hierba al viento sin ella, completamente sin ella, sin ella, sin ninguna sensación, solo el viento, la irrealidad acercándose en colores iridiscentes, a velocidad alta, leve, penetrante. Las nieblas se desgarraban y descubrían formas firmes, un sonido mudo estallaba desde la intimidad adivinada de las cosas, el silencio aplastando partículas de tierra en la oscuridad y negras hormigas lentas y altas caminando sobre gruesos granos de tierra, y el viento soplando fuerte, un cubo límpido flotando en el aire y la luz corriendo paralela a todos los puntos, era presente, así había sido, así sería, y el viento, el viento, ella que había sido tan constante.

Entonces la gente se amontonó alrededor de la mujer mientras el coche huía.

—Yo vi cómo el coche llegó en ese momento, en ese mismo momento ¡y le pasó por encima!

—Esos conductores están locos. A mi hijo un día casi lo atropellan, pero afortunadamente...

—Ha dicho que en ese momento, en ese mismo momento...

—¿Nadie ha llamado a una ambulancia?

—¿Por qué no llama usted? Qué manía de...

—Apártense, que voy a tomarle el pulso, soy estudiante de Medicina...

—No llamo porque no soy de aquí, usted...

—Ah, él es estudiante de Medicina, dice que va a tomarle el pulso a la mujer.

—El conductor sí que ha sido listo, se ha largado. ¿Será posible...?

—Llamen a una ambulancia, ¿nadie se mueve...?, ¡yo no soy de aquí, no tengo práctica en estas cosas! ¡Llamen a una ambulancia!

—Yo soy estudiante de Medicina y hasta un niño puede ver que esta mujer está muerta. Llamen a la policía si quieren, eso sí.

—La pobre..., pero no cuesta nada llamar a una ambulancia, quién sabe si...

—Ahí viene el guardia...

—Él dijo que era estudiante de Medicina y que hasta un niño podía ver...

—¡Vaya por Dios!, ¡vaya por Dios! —gritó asombrada y victoriosa una mujer gorda—, yo la conozco a esta... a esa...,

¡iba a llamarle algo que los muertos no merecen! —Se golpeó la boca con la mano.

—Pero ¿qué?, ¿cómo? —preguntaban varias personas interesadas.

—Dios me perdone, pero esa mujer estuvo tirándole los tejos a mi marido. ¡Ahí lleva el castigo! Mi marido es el portero del edificio donde ella vivía y esta… esta… ¡empezó a recibir a mi marido en su habitación! ¡Imagínese! ¡Menuda cara! Avisé a mi marido para que acabara con eso y por poco no voy yo misma a estrangularla a esta… Pero mira tú por dónde, a quién voy a ver morir… —Casi se asfixiaba la pobre mujer.

—Pero ¿está usted segura? —preguntó en voz baja e interesada una vieja de negro agitando la dura rosa del sombrero.

—¡Vaya si lo estoy! —gritó la mujer abriendo los brazos.

Algunas personas se reían, otras murmuraban algo sobre la inoportunidad de la conversación.

—Pobre, pero si está muerta como dijo ese señor, no hay ambulancia que salve a una mujer muerta, llamen a alguien de la funeraria, yo no soy de aquí, no conozco…

—Ya que nadie se mueve, ¡ya llamaré yo! Pero no hace falta empujar, señora, ahora ya no hay prisa, ¿no? Llamo yo… Ah, no hace falta, bueno, ¡ahí está el guardia!

Una claridad difuminada y trémula vaciló en su pecho, él la vio tendida en el suelo con los labios blancos y tranquilos, el moño deshecho, el sombrero de paja marrón aplastado. Era realmente ella.

—¿Y usted quién es? —le gritaba el guardia asumiendo sus funciones al verlo de pie, pálido, tranquilo, bajo. Él vaciló un instante. Después sosegadamente miró al guardia y con delicadeza respondió:

—Soy…

—No me lo diga, no me lo diga, ¡ya lo sé! Espere…, espere. Ah, cómo no, ¡del Edificio S. Tomás! ¡Claro que lo conozco! Le multé hace tiempo por ir en dirección prohibida, ¿eh? —se rio el guardia al recordarlo, todas las arrugas de su rostro se contraían simpáticas e inocentes.

Él también se rio, se pasó el pañuelo por los labios delicadamente.

—Entonces ¿está muerta? —preguntó.

—Sí, y el demonio del conductor se me escapó. Ya he mandado telefonear para pedir una ambulancia para la funeraria. ¡Mucho gusto, pues, mucho gusto en verlo de nuevo!

Así pues, ella recibía hombres en su habitación. ¡Así pues, recibía hombres en su habitación! Prostituta, suspiró él. La muerte había dejado eternamente inacabado lo que se podía saber sobre ella. La imposibilidad y el misterio agotaron con fuerza su corazón. Adriano se sentó en un banco del jardín, apenas se apoyaba en el respaldo. Los ojos entrecerrados miraban hacia la distancia, respiraba difícilmente con sorpresa y cólera. Con el pañuelo se secó lentamente la frente dura y fría. Y de repente no sabía si era de helado éxtasis o de sufrimiento intolerable —porque en ese único instante, y para siempre, él la ganaba y la perdía—, de repente, con una primera sensación de vergüenza, sintió dentro de sí un movimiento horriblemente libre y doloroso, un vago ímpetu de grito o de llanto, algo mortal abriendo en su pecho una claridad violenta que tal vez fuese un nuevo nacimiento.

Río, marzo de 1943
Nápoles, noviembre de 1944